벗을 보내다 送友人

푸른 산은 북쪽 마을에 가로누워 있고
흰 물살은 동쪽 성을 감아 흐른다
여기서 한 번 이별하면
외로운 다북쑥처럼 만 리를 떠돌 테지
떠가는 저 구름은 나그네 마음
지는 이 해는 오랜 벗의 정
손을 흔들며 이제 떠나가니
쓸쓸하다 외로운 말의 울음소리여

青山橫北郭, 白水遠東城
比地一爲別, 孤蓬萬里征
浮蔘遊子意, 落日故人情
揮手白茲去, 蕭蕭班馬鳴

風龍江湖

풍룡강호

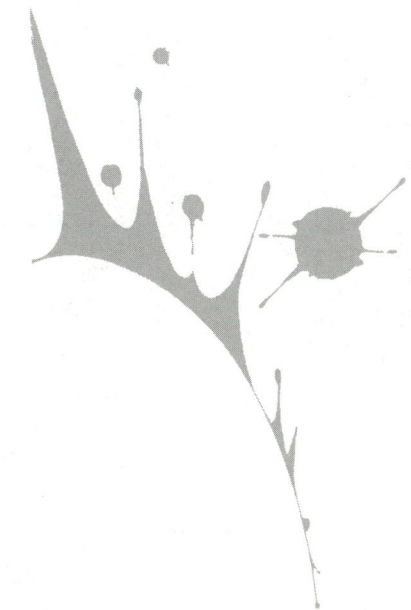

풍룡강호 4

써드 新무협 판타지 소설

초판 1쇄 찍은 날 § 2005년 10월 19일
초판 1쇄 펴낸 날 § 2005년 10월 26일

지은이 § 써드
펴낸이 § 서경석

편집장 § 문혜영
편집책임 § 유경화
편집 § 장상수

펴낸곳 § 도서출판 청어람
등록번호 § 제1081-1-89호
등록일자 § 1999. 5. 31
어람번호 § 제2-0722호

주소 § 경기도 부천시 원미구 심곡1동 350-1 남성B/D 3F (우) 420-011
전화 § 032-656-4452 팩스 § 032-656-4453
http://www.chungeoram.com
E-mail § eoram99@chollian.net

ⓒ 써드, 2005

ISBN 89-5831-781-7 04810
ISBN 89-5831-499-0 (세트)

風龍江湖

풍룡강호

Fantastic Oriental Heroes

■ 써드 新무협 판타지 소설

■완결■

4

풍룡·안식을 찾다

도서출판 청어람

목차

第三十一章 　전설은 깨어지기 위해 존재한다·7

第三十二章 　욕망이라는 것은 감춰지는 것이 아니다·35

第三十三章 　용서받지 못할 일을 하는 데에는

　　　　　　 그만큼의 용기가 필요하다·49

第三十四章 　사신 등장·75

第三十五章 　계획된 종결(2)·107

第三十六章 　파거와는 다르다·137

第三十七章 　풍룡의 패배·161

第三十八章 　최강이라는 칭호를 받은 자·173

第三十九章 　새로운 전설의 시작·183

第四十章 　때로는 불가능에 도전해 볼 필요도 있다·211

第四十一章 　단운평의 소원·263

第四十二章 　그 후···269

第三十一章

전설은 깨어지기 위해 존재한다

"이번 공격도 받아낼 수 있을지 궁금하군."

단조평은 힘차게 바닥을 차고 허공으로 솟구쳤다. 정점에 도달하자 부드럽게 몸을 비틀어 머리가 아래로 향하게 한 후 손을 뻗었다.

쾅. 쾅.

단조평의 손이 움직일 때마다 퍼지는 폭음. 화엽상은 단조평이 강한 힘으로 자신을 몰아붙이자 뒤로 조금씩 물러났다.

탁.

가벼운 소리와 함께 바닥으로 내려선 단조평은 앞으로 달려들며 무릎을 들어 올렸다.

'이 정도는 돼야……'

정신없이 손을 들어 단조평의 무릎을 막아내던 화엽상은 뒤로 물러서며 충격을 흘려냈다. 하지만 완전히 흘려낼 수는 없었는지 화엽상의 손바닥은 뜨겁게 달아올랐다.

"하앗!"

기합성과 함께 화엽상이 두 발에 힘을 주고 밀어붙이자 단조평의 등에는 식은땀이 흘렀다. 혈도를 점하는 것으로 근력을 강화했지만 순간적인 것일뿐, 화엽상의 힘에는 비할 수 없다는 생각이 들자 단조평은 승부를 빨리 결정짓기 위해 오른발을 들어 힘껏 땅을 내리찍었다.

"절(切)!"

단조평은 힘차게 외치며 오른발을 축으로 몸을 빙그르 돌렸다.

붕.

바람을 가르는 소리와 함께 단조평의 팔꿈치가 화엽상의 관자놀이를 노리고 날아들었다.

빡.

무거운 소리와 함께 화엽상의 얼굴이 튕겨졌다. 하나 충격은 없었는지 금세 손을 뻗었다.

'이런.'

단조평은 급히 온몸을 웅크리며 화엽상의 공격에 대비했다. 방금의 절(切)이란 초식은 일격에 머리를 부숴 버릴 수 있는 힘을 지닌 초식이건만 화엽상은 표정의 변화조차 없었다.

빠각.

엄청난 충격. 단조평은 화엽상의 손을 보고 상체의 충격에 대비했건만 그쪽이 아니었다.

"윽."

화엽상의 발이 옆구리를 가격하자 단조평은 숨이 막혀왔다.

파바박.

단조평은 급히 뒤로 물러서면서 힘껏 주먹을 뻗었다. 하나 화엽상은 가볍게 단조평의 주먹을 왼손으로 쳐내고는 오른손을 뻗었다.

"컥."

단조평은 숨이 막혀 바둥거렸지만 화엽상의 손을 자신의 목에서 떼어낼 수는 없었다.

"자네가 이처럼 약해 보이는 날이 오리라고는 생각하지 못했구먼."

화엽상은 오른손에 힘을 더욱 가해 단조평의 몸을 더욱 높이 치켜들었다. 단조평은 점차 호흡이 막혀오자 있는 힘껏 발을 휘둘렀다.

퍽.

무거운 소리와 함께 단조평의 발이 화엽상의 옆구리를 강타했다. 하지만 화엽상의 몸은 미동조차 없었다.

"어째서 회주님께서 개봉을 방문하는 것이 개봉양가가 풍운회와 힘을 합치는 조건이 되는 겁니까?"

황군명의 어이없다는 표정으로 마주 앉아 있는 사내를 바라보았다.

"별다른 뜻은 없습니다. 다만 아버님께서 반드시 단 대협을 만나야 한다고 해서……."

황군명은 고개를 갸웃거렸다. 눈앞의 사내는 개봉양가의 현 가주인 양서주. 그의 부친이라면…….

"그분께서 어째서……."

양서주는 무서운 눈으로 황군명을 바라보았다.

"당신에게 그런 것까지 설명해야 하는 겁니까? 조건에 응할지 아닐지 어서 결정하십시오."

양서주는 이미 중년. 그러나 그는 황군명에게 하대하지 않았다. 대신 눈을 내리깔고 황군명을 바라보지 않는 것으로 황군명을 무시하고 있었다. 그런 그의 태도에 황군명뿐만 아니라 그의 옆에 있던 당공의의 표정도 굳어졌다.

'능구렁이군.'

당공의의 생각처럼 양서주는 심계가 깊은 인물로 유명했다. 황군명은 그런 양서주를 보며 어떻게 대답해야 할지 고민했다.

"조만간 찾아뵙겠습니다."

거의 동시에 세 사람의 고개가 돌려졌다. 목소리의 주인공은 단운평이었다. 아무런 기척도 없는 움직임. 황군명이나 당공의는 단운평의 실력을 어느 정도는 알고 있었기에 금세 냉정을 찾을 수 있었지만 양서주는 눈을 크게 뜨고 단운평을 바라보았다.

"회주께서는 궁금하지 않습니까?"

간신히 안정을 찾은 양서주의 물음에 단운평은 고개를 저었다.

"짐작은 하고 있습니다."

단운평은 창가 쪽으로 몸을 돌렸다. 그런 그의 모습을 바라보던 양서주는 자리에서 일어났다.

"양가 홀로 그들과 대적할 수는 없으니 잘 부탁합니다."

가볍게 포권을 해 보이는 양서주. 단운평은 힐끗 고개를 돌려 그를 바라보더니 이내 문을 열고 방을 나섰다.

"죄송합니다."

황군명이 양서주에게 급히 머리를 숙였다. 하지만 양서주는 조금도 신경 쓰고 있지 않았다.

"한 번의 일로 모두의 운명을 결정하게 되는 시기다. 절대 방심하지 마라."

단운평은 말에 오르며 황군명에게 말했다. 그의 말속에 들어 있는 걱정과 믿음에 황군명은 고개를 끄덕였다.

"걱정하지 마시고 다녀오십시오."

당이록이 굳은 얼굴로 대신 말하자 단운평은 고개를 끄덕였다.

따그닥.

말발굽 소리에 단운평이 고개를 돌리자 세 마리의 말이 보였다. 가장 앞에 있는 이는 관평위였고, 그의 옆에 있는 이는 주화령, 마지막으로 두 사람보다 뒤쪽에 요호가 말을 타고 있었다.

"이곳에서 풍운회를 지켜주게."

단운평의 눈은 관평위를 향하고 있었다.

"나는 그런 것에 목숨을 걸 이유가 없네."

관평위의 말에 요호와 주화령도 고개를 끄덕였다. 천앙, 아니, 철혈 무제의 공격을 방어하기 위해 많은 이들이 풍운회에 모여든 건 가문과 가족들을 위함이다. 관평위나 요호가 풍운회에 있는 건 그들처럼 위험을 피하기 위해서라는 이유도 있지만 그보다는 단운평이 있기 때문에 있다는 것이 훨씬 큰 이유였다. 게다가 봉문을 선언한 상황이 아니라 할지라도 뚜렷한 명분이 없는 상태에서 무림맹 측이나 도림 측에서 전력을 다해 공격할 리는 없다고 생각하는 관평위 등이었기에 단운평과 함께 움직이려 하는 것이었다.

"그리 오래 걸리지 않을 걸세."

당가를 나서는 순간 적들의 습격이 계속될 것이다. 관평위나 요호 정도의 고수가 함께 간다는 것은 큰 도움이 되는 일이지만 반대로 짐이 될 수도 있는 일이다. 더구나 이들보다 한수 아래인 주화령이 함께 간다면 위험을 더할 뿐이다. 하지만 이들이 그러한 사실을 모르고 하는 말이 아니라는 점에 단운평은 더욱 곤혹스러웠다.

"짐이 되지는 않을 거예요."

주화령의 눈빛이 차가워졌다. 단운평이 황군명에게 말한 것처럼 이곳도 안전한 곳은 아니다. 초류염이나 화엽상이 적이 된 이상 천하 어디도 안전한 곳은 없다. 그래도 그중에 가장 믿음직한 장소는 단운평의 옆이라 생각하는 주화령이었기에 단운평의 어떠한 설득도 듣지 않을 작정인 것이다.

철퍼덕.

화엽상이 가볍게 바닥에 던지자 단조평은 몸을 웅크리지도 못한 채 그대로 바닥에 처박혔다.

"커억. 하아, 하아."

단조평은 격하게 숨을 들이켰다.

"자네를 죽이고 싶지는 않네. 그러니 패배를 인정하고 사라지게나."

화엽상은 비릿한 미소와 함께 단조평을 내려다보았다. 단조평을 알게 된 후 계속해서 느꼈던 패배감. 그 감정을 씻어버리기 위해서 패배의 인정을 요구했다.

"헉, 헉. 아직은 자네에게 패한 것이 아니네."

단조평의 말에 화엽상은 피식 웃었다.

"패배란 것을 해본 적이 없을 테니 이해는 하겠네. 하지만 자네는 이미 패했네."

천천히 들어 올린 화엽상의 손에서 흰 연기 같은 것이 일렁였다. 강기에 냉(冷)의 기운을 더한 것이다.

"고통은 없을 것일세."

냉의 기운이라면 단조평의 팔을 잘라내어도 단조평은 고통을 느끼지 못할 것이다.

타닥.

무서운 기세로 내려쳐진 화엽상의 손을 막은 건 단조평의 손이 아니라 발이었다. 가볍게 그의 손을 발바닥으로 받은 단조평은 화엽상의 공격으로 인한 충격을 이용해 뒤로 미끄러지듯 물러났다가 몸을 일으켰다.

"후… 아직 자네에게 진 것이 아니라고 했네."

단조평은 길게 숨을 내쉬고는 이번에는 자신의 가슴 언저리를 손가락으로 짚었다. 그리고 가볍게 어깨를 돌려 긴장된 근육을 풀었다.

"자네가 위험을 각오하고 힘을 추구했다면 나 역시 그에 맞는 각오를 해야겠지."

"역시… 그 정도는 되어야 호적수라 할 수 있지. 큭큭큭."

화엽상은 자신의 가슴을 향해 단조평이 주먹을 뻗자 왼발을 축으로 오른발을 반 보 정도 뒤로 움직였다. 그와 동시에 손을 뻗어 단조평의 팔을 잡으려 했다.

파박.

급히 손을 움직여 화엽상의 손을 쳐낸 단조평은 오른발을 힘껏 휘둘러 화엽상의 왼쪽 무릎을 공격했다.

"이 정도로는 어림없네."

이번에는 오른발에 힘을 주고는 왼발을 뒤로 움직인 화엽상은 손바닥을 펴고 단조평의 쇄골을 노렸다.

'아직… 아직이다.'

단조평은 이를 악물고 삐걱거리는 몸을 비틀어 화엽상의 공격을 어깨로 받았다. 공격받은 부위에서 타는 아픔이 느껴졌지만 단조평은 신음조차 내지 않고 손을 뻗었다.

"의외로 조용하군."

관평위의 말에 요호는 주변을 훑어보고는 피식 웃었다.

"무슨 말인가? 충분히 시끄러운 것 같은데."

단운평 일행의 주변에는 수십 명의 사내가 쓰러져 있었다. 그리고 그런 그들 주변엔 각종 무기들이 떨어져 있었다.

"우리가 누군지 알면서 저런 자들을 보낸 거라면 안심해도 되지 않겠나?"

관평위의 말에 요호는 고개를 끄덕였다. 자신들을 습격한 자들의 실력은 그야말로 삼류다. 이 정도의 실력을 가진 자들을 보낸다면 자신들을 해할 생각이 강하지 않다고 생각되었다.

"이유없이 이들을 희생시킬 리가 없지 않을까?"

단운평의 말에 주화령은 가만히 생각해 보다가 입을 열었다.

"우리의 힘을 빼려는 것인지 시간을 늦추려는 것인지 몰라도 사람의 목숨을 가지고 하는 짓이라니, 잔인한 자인 것 같군요."

주화령의 말에 단운평은 그녀를 바라보며 말했다.

"우리의 집중력을 흩어놓기 위함일 수도 있고 우리를 유인하려는 생각일 수도 있소."

단운평의 말에 관평위와 요호의 표정이 어두워졌다. 습격한 적이 약하다고 생각했는데 단운평의 말을 들으니 오히려 더 위험한 놈인 것 같았다.

"누구지?"

단운평의 말에 요호는 급히 주변을 살폈다. 관평위 역시 감았던 세류편을 다시 풀었다.

"대주, 접니다."

흙먼지와 함께 말을 타고 나타난 사내는 손을 흔들었다. 사내의 손바닥에 새겨진 늑대의 문양. 단운평은 요호의 얼굴을 보았다.

"권중! 너구나."

요호의 말에 말을 타고 나타난 사내, 마랑대 부대주 권중은 말을 세우고는 포권을 해 보였다.

"대주님, 그동안……."

딱!

말을 몰아 권중에게 다가간 요호의 손가락이 권중의 이마를 강타했다.

"회주님이시다."

요호가 팔을 뻗어 단운평을 가리키자 권중은 이마를 문지르다가 말에서 뛰어내리고는 한쪽 무릎을 굽혔다.

"권중이 회주님을 뵙습니다."

권중의 그러한 행동에 단운평은 말에서 내려서 권중에게 다가갔다.

"무슨 일이지?"

단운평의 특유의 목소리에 권중의 몸이 떨렸다.

'이것이 풍룡인가?'

권중이 마랑대에 들어간 것은 풍운객이나 풍룡 때문이 아니라 요호라는 사내 때문이었다. 언제나 사내답고 또 무인다운 요호의 뒤를 언제까지나 따르겠다고 생각하던 그였기에 요호가 풍룡을 따른다는 말에 조금의 충격을 받았었다. 때문에 풍룡이란 사내가 어떤 사내인지 항상 궁금했다.

"풍운객 어르신과 도왕께서 격돌하셨다는 소문을 듣고 이렇게 왔습니다."

권증의 말에 요호의 얼굴이 하얗게 질려 버렸다. 요호의 부친은 풍운객에게 은혜를 입고 풍운객의 후인을 도움으로써 그 은혜를 갚으려 했다. 하나 풍운객의 후인인 풍룡보다 풍운객에게 도움을 주는 일이 보다 의미있는 일이건만 풍운객의 생명이 위태로울 수 있는 상황에서 나서지 못했다니… 요호는 권증에게 소리쳤다.

"그곳이 어디냐!"

단운평은 조용히 손을 들어 요호의 움직임을 막았다.

"그래서 그 결과는?"

단운평의 침착한 모습에 권증은 잠시 눈살을 찌푸렸다. 남인 요호도 저리 흥분하는데 손자인 단운평의 침착한 태도는 왠지 모르게 거리감을 느끼게 했다.

"결과라니, 이미 끝났을 거란 말입니까?"

요호의 날카로운 음성에 단운평의 눈에서 불길이 일었다.

"요호! 냉정을 차리지 못하겠다면 사천으로 돌아가라!"

단운평의 차가운 말에 요호는 가슴이 철렁했다. 단운평의 말인즉 자신이 냉정하지 못함으로써 일행의 짐이 된다는 뜻이다.

관평위는 가만히 단운평의 말을 생각해 보다가 입을 열었다.

"그렇군. 그 두 분이 겨룬 사실이 알려졌다면 이미 그 결과가 나왔을……"

"그만 멈춰요."

두 사람이 많은 군중 앞에서 싸운 것이 아니라면 그들의 싸움이 알려진 것은 그 싸움이 끝난 후가 되는 건 당연한 일. 관평위는 자신의 말을 끊은 주화령을 바라보았다.

휘릭.

가볍게 말에서 뛰어내린 주화령은 단운평에게 다가가 그의 팔을 잡았다.

뚝. 뚝.

그의 왼손에서 떨어지는 핏방울. 그 모습에 요호는 마음을 가라앉히고 말에서 내렸다. 그리고 관평위 역시 말에서 내려섰다.

"괜찮으실 걸세. 걱정 말게."

아무리 요호의 마음이 급하다고는 하나 단운평만큼은 아닐 것이다. 요호는 가만히 눈을 감고 머리 속의 생각을 정리해 보았다.

"권중, 결과는?"

요호의 물음에 권중은 침을 꼴깍 삼키고는 대답했다.

"그게… 풍운객님께서 패배하시고 도주하셨다는 소문이……."

'내게 알려주시려 하는 것이리라.'

조부도 화엽상이나 초류염이 얼마나 위험한 인물이며 강호에 대한 야욕이 얼마나 큰지 잘 알고 있다. 그런 조부가 도망쳤다면 자신에게 무언가를 알리기 위해서거나 다음을 준비하기 위해서임이 틀림없으리라. 단운평은 화엽상이 스스로의 몸에 어떠한 짓을 했는지 알아차릴 수가 있었다.

"화엽상마저 시술받은 것인가?"

그때였다. 천지를 흔드는 말발굽 소리와 함께 수백의 인영(人影)이 모습을 드러냈다.

"누구냐!"

요호의 날카로운 음성에도 말을 탄 적들은 태연했다.

화엽상은 도림에서의 단조평의 마지막 공격을 되새기고 있었다. 짧은 거리에서 보이던 환상적인 움직임과 더불어 강력한 파괴력을 가진 공격. 과거였으면 그 공격을 견뎌내지 못했을 것이다.

"인간의 기술이 아니야."

부러진 자신의 갈비뼈를 가볍게 쓸어내린 화엽상은 입가에 씁쓸한 미소를 지었다. 갈비뼈가 부러지는 순간 단조평의 옆구리에 구멍을 내었다. 단조평은 그러한 상처를 입자 전력으로 신법을 전개해 사라졌고, 갈비뼈가 부러짐으로 인한 통증과 불완전한 역류만자침법의 여파로 움직이기 힘들었던 탓에 화엽상은 바라보고 있을 수밖에 없었다.

"끝까지 실망시키지 않아줘서 고맙구먼."

화엽상은 단조평이 무사하기를 기원했다. 그와 겨룸으로써 알게 된 것이 있었다. 자신은 아직 완벽하지 않다는 것. 그것은 자신이 더 강해질 수 있다는 말이다.

"헉… 헉……."

끔찍한 고통을 참고 달리던 단조평은 숨이 목 끝까지 차 올랐으나 속도를 줄일 수가 없었다. 지금 상황에서는 속도를 줄이는 순간 쓰러질 것만 같았다. 게다가 상처에서 뿜어져 나오는 핏줄기. 치료할 곳을 찾기 전에 멈춘다면 과다출혈로 죽을지도 모른다고 생각했기 때문이었다. 하지만 이미 출혈량은 위험 수위에 올라 있었으니… 흘러나오는 피의 양에 비례하여 단조평의 얼굴은 급속도로 하얗게 변하고 있었다.

털썩.

마침내 걸음을 멈춘 단조평은 그대로 쓰러지고 말았다. 그가 쓰러지고 일각이 채 지나지 않아서 딸그락 소리와 함께 마차가 모습을 드러내었다.

"워… 워… 어째서 이런 곳에……."

마차에서 내려 단조평의 전신을 훑어보던 사내는 품에서 무언가를 꺼내 단조평의 입 안에 밀어 넣었다.

꿀꺽.

정신이 몽롱한 상태였던 단조평은 입 안에 들어온 단약이 순식간에 녹아 물처럼 변하자 무심코 삼켜 버리고 말았다.

"무림인은 어쩔 수가 없구먼… 어찌 됐건 보고도 모른 척할 수가 없으니……."

단조평은 자신의 옆에 있는 인영의 정체를 살피기 위해 눈에 힘을 주었다. 자신을 바라보고 있는 이는 검은 피부의 노인이었다. 노인의 정체를 묻고 싶은 단조평이었으나 온몸이 갑작스럽게 뜨거워지자 얼마 남지 않은 내공을 끌어올려 그 기운을 통제하기 위해 눈을 감고 집중했다.

"녀석도 이러고 있는 건 아닌지 걱정이구먼."

노인의 말에 한 여인이 마차 안에서 고개를 내밀며 말했다.

"그런 말씀 마세요. 그분이 저리될 리가 있겠어요? 그처럼 강한 분이."

여인의 말에 노인은 피식 웃고선 말했다.

"터무니없이 강한 건 알지만 하늘 밖에는 하늘이 있다고 하지 않느냐? 그리고 그 녀석은 친구보다 적이 많으니……."

노인의 말에 고개를 내민 여인이 안색을 굳히자 마차 안에서 또 다른 목소리가 들려왔다.

"어르신, 하지만 그런 말씀은 자칫 화를 부르지 않을까 걱정됩니다. 좋은 이야기만 하는 것이 좋을 성싶습니다."

여인의 말에 노인은 크게 웃으며 말했다.

"허허허. 그러니 이 노인부터 살려야 하지 않겠느냐. 공덕을 쌓아야 하늘이 도와준다고 하니… 어서들 나와서 이 사람을 마차에 싣거라. 설마 젊은 너희가 있는데 나더러 이 사람을 옮기라는 건 아니겠지?"

노인의 말에 두 여인은 아무 말도 하지 못했다. 노인의 말이 나오기 전에 재빨리 나왔어야 했건만 마차 안에 있다 보니 상황을 알지 못했기에 가만히 있었던 것이다. 그리고 마차가 선 후에는 노인의 말 때문에 나가야 한다는 것을 깜빡 잊은 것이었다.

"혈색이 어느 정도 돌아왔지만 서둘러야 할 것 같구나. 내 비록 환자를 치료하지는 못하지만 보아온 환자들이 많아서 급한 환자인지 아닌지는 알 수 있으니……."

두 여인은 노인의 말에 조심스럽게 단조평을 마차에 실었다. 낑낑거리며 단조평을 싣는 그녀들의 모습에 미소를 짓던 노인은 그녀들이 마차 문을 닫자 급히 마부석에 올랐다.

풍운객이 죽었다.

소문은 급속하게 퍼져 나가며 많은 이들에게 알려지고 있었다. 처음에 그 소문을 접한 사람들은 그저 피식 웃을 뿐이었다. 불패의 전설 풍운객이 패배를 당했다는 것도 믿을 수 없는 일이건만 죽었다니, 그건 더욱 믿을 수 없는 말이었다. 하나 그와 대적한 사람이 도왕이라는 사실에 사람들은 동요하지 않을 수 없었다.

"아무리 도왕이라고 하나 풍운객을 이겼다는 건, 아니, 백번 양보해서 패하였다 할지라도 죽임을 당했다는 건 믿을 수가 없다고."

도를 허리에 차고 있는 사내의 말에 검을 허리에 찬 사내가 소리쳤다.

"풍운객 역시 사람, 그도 패하고 죽을 수도 있는 거라고. 패배를 한 시점에서 이미 생명은 보장할 수 없지 않은가!"

검수(劍手)의 말에 도수(刀手)는 눈을 좁히고는 말했다.

"풍운객의 도를 단검불패도라 부른다는 건 알 텐데… 그럼 검수들은 앞으로도 도를 이길 수 없겠군."

도수의 말에 검수의 눈빛이 변했다. 아무리 친한 사이라도 검을 모욕하는 건 참을 수 없는 일이었다.

"무슨 말인가?"

살기.

"풍운객은 이제 전설이 되어버렸다고. 그가 살아 있는 동안 그를 꺾은 검객은 아무도 없었네. 그리고 그가 죽은 이상 앞으로도 그를 꺾을 검객은 없다는 것이지. 그를 이긴 도왕을 꺾음으로써 명예를 회복할 수 있을지 몰라도 풍운객과 달리 그는 도림이 있네. 그러니 도왕을 상대하려면 목숨을 걸어야 하지. 아니, 목숨을 걸어도 도림을 꺾지 않는 이상 그와 겨루는 것은 불가능할 걸세. 철혈무제와 손을 잡은 도왕을 꺾을 수 있는 검객이 있다고 생각하는가?"

도수의 말에 검수의 이마에 핏줄이 솟았다. 검과 도는 일장일단의 장단점이 있었기에 어느 누구도 도나 검 중 하나가 더 뛰어나다고 말하지 못했다. 하나 많은 검객들은 검을 만병지왕이라 여기며 내심 도보다 우수하다 생각하고 있었다.

풍운객의 등장은 그러한 검객들의 생각을 일순간에 무너뜨렸다. 수많은 검객들이 풍운객을 꺾기 위해 노력을 했으나 불패도의 전설만을 더해줄 뿐이었다. 하지만 언제고 검이 불패도의 신화를 꺾으리라 믿었건만 도왕 화엽상이 풍운객을 꺾음으로써 풍운객은 완벽한 신화가 되어버렸다. 이제 영원히 불패도의 전설로 남을 것이 분명했다. '단검불패도' 라니, 검을 다루는 입장에서 그것은 치욕이었다.

"시끄럽다!"

쾅.

우지끈.

무서운 소리와 함께 식탁이 반으로 갈라졌다. 식탁은 두꺼운 나무로 만들어진 것, 인간의 주먹으로 쉽게 부술 수 있는 것은 아니었건만…….

"함부로 떠들 이야기가 아니잖는가!"

식탁을 부수며 일어난 사내는 거대한 도를 들고 있었다. 그의 천둥 같은 목소리에 두 친구는 움찔하며 고개를 돌렸다. 이글이글 타오르는 눈으로 자신들을 노려보는 눈에 두 사내는 표정을 굳히고 물었다.

"무슨…….."

두 친구 중 검을 연마한 사내, 광추엽은 긴장하며 탁자를 부순 사내를 바라보았다.

"풍운객이 패하다니, 그런 일이 있을 수 있다고 보는가!"

거대한 도를 들고 있는 굵은 팔뚝의 힘줄이 불끈 치솟아 있는 모습에 광추엽 옆의 도를 연마한 사내 염진곤이 침을 꿀꺽 삼키고는 물었다.

"선배님은 누구신지요?"

얼핏 보아도 마흔은 되어 보였기에 선배라 칭했다. 외견상 결코 범상치 않은 상대라 자칫 실수했다간 큰 낭패를 겪게 될지도 모른다는 생각이 든 염진곤이었다.

"내가 누군지가 중요한 게 아니다. 풍운객 대협께서 패했다니 그 말이나 자세히 해보거라."

사내의 말에 광추엽의 얼굴이 구겨졌다. 갑작스럽게 자신들의 이야기를 방해한 것도 모자라 자신의 정체도 밝히지 않고 이야기나 하라니. 너무나 무례한 행동이 아닌가.

"저희를 너무 우습게 아시는 거 아닙니까?"

광추엽의 날카로운 눈빛. 염진곤은 그런 광추엽을 말리려 했으나 어느새 중년 사내가 광추엽의 면전에 와 있었다.

"죽고 싶으냐?"

중년 사내의 미간이 좁혀지면서 사내의 얼굴이 도깨비처럼 변했다.

'마치 귀신 같구나… 가만, 중년의 나이에 귀면, 거기에 엄청난 근육을 가진 사람이라면……'

염진곤의 머리 속에 한 사람의 이름이 떠오른 순간 광추엽의 입에서 위험한 말이 튀어나왔다.

"가능하다면 시험해 보던지?"

마치 혼잣말인 듯 중얼거렸지만 상대에게 분명하게 들릴 정도로 큰 소리였다.

붕.

엄청난 소리와 함께 사내의 도가 허공을 갈랐다.

"엇!"

염진곤이 힘껏 잡아당긴 관계로 광추엽은 머리가 두 쪽이 되는 불행을 피할 수 있었다.

"오호. 네놈은 누구냐?"

허리춤에 있을 때는 몰랐지만 허공을 벤 도의 크기는 일반적인 도의 크기와는 사뭇 달랐다. 저런 거대한 도를 저리 가볍게 휘두르는 사내는 틀림없이 단 한 명뿐이었다.

"후배 염진곤이 귀면철인(鬼面鐵人) 형의후 선배님을 뵙습니다."

포권과 함께 염진곤은 머리를 숙였다.

'귀면철인 형의후!'

순간 광추엽은 자신이 아는 모든 위대한 성인들과 신들에게 빌지 않을 수 없었다. 단 오 분. 단 오 분 전으로만 돌아갈 수 있기를… 하지만 불행히도 아무리 위대한 성인이라도, 아니, 신이라 할지라도 시간을 되돌릴 능력은 없었다.

"후배 광추엽이… 헉!"

광추엽은 발끝에 모든 힘을 모아 박차고 몸을 뒤로 던지다시피 하여 형의후의 도를 피할 수 있었다.

사르륵.

균형을 잡고 다시금 몸을 일으킨 광추엽은 자신의 앞 머리칼이 떨어져 내리자 비명이라도 지르고 싶었다.

쇄액.

챙.

무서운 소리와 함께 광추엽의 어깨를 노리고 날아드는 형의후의 도를 염진곤은 자신의 도로 간신히 막아낼 수 있었다.

'젠장.'

팔이 부르르 떨리며 힘이 빠져나가자 염진곤은 광추엽의 뒤통수라도 후려갈기고 싶었다. 언제고 성급한 성격으로 곤경에 처하게 될 거라고 누누이 말했건만 광추엽은 콧방귀만 뀔 뿐이었다. 어릴 적부터의 친구만 아니었다면 상대가 형의후라는 걸 안 이후에도 감히 도를 빼어드는 만용을 부리지 못했을 것이건만.

"일단 팔 하나만 자르고 이야기를 계속해 볼까 했건만 제법 기틀이 잡힌 놈이구먼."

챙.

이번엔 광추엽이 염진곤을 위기에서 구해주었다. 하나 형의후의 도는 점점 속도를 더하며 두 사람을 궁지에 몰고 있었다.

"그만 하시지요."

객점 구석에서 들려오는 목소리에도 형의후는 손은 멈추지 않은 채 고개만 돌렸다.

"이제야 나타나는군. 언제 나설지 궁금했다."

형의후는 객점에 들어선 이래 계속해서 자신의 신경을 자극하는 기운에 짜증이 치밀어 오르고 있었기에 상대가 정체를 드러내자 속이 시원했다.

"풍운객 때문에 누군가에게 도를 겨누다니. 풍운객에게 무슨 악감정이라도 있는 겁니까?"

객점 구석에 있던 이들 중 제법 그럴듯하게 생긴 사내의 말에 형의후의 얼굴이 시뻘겋게 변했다.

"이제야 진짜 귀면 같군."

이번에 말을 꺼낸 이는 그럴듯하게 생긴 사내 옆에 앉아 있던 얼굴에 상흔이 가득한 녀석이었다. 형의후는 도를 휘두르던 손을 멈추고 객점 구석을 향해 돌아섰다. 덕분에 염진곤과 광추엽은 손을 멈추고 호흡을 고를 수가 있었다.

"죽여 버리겠다."

형의후는 힘차게 바닥을 박차고 앞으로 달려갔다. 그리고 도를 머리 위로 들어 올려 방금 말한 사내를 일도양단해 버리려 했다.

탁.

형의후의 의도는 너무나 쉽게 좌절되었다. 가벼운 소리와 함께 형의후의 도는 더 이상 앞으로 움직이지 못했다.

"도를 뽑는다는 건 타인의 생명을 해하겠다는 뜻과 더불어 자신의 생명도 걸겠다는 뜻. 풍운객에 대한 소문 때문에 목숨을 걸겠다는 것이오?"

얼굴에 상흔이 가득한 사내가 자신의 팔을 잡고서 하는 말에 형의후는 허리에 힘을 주고 앞으로 한 발 나섰다.

"너 같은 애송이한테 듣지 않아도 알고 있는 일이다."

상대에게 도를 겨눈다는 의미를 모를 정도로 어수룩하다면 지금까지 살아 있을 수 있을 리가 없다. 형의후는 몸을 비틀어 상대의 손을 떨쳐 내고는 비틀린 몸을 원상태로 돌리며 힘껏 도를 휘둘렀다.

파박.

형의후는 눈앞의 상대가 순식간에 사라지자 도를 세워 앞을 방어했다.

펑.

부르르.

형의후는 폭음과 함께 느껴지는 진동에 도를 잡은 손에 힘을 주었다.

'제법이군.'

형의후는 눈앞의 상대를 순간적으로 놓친 것 따위는 전혀 신경 쓰이
지 않았다. 다만 눈앞의 상대가 쓸 만한 실력을 가졌다는 생각에 다음
공격에 대비해 모든 감각을 집중하기 시작했다.

"하압!"

순식간에 근육이 팽창하며 형의후의 도가 가볍게 떨렸다. 그 모습에
창을 든 사내가 소리쳤다.

"처음부터 전력을 다하지 않으면 곤란할 겁니다."

창을 든 사내의 말이 단순한 위협이 아니라는 건 형의후도 알고 있
었다. 상대를 시야에서 놓친다는 것 자체로 상대에게 한 수 뒤처지고
있는 것이기 때문이었다.

"닥쳐라! 어린 녀석들이 너무 건방지구나!"

형의후는 상대가 자신을 약자라고 생각하는 것을 참을 수가 없었다.
비록 도왕의 수준에는 미치지 못한다 할지라도 경지에 오른 자신을 이
리 대하다니… 그것도 자신보다 한참은 어린 녀석들이 말이다.

깡.

무서운 소리와 함께 형의후의 도가 상대의 도와 부딪쳤다. 형의후는
자신의 팔에서 느껴지는 힘에 눈을 커다랗게 떴다. 여태껏 그 누구도
자신의 도와 부딪치면서 뒤로 물러서지 않은 자가 없었다. 몇 번의 비
무에서 패한 적도 있지만 그것은 속도와 기교 탓이지 힘에서는 절대적
으로 강자였던 형의후였기에 놀라는 것이 당연한 일이었다.

"윽."

상대가 힘을 주어 밀어내자 순식간에 뒤로 물러선 형의후는 상대를
다시 한 번 자세히 살펴보았다. 얼굴 가득한 상흔과 한쪽 눈을 가린 안
대, 그리고 흑색 일색의 옷차림.

'어디선가 들어본 적이 있는데……'

형의후는 묘한 느낌에 기억을 더듬으면서 연신 상대를 살펴보다가 상대의 손에 들린 묵색 도를 보는 순간 가슴이 뜨끔했다.

"그게 전력을 다한 것이오?"

묵도를 든 사내의 말에도 형의후는 아무런 말을 하지 않았다. 다만 형의후의 얼굴이 천천히 본래의 색으로 돌아갔다.

척.

거대한 도를 어깨에 걸친 형의후는 상체를 앞으로 숙이며 가만히 눈을 감았다.

웅웅웅.

형의후의 도가 울기 시작하자 묵도의 사내, 단운평은 묵뢰를 허리에 찼다.

"섬(閃)!"

'비에 젖은 천하를 밝히는 한줄기 빛이 있으니……'

단운평은 형의후의 외침에 순간 당황했으나 무리없이 초식 섬을 펼쳐 냈다.

채쟁.

도극과 도극이 부딪치며 날카로운 소리가 들렸다. 조용히 묵뢰를 허리춤에 다시 찬 단운평은 형의후가 펼친 도법의 초식이 섬이라는 사실에 웃음이 났다. 아무리 형의후가 풍운객, 즉 자신의 조부를 존경한다고 하나 풍운뇌력도법의 초식을 알 리가 없다. 그럼에도 불구하고 같은 이름의 초식을 쓴다는 건 무슨 인연이 있는 것일지도 모른다는 생각이 들었다.

"역시 대단하구먼. 전력을 다했다면 나는 죽었을 테지?"

부르르 팔이 떨리자 주먹을 꽉 쥔 형의후의 말에 단운평은 고개를 저었다.

"견뎌냈을 거라고 생각합니다."

단운평의 말투가 바뀌자 만약의 사태를 대비하고 있던 요호도 한시름 놓았지만 들고 있던 창은 내리지 않았다.

"정말로 풍운객 단 대협이 패하였는가?"

단운평은 또다시 놀라지 않을 수 없었다. 조부의 성을 알고 있으리라고는 전혀 생각하지 못했다.

"놀랐는가? 단 형님은 내게 우상 같은 존재일세."

쿵.

단운평은 심장이 터질 듯 격하게 뛰는 것을 느꼈다. 시간이 흐를수록 조부가 강호에서 연을 맺은 사람이 많다는 것을 알게 된다. 단지 무공의 강함만이 아닌 다른 이유로 지금까지 조부가 존경받는 것이 아닌가 하는 생각에 단운평은 뒤에 있는 관평위나 당가에 남아 있는 황군명과 당이록의 얼굴을 머리 속에 떠올려 보았다.

"긴 이야기는 앉아서… 아……."

관평위는 분위기가 묘하게 변하자 자리에 앉기를 권했지만 어느새 단운평과 형의후의 충돌로 인해 주변은 어지럽게 부서져 있었다.

"이봐! 주인장!"

형의후는 커다란 목소리로 객점의 주인을 불렀다. 하지만 객점의 주인은 주방에 들어가 전혀 모습을 보이지 않고 있었다.

"어서 나와! 부숴놓은 거 보상해 줄 테니."

"예! 지금 나갑니다."

형의후의 말에 객점의 주인이 부리나케 나왔다. 그의 그런 모습에 주화령은 역시 돈이구나 하는 생각과 함께 형의후란 사내에 대한 평가를 달리할 수밖에 없었다.

좀 전에 자신보다 약한 두 무인을 억지에 가까운 이유로 괴롭히는 모습에 제대로 된 무인이 아니라고 생각했건만 지금은 객점의 수리 비용을 물어주려고 한다. 어느 쪽이 진짜 모습인지 몰라도 저 정도의 힘을 가진 자가 약자의 피해를 보상하는 모습을 보아 그리 나쁜 사람이 아닐 것이다.

"너희도 이리 오너라."

형의후의 말에 구석에서 형의후와 단운평의 모습에 두 눈을 크게 뜨고 바라보던 염진곤과 광추엽은 주저하다가 다가갔다.

"연기는 제법이다만……."

단운평의 갑작스런 말에 형의후가 흠칫하는 순간 요호의 창이 움직였다. 그리고 그와 동시에 관평위의 세류편도 움직였다.

까강.

염진곤은 가볍게 세류편을 쳐내고는 단운평을 바라보았다.

"어떻게 알아차렸소?"

"도림에서 본 기억이 있다."

염진곤은 당혹스러웠다. 도림에 단운평이 왔을 때 멀리 떨어져 그의 얼굴을 바라본 적이 있었다. 그때를 기억한다고? 있을 수 없는 일이다.

"그렇다고 치고, 자… 그럼 어떻게 할 것이오?"

자신이 누군지 알게 된 이상 자신을 살려둘 리 없다고 생각하는 염진곤이었다.

"넌 누구지?"

단운평이 염진곤의 말을 무시하고 묻자 광추엽은 피식 웃었다.

"내 이름은 광추엽이오."

하나 염진곤을 제외한 누구도 그의 이름만으로는 광추엽이 누군지 알지 못했다.

"무슨 일로 우리를 기다린 거지?"

"무슨 소린지. 우리가 당신들을 기다릴 이유가 있습니까?"

광추엽의 말에 요호의 얼굴이 굳어졌다.

第三十二章

욕망이라는 것은 감춰지는 것이 아니다

"젠장!"

황군명은 머리 위에서 폭우처럼 쏟아지는 화살들을 보고는 힘껏 바닥을 차서 뒤쪽으로 몸을 던졌다. 황군명은 밖의 상황을 보고받고는 헛소리라고 생각했다. 어떻게 믿을 수가 있겠는가. 뛰어난 수백 명의 궁사가 당가 밖에서 연신 활을 쏘아대고 있다는 것을. 하지만 그것은 사실이었다.

"저것들은 도대체 어디서 나타난 세력이냐? 아무리 생각해도 무림맹에서 보낸 자들이라고 생각하기는 어렵다."

당거영의 물음에 황군명은 발가락 바로 앞에 박혀 있는 화살에 등줄기로 흘러내리는 땀을 느끼며 고개를 돌렸다.

"있을 수 없는 일이지만… 저들은 아무리 봐도 황군인 것 같습니다."

그 말에 당거영은 어처구니없다는 듯 황군명을 바라보았다.

"무슨 헛소리냐?"

당거영 대신 황군명에게 묻는 사람은 당공진이었다. 그의 물음에 황군명은 고개를 저으며 대답했다.

"확신은 없습니다만, 저 정도의 실력을 가진 궁사들이 저리도 많은 집단은 황군뿐입니다."

탁.

이리저리 바쁘게 뛰어다니며 당가인들을 지휘하던 당공의가 당거영 옆에 섰다.

"아무래도 황군이 온 듯합니다."

당공의의 말에 당거영의 다문 입에서 마침내 신음성이 터져 나왔다.

"적의 규모는 어느 정도입니까?"

황군명의 물음에 당공의는 고개를 절레절레 저었다. 상대가 황군이라면 수는 무의미해진다. 아니, 관의 의지가 아니라 황군 중 일부가 왔다 하더라도 문제는 여전히 심각하다. 그들을 공격하는 것 자체가 자칫 황제에 대한 반역을 의미하게 될지도 모를 일이다.

관과 무림이 서로 거리를 두는 건 그 연원을 찾기 어려울 정도로 오래전 일이지만 누가 뭐래도 황제는 중원을 호령하는 천하제일인, 무림도 예외일 수가 없었다.

"저들이 황군이라는 건 아직 확실하지 않은 일이지 않습니까?"

얼마 전에 풍운회로 합류한 하남남궁가의 소장주이자 강호팔걸의 일인인 남궁력의 말에 당공진은 내심 한숨을 쉬었다. 황군명 정도를 바라는 건 아니지만 저런 질문을 할 정도는 곤란하다.

"모반의 의도가 아니라면 저 정도로 뛰어난 궁사들을 보유하고 있을 수가 없소. 저 정도의 규모라면 황군에 대적하려 한다고밖엔 생각할 수 없을 테니."

창이나 검과 다르게 궁(弓)은 장거리에서 공격하기 위한 무기이다. 그런 궁을 잘 다루는 이들이 수백에 이른다는 건 엄청난 훈련을 했다는 것, 나라를 지키는 군대가 아닌 이상 그런 행동은 반역의 의사가 있다고 판단하는 것이 일반적이었다. 그렇지 않아도 황궁은 무림의 세력이 커지는 것에 민감해하고 있었으니 무림맹에서 저런 궁사들을 보유하고 있을 리는 만무한 일이었다.

"황궁에서 우리를 적대시한다는 겁니까?"

남궁력의 연이은 질문에 당공진은 눈살을 찌푸리며 황군명을 바라보았다.

당공진이 귀찮다 생각하고 있음을 눈치챈 황군명은 주변을 둘러보며 남궁력의 질문에 대한 답을 했다.

"황궁이라기보다는 철혈무제 혹은 도왕의 힘이 거기까지 닿는다는 것일 거요."

황군명의 말에 남궁력의 표정이 묘하게 변했다. 비록 무림맹이나 도림으로부터 자신들을 지키기 위해 풍운회에 들어왔으나 철혈무제님이 아닌 철혈무제라는 말은 괜히 듣기 거북했다.

삐각.

순식간에 남궁력의 뒤통수를 친 사람은 다름 아닌 현 남궁세가의 가주 남궁모수였다.

"정신 차리고 어서 불이나 꺼라."

날아드는 화살들 중 일부에는 불이 붙어 있어 일부 건물의 지붕에 불이 붙었다. 풍운회 인원 전부는 당가 내에 있을 뿐 밖으로 나가지 않고 있었기에 제법 빠르게 불길을 잡을 수 있었다. 그리고 연신 날아드는 화살들을 꺾어 부상자가 발생하지 않도록 노력하고 있었다.

"젠장. 어서 밖으로 나가서 저놈들을 죽여……."

답답해진 당이록의 입에서 나오던 말은 황군명의 눈빛에 멈칫하고 말았다.

'제길. 나도 알고 있다고. 하지만…….'

황군들 중 궁사의 일부만 이곳에 와 있기에 접근하여 공격한다면 저 정도 수의 궁사들을 죽이는 건 그리 어려운 일이 아니었다. 물론 희생은 각오해야 하지만 말이다. 문제는 일부라도 황군을 쓰러뜨린다면 황궁에서 가만히 있지 않을 거라는 것이다. 더 많은 수의 군사들이 올 것이고 그들을 물리친다면 대규모의 군대가 올지도 모른다. 그렇다고 질 수도 없는 일. 풍운회는 지금 이기지 않는 전투를 하고 있었다.

"당이연을 비롯한 독문의 고수들이 잘해줘야 할 텐데."

황군명은 날아드는 화살을 봉으로 쳐내며 중얼거렸다.

'빌어먹을. 어디 있는지도 모를 적을 제거하라니. 그것도 부상이 채 낫지도 않았건만…….'

당이연은 부지런히 발을 움직이며 눈동자를 어지럽게 돌리고 있었다. 황군명의 부탁을 받고 이번에 쳐들어온 적들 중 가장 높은 지위에 있는 자를 포획하기 위해 적들 사이를 헤치고 다니지만 전혀 알 수가 없었다.

일반적으로 무리의 가장 앞이나 가장 뒤에 적장이 있다. 그런데 이들은 그런 법칙이 전혀 통하지 않았다. 앞쪽이든 뒤쪽이든 적장의 존재를 찾을 수가 없다. 아니, 도대체 이들이 누군가의 통솔을 받고 있는지조차 알 수가 없었다. 적장이 아니더라도 중간중간에 명을 전하는 사람이 있을진대 그들조차 보이지 않았으니 당이연이 알아차릴 수 없는 건 당연한 일이었다. 그때였다.

쉬익.

귓속에 들어온 소리에 당이연은 급히 옆으로 몸을 던졌다.

서격.

알싸한 느낌에 당이연이 옆구리에 손을 가져가자 끈적한 무언가가 느껴졌다.

"그걸 피하다니, 제법 실력이 있는 녀석인가 보군."

높낮이없는 차가운 목소리. 당이연은 눈을 돌려 자신을 공격한 상대를 바라보았다. 장검을 양손으로 잡고 있는 사내의 키가 몹시도 커 고개를 들어야 상대의 얼굴을 볼 수가 있었다.

"풍룡이란 녀석을 기다렸건만 네놈은 그놈이 아닌 것 같군."

사내의 눈이 자신의 허리춤에 가 있음을 알아차린 당이연은 씁쓸하게 웃었다. 그리고 천천히 검을 뽑았다.

"어디 있었기에 보이지 않았지?"

당이연이 검을 뽑아 들고 사내에게 묻자 사내는 피식 웃었다. 일반적으로 이런 경우는 이름이나 별호 혹은 소속 등을 물어 정체를 파악하려 하는데 당이연은 전혀 다른 질문을 하고 있었다.

"자네 이름이 뭔가?"

사내의 질문에 당이연은 고개를 젓고선 천천히 걸음을 옮겼다.

팟.

순식간에 허공을 가르고 내려쳐진 사내의 검. 당이연은 가볍게 검을 들어 사내의 검의 궤적을 흩뜨리고는 오른발을 축으로 해서 몸을 빙그르 돌렸다. 당이연의 왼쪽 팔꿈치가 사내의 명치를 노리고 날아들자 사내는 급히 발을 놀려 당이연의 공격을 비켜내었다.

'곤란하군.'

주변에 병사들이 모여들자 당이연은 급히 눈을 돌려 탈출할 곳을 찾았다. 하나 당이연이 서 있는 곳은 적진의 한복판. 당이연은 다급한 순간에 머리 속에 떠오르는 인물이 단운평이라는 사실에 왠지 웃음이 났다.

슈슝.

옆에서 창을 들고 다가서는 적의 움직임에 긴장하던 당이연은 날카로운 소리와 함께 창을 든 병사들이 뒤로 물러서자 자신의 옆에 선 사람이 누군지 고개를 돌려 바라보았다.

"설마 이 넓은 곳에서 단 몇 명으로 찾을 수 있을 거라고 생각한 건 아니지?"

흰 이를 드러내며 웃어 보이는 당이록의 양손에는 비도가 잔뜩 들려 있었다.

"그래, 찾았나?"

당이연은 피식 웃고는 당이록에게 물었다. 그러자 당이록은 한숨을 푹 쉬고는 대답했다.

"아무리 살펴보아도 이곳에는 없는 듯하더군. 때문에… 주변을 살펴보았는데 아무래도 계획을 지휘하는 자는 제법 멀리 있는 게 아닌가 생각되는데……."

당이록의 말에 장신(長身)의 사내가 대소를 터뜨리며 말했다.

"너희의 얕은 수 따위는 우리 군사들에게 통하지 않는다. 헉!"

장신의 사내는 자신의 뒷목에 닿아 있는 것이 날카로운 검임을 알고 선 더 이상 웃지도 말하지도 못했다.

"그래서 지휘관들은 어디 있는 거지?"

그 목소리에 인상을 찌푸리는 당이록. 당이록의 입에서 나온 말에 당이연의 두 눈이 휘둥그레졌다.

"화산일룡! 아직 살아 있으리라고는 생각하지 못했는데……."

쾌속. 요호의 창은 그야말로 빛살처럼 빨랐다. 연신 세류편을 휘두르는 관평위도 감탄할 정도였으니 적들 역시 두려움을 가지지 않을 수 없었다.

"제법이군."

한 발 물러나 어지러운 객점 안을 관망하고 있던 단운평은 권중이 위기에 처하자 손에 든 젓가락에 경력을 실어 힘껏 던졌다.

"크억."

미간이 관통된 사내는 눈자위를 뒤집으며 쓰러졌다. 권중이 놀라 뒤돌아봤지만 단운평의 표정에는 조금도 변화가 없었다. 그런 단운평의 모습에 섬찟한 감도 없진 않았지만 그보다 눈앞의 적이 강하다 할지라도 능히 이길 수 있으리라는 생각이 들었다.

'이것인가?

차분한 마음으로 손을 움직이던 권중은 묘한 느낌에 웃음이 났다. 편안한 마음으로 무공을 펼치자 평소 약간은 어색했던 초식 간 연계가 자연스럽게 이어지고 있었다. 사람인 이상 생명을 담보로 한 격돌에 긴장이 없을 수 없다. 이러한 긴장감은 불안감을 가짐으로써 생겨난다. 불안감을 가진 이상 완벽한 무공을 펼칠 수 없는 건 당연한 일이었다. 그런데 지금은 마음껏 기량을 뽐낼 수 있었다. '무사는 자신을 알아주는 장수를 위해 죽을 수 있다'란 말의 의미를 지금의 권중은 충분히 알 수 있었다.

쩡!

염진곤의 도극과 요호의 창끝이 부딪치자 날카로운 소리가 터져 나왔다. 광추엽과 겨루고 있던 관평위는 빙그르 회전하면서 세류편을 휘둘러 주변 공격에 대비하며 뒤로 물러섰다.

"크아악!"

또 한명의 사내를 양단한 형의후도 단운평 가까이 섰다.

"이것 참 끝이 없구먼."

식탁에 앉아 있던 이들뿐 아니라 객점으로 끊임없이 쏟아져 들어오는 인원들 역시 단운평 일행에게 달려들고 있었던 것이다.

파바박!

쾌검식을 펼쳐 상대를 물러나게 한 주화령도 단운평의 곁에 섰다.

"아무래도 힘을 빼겠다는 건 아닌 것 같군요."

한 시진이나 싸웠건만 사망자는 기껏 세 명. 적들의 실력이 뛰어난 것도 있지만 공격보다 방어를 위주로 한 초식을 사용하고 있기에 사망자가 적게 나왔다.

"누군가가 오고 있소."

단운평은 익숙한 느낌에 급히 문 쪽으로 달려갔다. 워낙에 빠른 움직임이라 누구도 그를 막아서지 못했다.

쾅.

단운평의 일권에 산산조각이 난 문밖에는 두 사람이 서 있었다.

"두 사람이 함께 오다니, 절대로 믿지 못할 일이군."

다시금 세류편으로 광추엽을 공격하는 관평위의 말에 요호는 창대로 염진곤을 막아내며 소리쳤다.

"천하와 맞서는 자도 있는데 저 둘이 함께 있는 것 정도를 두고 믿지 못할 일이라 하기는 어렵지."

천하와 맞서는 자. 단운평을 이르는 말이다.

'제법 입심이 늘었군.'

관평위는 피식 웃으며 요호를 힐끗 바라보았다.

"이렇게 빨리 다시 만나리라고는 생각지 못했는데."

단운평의 말에 광동진가의 차남 혈견 진마옥은 씁쓸하게 웃으며 단운평을 향해 포권을 해 보였다.

"오랜만이오."

진마옥이 인사를 하는 반면 그의 옆에 서 있던 도왕친위대주 전습은 차가운 표정으로 단운평을 노려볼 뿐이었다.

"풍운객은 어디에 숨겼나?"

전습의 말에 단운평의 눈빛이 순간적으로 흔들렸다.

'살아 계시는군.'

승패 따위는 단운평의 관심사가 아니었다. 이 순간 조부의 생사를 확인한 것으로 단운평은 한시름 놓을 수가 있었다.

"어느 정도 늘었는지 확인해 봐야겠군."

단운평의 말에 진마옥은 과거 단운평에게 맞았던 기억이 떠올라 등골이 서늘했다. 한편 무시당한 전습은 단운평을 향해 한 걸음 나섰다.

"슬슬 마무리를 해야 할 땐가?"

초류염은 천천히 창가로 다가가 하늘을 바라보았다. 맑은 하늘 저편에서 검은 구름이 몰려드는 것이 보였다.

"도림의 힘이 더 빠지기 전에는 곤란합니다만……."

혁련비의 말에 초류염은 고개를 저었다.

"너무 약해져도 곤란하다. 나는 완전한 복종을 원하니까."

힘 빠진 도림을 쳤다간 사파인들에게 인정받기 힘들다는 걸 잘 알고 있는 초류염이었다. 정파인들의 존경은 지금도 충분히 받고 있으니 상관없지만 사파인들이 진정한 천하제일인으로 여기는 자는 화엽상이라는 것을 알고 있었던 것이다.

"그것보다 풍운객은 찾았느냐?"

"도왕과 겨루고 살아남았다고는 하지만 그 정도의 충돌이라면 굉장한 의원을 찾지 않고선 회복될 수 없는 일입니다. 천하의 이름난 명의들을 추궁해 보았지만 나타나지 않았던 것으로 보아 간신히 목숨만 건지고 있을 듯합니다. 조금의 시간이 흐르면 저절로 모습을 드러낼 수밖에 없을……."

쾅.

혁련비는 초류염이 가볍게 발을 구르자 흠칫하며 허리를 굽혔다.

"날이 갈수록 말이 길어지는구나. 내가 물은 건 찾았냐는 것이었다."

"죄송합니다. 아직……."

혁련비는 온몸이 절로 떨렸다. 눈앞에서 손 하나 까딱하지 않고 사람의 몸을 조각내 버리는 것을 보았던 혁련비로선 초류염의 행동 하나하나에 민감할 수밖에 없었다.

"아직 못 찾았다면 그 녀석이라도 잡아와라."

혁련비는 초류염이 말하는 그 녀석이 바로 단운평이라는 것을 알고 포권을 해 보였다.

"존명!"

혁련비가 밖으로 나가자 초류염은 비릿한 미소를 지었다. 초류염은 혁련비가 자신의 군사를 하고 있는 이유를 잘 알고 있었다. 자신에게 후사가 없기에 거대한 권력을 이어받을 수 있으리라 생각하고 있으리라. 아니, 자신의 힘이 부족하다는 것을 알기에 가문을 천하제일가문으로 만드는 것을 목표로 하고 있는 것일지도 모른다. 하지만…

스르륵.

마치 처음부터 거기에 있었던 양 나타난 한 인물의 등장에 초류염의 표정이 묘하게 변했다.

"그것을 이룰 때가 드디어 왔다."

모습을 드러낸 인물의 말에 초류염은 고개를 끄덕였다.

"그래. 그것 때문에 많은 도움을 받았지. 분명 자네의 소원은 이뤄질 걸세. 사파인 따위가 존경받는 일은 있어서는 아니 되는 일이지."

초류염의 말에 고개를 끄덕이던 사내는 갑자기 표정을 굳혔다.

"그런데 말이네. 풍룡 그 아이는 죽이기엔 아까운 인재인 듯하더군."

사내의 말에 초류염의 표정도 굳어졌다.

"풍운객이나 풍룡이나 살려둬서는 곤란한 자들일세. 그리고 풍운객을 죽여야 한다고 한 사람은 자네가 아닌가?"

초류염의 온몸에서 뿜어져 나오는 기운에 방 안 공기가 휘몰아쳤다. 하나 초류염의 앞에 선 사내는 조금의 동요도 보이지 않았다.

"풍운객은 사라져야 할 존재일세. 하지만 그 아이는……."

"풍운객만큼이나 많은 존재에게 영향을 미치는 아이일세."

초류염의 말에 사내는 고개를 끄덕였다. 그것은 부정할 수 없는 사실이었다. 한참을 적막 속에 있던 초류염이 다시금 입을 열었다.

"그건 그렇고, 자네의 제자는 어쩌고 있는 것인가?"

"그 녀석이야 시킨 대로 잘 따르고 있지 않은가?"

"진짜 자네 제자 말일세."

초류염의 말에 사내는 한숨을 쉬었다.

"녀석은 워낙에 고집이 세서 한번 옳다고 믿는 건… 하지만 나에 대해서 떠벌리고 다닐 아이는 아니니 그냥 두게."

사내의 말에 초류염은 눈살을 찌푸렸다.

"자네에게는 미안한 일이지만 그 녀석도 죽이는 것이 어떤가?"

치치직.

방 안의 공기가 타 들어가는 소리가 들렸다.

"우리는 살인자가 아니지 않은가. 거슬린다고 모두 죽이는 건 안 되는 일일세."

사내의 말에 초류염은 내심 웃음이 났다. 눈앞의 사내가 스스로가 정의롭다 생각하고 있다는 것을 이해하기 힘들었기 때문이다. 자신들의 행동은 누구보다 강하기에 옳은 것이다. 그런데 눈앞의 사내는 옳기 때문에 강하다 믿고 있으니 어찌 웃음이 나지 않겠는가.

'한때는 존경해 마지않았던 자이나 이제는 그저 꿈꾸는 자일 뿐이지 않은가.'

초류염은 사내를 상대하는 것이 귀찮아졌지만 사내는 함부로 대할 수 있는 이가 아니었기에 참고 사내의 정의에 대한 긴 이야기를 들어 줘야 했다.

第三十三章

용서받지 못할 일들을 하는 데에는

그만큼의 용기가 필요하다

"큭."

가벼운 신음과 함께 물러선 요호. 요호의 창은 단운평에 의해 두 개로 나눠졌던 것을 다시 하나로 붙인 관계로 창대의 중간에 붙인 흔적이 남아 있었지만, 붙이면서 몇백 번의 담금질을 거쳤기에 창은 더 더욱 튼튼해져 있었다. 때문에 창이 부러지지는 않았지만 심하게 요동치고 있었다.

"하앗!"

탕.

창 뒤쪽을 바닥에 찍어 진동을 멈춘 요호는 가볍게 몸을 비틀어 날아드는 주먹을 피했다. 전습과 진마옥보다 조금 늦게 객점으로 들어선 진무옥의 빠른 몸놀림은 요호를 놀라게 했다.

"대단하군."

요호는 순수하게 상대를 인정했다. 하지만 진무옥의 안색은 그리 밝지 않았다. 짧은 시간 강해지기 위해 목숨을 걸고 무공을 연마했건만 단운평보다 한 수 아래인 요호도 이기지 못하고 있으니…….

"죽어라!"

챙.

전습의 금도가 단운평을 향해 날아들자 단운평은 묵뢰를 쳐들어 금도를 쳐냈다. 이어 공격하려던 단운평은 급히 몸을 움직여 뒤에서 다가오는 또 다른 금도를 피했다.

"죽여 버리… 윽."

퍽.

전습의 친우이자 또 다른 금도의 주인인 용적운은 단운평의 원앙퇴를 미처 피하지 못해 어깨를 감싸고 뒤로 물러섰다. 그 순간 달려드는 한 여인, 단운평은 아무런 표정의 변화 없이 도를 휘둘렀다.

"악!"

순식간에 여인의 어깨는 붉게 물들었다.

"나도 많이 무뎌졌군."

목을 베려 하다가 손목을 비틀어 어깨를 쳤다. 단운평은 힐끗 주화령을 바라보고선 고개를 저었다.

콰직.

단운평이 힘차게 바닥을 박차고 앞으로 나가자 바닥이 움푹 파였다. 강한 진각의 흔적에 전습이 잠깐 동안 시선을 빼앗긴 순간 단운평의 모습이 사라졌다. 급히 주변을 둘러보던 전습은 진무옥의 목소리에 몸을 뒤로 던질 수밖에 없었다.

"피해랏!"

콰콰쾅.

초식 우의 위력은 이전보다 훨씬 강해졌다. 단조평의 조언으로 인해 어떤 깨달음을 얻은 단운평은 초식 운행 시 강약을 조절함으로써 위력이 배가된다는 것을 알았던 것이다.

"크아악."

'흐름도 중요하지만 강약의 배분은 너무나 미묘하군.'

어떤 초식을 사용할 때는 움직임 전체를 고려해서 '흐름'을 만들어야 한다. 그것이 바로 초식의 올바른 운행이다. 지금 단운평의 변화는 하나의 동작을 이루는 세부적인 움직임과 기의 흐름을 강제적으로 늦추었다가 그 힘의 억제력이 한계에 달한 순간 움직임을 이어 힘을 배가하는 것으로 이루어지는 것이었다. 활을 쏠 때 최대한 활을 당겼다가 마지막의 마지막에 손을 놓으면 화살의 힘은 최고조에 달한다. 그러나 그 마지막의 마지막이라는 것이 무척이나 어렵다. 지나칠 경우 적당히 당겼을 때보다 위력이 떨어지기 때문이다. 단운평은 극도의 집중으로 그 마지막의 마지막 순간에 초식을 펼침으로써 한층 높아진 위력의 풍운뇌력도법을 펼치고 있는 것이었다. 하나 단조평이 말한 비의 은혜로움과는 거리가 있었으니……

"살(殺)!"

단운평의 외침에 관평위를 비롯한 단운평 일행의 눈빛이 변했다. 적들을 죽이는 데 주력하라는 말이다. 그것은 밖에 또 다른 적들이 오고 있다는 말. 다른 이들이 오기 전에 최대한 적을 줄여야 한다는 말이었다.

차르륵.

쇄액.

관평위의 세류편이 길게 늘어졌다가 빠르게 앞으로 쏘아져 나갔다.

"자, 어서 가지?"

화산일룡 임선곽은 장신의 사내가 장소를 말하자 주저없이 사내의 목을 꿰뚫어 버렸다. 조금의 감정도 보이지 않는 눈. 당이록이 많이 본 눈빛이라 생각하는 순간 당이연의 입에서 나온 말에 절로 고개를 끄덕였다.

"죽었구먼."

눈이 죽어 있다. 그것의 이유는 문파에 의해 배신을 당했기 때문이거나 화산장로 배명환의 죽음 때문일 것이다. 당이록은 단운평과 한편으로는 비슷하면서 또 다른 그 눈빛에 그의 모습이 조금은 슬퍼 보였지만 다시금 주변에 다가서는 적들 때문에 손을 멈출 수는 없었다.

"이쪽이오."

임선곽의 전음성에 쾌검을 펼쳐 적들을 물러나게 한 당이연은 짧은 휘파람 소리로 주변의 독문인들에게 신호를 보냈다.

사르륵.

당이연과 독문도들은 마치 사그라지는 연기처럼 모습을 감추었다. 그 모습에 당이록은 급히 임선곽이 있는 곳으로 움직이려 했으나 당이연이 사라지자 무인들은 당이록을 향해 공격이 용이해져 당이록을 압박하기 시작했다.

"젠장."

당이록은 주머니 가득 채워온 비도들의 수가 확연하게 줄어들고 있음을 느끼고 소리를 지르지 않을 수 없었다. 자신이 사용하는 비도는 자신의 손에 가장 맞도록 손수 만든 것으로 이런 곳에서 사용하려던 것이 아니기 때문이었다.

"윽."

짧은 비명성과 함께 당이록을 압박하던 무인들의 집중력이 떨어졌다.

"멈춰라!"

임선곽의 외침에 모두의 시선이 임선곽에게로 향했다. 당이록은 임선곽이 제법 먼 거리에 있자 고개를 돌려 당이연을 찾았지만 여전히 보이지 않았다.

"대장님."

말한 자가 누군지 모르지만 당이록의 귀에 분명히 들렸다. 그러자 임선곽은 비릿한 미소와 함께 사로잡은 사내의 목을 거칠게 움켜쥐었다.

뚜둑.

무서운 소리와 함께 임선곽에게 목이 잡힌 사내는 신음성을 토했다.

"우욱."

바둥거리며 고통에 몸부림치는 사내는 임선곽의 손아귀 힘이 조금 줄어들자 급히 소리쳤다.

"후… 후퇴… 후퇴하라!"

하나 병사들은 움직이지 않았다. 그때 또 다른 목소리가 들려왔다.

"물러서라!"

다급한 목소리는 당이록에게 그 주인이 무척이나 어릴 것이라는 생각을 가지게 했다.

사사삭.

급하게 물러서는 병사들. 커다란 북소리와 함께 당가를 향해 화살을 쏘던 궁사들도 뒤로 물러서기 시작했다.

"제법 높은 놈인 것 같은데… 그놈은 누구지?"

모습을 드러낸 두 사람, 당이연과 황의의 사내를 향해 당이록이 물었다.

"나는……."

퍽.

당이연의 주먹질에 황의 사내는 더 이상 말을 할 수가 없었다.

"군사들을 돌려라. 네 생명은 보장할 테니."

당이연의 목소리도 임선곽처럼 차가웠으나 임선곽과는 다른 느낌을 주고 있었다.

"멈춰라! 그분이 누군지 알고 그리 행동하는 것이냐!"

무사들 중에 가장 나이가 많아 보이는 한 사내의 소리에 당이연은 황의의 사내를 끌고 임선곽 가까이 다가갔다. 그러자 당이연에게 잡혀 있던 황의 사내의 얼굴이 하얗게 질려갔다. 적어도 당이연은 목을 움켜쥐고 있지는 않았다.

"모두들 뒤로 물러서라!"

다급한 목소리의 황의 사내의 명에 궁사들과 검을 든 무사들은 빠르게 움직이기 시작했다.

"저자는 누구냐?"

임선곽에게 잡혀 있던 사내는 임선곽이 자신의 목에서 손을 떼자 거칠게 숨을 들이키다가 임선곽의 손이 다시금 자신의 목덜미에 닿으려 하자 급히 대답했다.

"저분은 태자 전하께 글을 가르치는 분이시다. 저분에게 자그만 상처라도 생겼다가는 너희의 목숨은 물론 일족마저도 생명을 부지하지 못할 것이다."

차기 황제의 글선생이라면 황제가 그 누구보다 믿음을 가지고 있는 자일 것이다. 그런 자가 죽었을 경우 발생할 일은 사내의 말과 조금도 다르지 않을 것이라는 건 당이록과 당이연, 그리고 임선곽도 분명히 알 수 있었다.

"재밌군. 어떻게 될지 한번 확인해 볼까?"

임선곽이 다가서자 당이연은 검을 뽑아 들었다.

"다가오지 마시오."

임선곽의 경우는 사내를 죽이는 것이 좋았다. 자신을 버린 화산파가 해를 당한다는 건 자신이 바라는 일이었다. 하지만 당이연과 당이록은 입장이 전혀 달랐다.

"농담이니 너무 긴장할 거 없소."

임선곽은 피식 웃고는 숨을 고르고 있던 사내의 어깨를 잡아서 다시금 물었다.

"저기 저 사내는 누구냐?"

임선곽은 손가락을 들어 황의의 사내를 해쳐서는 안 된다고 말한 가장 나이가 많아 보이는 무사를 가리켰다.

"저분은……."

사내는 더 이상 말을 잇지 않고 머뭇거렸다. 그러자 임선곽은 사내의 어깨를 힘껏 움켜잡았다.

우드득.

뼈가 부서지는 소리와 함께 사내는 비명을 지르며 바닥을 뒹굴었다. 하나 누구도 그 사내 가까이 다가갈 수 없었다. 태연한 표정의 임선곽이 사내의 목을 발로 누르고 있기 때문이었다.

"다시 묻지. 저 사내는 누구냐?"

"직접 답해 드리리다."

중년의 나이쯤으로 보이는 사내의 얼굴에는 크고 작은 상흔들이 가득했다.

'왜 저자를 알아보지 못했을까… 군명이라면 알아차렸을 텐데…….'

당이록은 중년 사내의 눈빛이 형형한 것이 범상치 않음을 이제야 알아차렸다. 외견에만 신경을 썼던 자신이 부끄러웠다. 그리고 당이록의 그러한 감정은 당이연이나 임선곽도 똑같이 느끼고 있었다.

"성함이 어찌 되시오?"

당이연은 중년 사내에게 무례하게 굴 수가 없었다. 어떤 압박감을 느껴서가 아니다. 그러한 행동은 스스로 못난 사람임을 나타내는 것이라 생각되었기 때문이다.

"나는 철유환이라고 하오."

임선곽의 눈이 순간 커졌다.

"당신이 맹장으로 유명한 그 철유환이란 말입니까?"

당이록의 물음에 임선곽에게 잡혀 있던 사내가 비릿한 미소를 지으며 말했다.

"너희가 이처럼 기습할 것을 장군님은 이미 알고 계셨다. 너희가 아무리 날고 긴다 할지라도 이곳에서 살아 돌아갈 수는 없을 것이다."

당이연은 제법 거리를 둔 채 자신들을 향해 활을 겨누고 있는 궁사들을 발견하고는 온몸의 털이 곤두서는 느낌이었다. 모두 네 겹으로 원을 그리고 있는 궁사들의 눈빛은 조금의 긴장감도 보이지 않고 그저 철유환의 명만 기다리고 있었다.

"이자가 죽으면 곤란하지 않소?"

당이연은 자신이 점혈한 사내의 목에 검을 가져다 댔다. 하나 철유환은 조금의 동요도 보이지 않고 있었다.

"군사가 아니었으면 당가 따위 한 시진이면 무너뜨릴 자신이 있으니 한번 해보시게."

황제는 뛰어난 학식을 가진 자를 군사로 보내면 일이 더 쉬워질 것이라고 생각했지만 철유환은 전혀 그렇지 않음을 알고 있었다. 전쟁에 경험이 없는 젊은 군사는 병졸들을 장기의 말처럼 여겼으니 병졸들이 최선을 다할 리가 없었다.

'최선을 다하지 않고 무림인들을 이긴다니… 불가능한 일이지.'

더군다나 철유환은 왜 당가를, 아니, 풍운회를 공격해야 하는 것인지 이해할 수가 없었다. 숱한 이해할 수 없는 명에도 따랐지만 이번에는 도무지 이해할 수 없는 일이었다. 무림 전체를 공격하는 것도 아니고 사파 집단을 공격하는 것도 아니다. 아니, 지금 상황에 풍운회가 무너졌다간 커다란 혼란이 일어날지도 모르는 상황이었다. 분명 황제도 알고 있을 것이 틀림없건만 이런 명을 내렸다는 것을 믿을 수가 없었다.

"죽여달라는 말인가?"

임선곽의 말에 당이연에게 잡힌 사내의 안색이 하얗게 질렸다. 그렇지만 그의 눈은 차갑게 빛나고 있었으니…….

"쿨럭… 악… 악마다."

천앙의 사내는 피를 토해내며 단운평이 움직이는 모습을 보았다. 자신들은 봉인을 풀고 평상시보다 몇 배의 힘을 내면서 압박해 나갔으나 단운평의 일도를 막아내는 자가 없었다.

"젠장."

진마옥은 거칠게 머리를 흔들고는 쇠사슬을 감은 두 주먹을 번갈아가며 힘차게 휘둘렀다.

쩡. 쩔그럭.

펑.

폭음과 함께 요호는 충격을 줄이기 위해 두어 걸음 뒤로 물러섰다.

"대단하군."

솔직히 요호는 진마옥과의 승부가 금세 날 거라고 생각했었다. 그러나 아직 그를 제압하지 못하고 있었다. 물론 진마옥을 제압하지 못하는 것은 사방에서 달려드는 다른 무사들이라는 변수가 존재해서지만 그런 것들을 고려한다손 치더라도 자신의 맹공을 견뎌내는 건 분명히 진마옥의 실력이었다.

"헉… 헉……."

온몸에 자잘한 상처들이 생겨 조금은 흥분한 상태인 진마옥은 이리저리 창을 휘둘러 천앙 무사들의 공격을 막아내는 요호를 보며 짜증이 치밀어 올랐다.

"죽여 버리겠다."

진마옥은 손목에 꽂혀 있던 침을 뽑았다.

'뭐지?'

진마옥으로부터 뜨거운 바람 같은 것이 느껴지자 요호는 창을 쥔 손에 힘을 주었다.

"꽤나 강해졌군."

단운평의 말에 동생의 변화에 신경 쓰던 진무옥은 피식 웃었다.

"당신에게 이겨보고 싶었소."

진무옥의 말에 단운평은 힘껏 묵뢰를 휘둘러 주변 무사들의 검을 팅

겨내고는 앞으로 달려나갔다.

칭.

진무옥은 왼팔에 감긴 쇠사슬로 묵뢰를 튕겨내고는 오른발을 뻗었다. 하나 단운평은 가볍게 왼손을 뻗어 오른발을 막아내고는 힘을 주어 밀어냈다. 동시에 한 걸음 나서며 힘껏 오른발을 뻗었다.

팍.

치릉.

둔탁한 소리와 함께 단운평의 발이 진무옥의 팔을 가격하자 진무옥의 팔에 둘러진 쇠사슬들이 소리를 내었다. 단운평은 조금의 지체도 없이 묵뢰를 바닥에 꽂고 두 주먹을 내질렀다.

펑.

진무옥의 주먹과 단운평의 주먹이 부딪치는 순간 진무옥은 왼발을 축으로 몸을 돌려 충격을 완화시켰다. 하나 단운평은 조금의 미동도 없었다. 비록 단운평이 서 있는 바닥이 움푹 들어갔지만 충격을 몸 아래로 흘려 내린 것이라 아무런 충격도 없었다.

"후… 역시 당신의 전력을 보기는 힘들 것 같군."

진무옥은 단운평의 얼굴을 가만히 응시했다. 진무옥은 단운평에게 패한 후 단운평의 행적에 대해서 조사를 했었다. 천앙의 정보력은 곧 무림맹의 정보력. 단운평이 구파일방의 전대 고수와 동수를 이루었다는 정보를 입수했기에 그와의 싸움에는 승산이 없다는 것 정도는 이미 알고 있었다.

"침술은 사용하지 않을 건가?"

단운평의 말에 진무옥은 고소(苦笑)를 짓다가 허리춤에서 금침을 꺼내 들었다. 단운평이 침에 관한 이야기를 꺼낸 이상 어쩌면 단 한 수에 죽을지도 모른다. 서문호와의 인연으로 인해 한 번의 기회를 주는 것이리라. 침을 사용할 마지막 기회를 버리고 단운평과 겨루기에는 자신이 진 짐이 너무나 무거운 진무옥이었다.

"깨어나셨어요."

여인의 호들갑스러운 목소리에 눈을 뜨고 고개를 돌리던 단조평은 눈살을 찌푸렸다. 눈부신 햇살 때문이라기보다는 자신을 둘러싸고 내려다보는 많은 이들의 눈길이 부담스러웠기 때문이다.

"정신이 드시오?"

카랑카랑한 목소리에 단조평은 천천히 몸을 일으켰다.

'윽.'

단조평은 온몸이 부서지는 듯한 통증에 잠시 미간을 접었지만 이내 평온한 표정을 취했다.

"여긴 어딥니까?"

단조평의 목소리에 주변은 일순 적막에 휩싸였다. 잠시 후 어색한 웃음과 함께 카랑카랑한 목소리가 다시금 단조평의 귀에 들어갔다.

"그런 건 신경 쓰지 말고 조심해서 움직이는 것이 좋을 것이오. 아무리 좋은 약을 쓴다 해도 나이를 이길 수는 없을 테니. 그 나이에 어디서 그런 상처를 입으셨소?"

기분 나쁘게 들을 수도 있는 내용이지만 말을 하는 노인의 눈빛이나 표정을 보니 악의가 없어 보여 단조평은 픽 웃고는 손으로 침상을 짚고 다리를 바닥에 내렸다.

"신세를 진 것 같습니다. 은인께선 어떠한 분이신지……."

단조평은 방을 둘러보며 조용히 물었다. 느껴지는 기운으로 보아 무림인은 아닌 듯하지만 무림과 아니, 무림맹과 관련된 자라면 자신은 물론 노인 역시 곤란해질 수 있기 때문이었다.

"터무니없는 놈을 만나 평생에 해본 적 없는 일을 하고 있는 늙은이외다."

노인, 아니, 단운평의 또 다른 조부 사후락은 단조평에게 사람 좋은 미소를 보였다. 단조평은 고개를 갸웃하다가 상대 역시 신분을 알리길 꺼림에 그저 고개를 끄덕일 뿐이었다.

"염치없게 은혜만 입고 가봐야겠습니다. 급히 가봐야 하는 곳이 있어서."

단조평은 어서 단운평에게 달려가고 싶었다. 하지만 사후락은 그를 보낼 수 없었다. 아니, 그가 갈 수 있으리라 믿지 않았다.

"으윽."

"그 몸으로 어딜 간다고 그러시오. 무슨 급한 일이 있는지는 몰라도 그 상태로 당신을 보낼 수 없소."

사실 단조평은 나이보다 훨씬 젊어 보였기 때문에 평소의 사후락이라면 하대를 했을 것이다. 하지만 단조평의 얼굴에서 느껴지는 묘한 기운은 천하의 사후락에게도 적지 않은 압박감을 주었던 것이다.

"그럴 수는 없지요."

단조평은 이를 악물고 일어섰다. 눈앞이 핑 도는 느낌에 잠시 비틀거렸으나 쓰러지지 않았다. 그 모습에 사후락은 물론이고 화소민과 화소영 자매도 놀랐다. 의원의 말로는 정신을 차려도 한동안은 고통 때문에 아무것도 하지 못할 거라고 했다. 하나 일어서기까지 하다니… 이런 사내를 본 적은 있었다. 하나 이런 사내가 또 있으리라고 생각해본 적이 없는 이들이었기에 놀람이 클 수밖에 없었다.

"단 가가… 같은 분이네요."

화소영의 말에 사후락은 그저 고개를 끄덕일 수밖에 없었다.

"단 가가라니. 누구를 말하는 것이냐?"

다소 날카로운 목소리. 단조평의 목소리에 사후락 등은 순식간에 긴장 상태에 빠져들었다.

"혹시 운평이랑 아는 사이인 거냐?"

우연 혹은 필연일지 모를 일. 단조평은 화소영을 향해 말을 뱉고는 아차 하는 생각을 했다. 물론 가가란 말을 쓰는 사람들이니 단운평과 친분이 있는 사람들일 가능성이 있지만 혹시라도 전혀 상관이 없는 이들이라면 자신이 단운평과 관련있는, 아니, 그의 조부인 풍운객 단조평이라는 사실을 알게 되면 이들에게 위험이 발생될지도 모를 일이었다. 하나 단운평의 이름을 듣게 된 화소영은 반사적으로 물었다.

"단 가가와는 어떻게 아시는 거죠?"

"음……."

단조평은 어떻게 대답해야 할지 고민에 빠졌다. 그때 사후락이 나섰다.

"난 사후락이라 하는 마부라오. 녀석은 내게 손자나 다름없는 존재라오."

사후락은 마음속에 있던 생각을 처음으로 말했다. 그와 단운평 모두를 아는 이들은 이미 그런 사후락의 마음을 알고 있었던 것인지 몰라도 사후락이 이런 말을 하리라 생각하는 이는 아무도 없었으리라. 사후락의 말에 단조평의 눈이 커지며 한참을 사후락의 얼굴을 바라보았다. 그리고 부드러운 미소를 지으며 말했다.

"나는 그 녀석의 조부라오. 아무것도 해준 게 없는 조부."

단조평의 말에 이번에는 사후락의 두 눈이 휘둥그레졌다. 그리고 단조평과 같은 미소가 얼굴에 피었다.

"당신이 풍운객이라는 분이구려."

화소민은 살짝 화소영의 옷깃을 잡아당기며 밖으로 나갔다.

"조용히 물러날 테니 그는 보내주시오."

철유환의 말에 임선곽은 피식 웃었다.

"그런 말에 넘어가서 인질을 보낼 수는 없지."

그러나 당이연이 손을 놓고 천천히 뒤로 물러났다.

"무슨 짓이오!"

임선곽은 버럭 소리를 지르고는 자신이 잡고 있던 사내를 두고 당이연이 놓아준 사내를 잡으러 신법을 전개했다.

휙.

바람 소리와 함께 임선곽의 앞을 당이록이 막아섰다.

"무슨 짓인가!"

임선곽이 당이록에게 버럭 소리를 지르자 철유환은 피식 웃었다.

"어리군."

그의 한마디에 임선곽의 두 눈이 붉게 물들었다.

빠득.

이 가는 소리와 함께 임선곽의 검이 철유환의 목을 향해 날아갔다.

챙.

수십 개의 검이 임선곽의 검을 막았다.

"그만 하고 물러서라."

갑자기 철유환의 온몸에서 무시무시한 기운이 쏟아져 나오기 시작했다. 철유환의 사나운 기운에 새삼스러운 눈으로 그를 바라본 임선곽은 철유환의 눈빛이 자신보다 훨씬 깊은 어둠을 담고 있자 움찔하지 않을 수 없었다.

"진짜 전쟁이라도 하고 싶은 건가?"

챙.

철유환의 한마디에 임선곽 등을 둘러싼 수많은 무인들이 동시에 무기를 들었다.

"물러서시오."

당이연의 말에 임선곽은 고개를 돌려 당이연을 바라보았다.

"뭣 때문에 그를 놓아준 건가?"

임선곽의 말에 당이록은 한숨을 쉬었다.

"무슨 생각을 하고 있는지… 저 소리가 들리지 않는 건가?"

혼잣말이되 혼잣말이 아닌 말. 임선곽은 당이록의 말에 흥분을 가라앉히고 조용히 주변의 소리에 귀를 기울였다.

쿵. 쿵. 쿵.

힘차게 발을 구르는 소리. 멀리서 들려오는 그 소리는 낮았지만 넓게 퍼지며 묵직한 충격을 주었다.

"대체 몇 명이나 온 거요?"

임선곽의 물음에 철유환은 손가락 두 개를 세워 보였다.

"이만."

"뭐… 뭐라고?"

믿을 수 없는 이야기였다. 풍운회 전 인원이라 해봤자 그 수는 이천이 채 넘지 않는다. 황군의 수가 이만이라면 어떻게 해도 돌이킬 수 없다. 더구나 철유환은 최고의 장수였다. 풍운회를 치려고 한다면 이미 결과는 정해져 있는 일.

"농담치곤 심하군. 그 정도 수라면 왜 이제껏 당가를 쓰러뜨리지 않았지?"

못한 것이 아니라 안 한 것. 즉, 임선곽 역시 이만이라는 수가 의미하는 바가 무엇인지 정확히 알고 있다는 것이었다.

"내가 황제께 받은 명은 풍운회의 멸이 아니라 황제에 대한 반역자들을 처단하라는 명. 아무리 생각해도 너희 정도의 힘으로 황제께 반역을 꾀할 리가 없지 않은가."

철유환의 말에 당이연이 물었다.

"절정의 고수 한 명이면 황제를 암살하는 데 충분히 위협이 되지 않소?"

당이연의 말에 철유환의 입에 가느다란 미소가 걸렸다.

"그렇게 만만히 보았다니… 강호의 무공 따위를 아무리 익힌들 황궁의 무공을 이길 수는 없다. 수백의 문인과 무인들이 수정에 수정을 거듭해 만든 황궁의 무예를 완벽하게 익히고 있는 황상 직속 무인들의 눈에서 벗어날 수 있다고 생각하다니…….

황궁의 무예. 세상 누구보다 강한 힘을 가진 자가 황제라고는 하나 동시에 세상에서 가장 위험에 노출된 자가 바로 황제였다. 때문에 자신을 지키기 위한 수많은 수단을 마련했다. 독에 대한 대비나 병에 대한 대비 등 수많은 대비를 하면서도 두려움을 느낀 존재가 바로 강호의 무림인. 인간의 한계를 넘어선 무공을 지닌 무림인들에 대한 두려움은 곧 무공에 대한 관심으로 번졌으니, 역대 황제들은 하나둘씩 강호의 강한 무예를 수집하고 또 연구하기 시작해 어느 순간 완벽에 가까운 무공을 만들어내게 되었다. 그도 그럴 것이, 천하에 지혜로운 자들과 뛰어난 근골을 지닌 자들을 모아 무공을 연구하고 또 익히게 했으니 단시간 엄청난 무예를 만드는 것은 그리 어려운 일이 아니었을 것이다. 또한 수많은 영약을 사용하고 천하에 흩어진 뛰어난 근골의 아이를 찾는 것도 그리 어렵지 않은 일이었으니……

"아무리 황궁의 무예가 뛰어나다 한들 수많은 실전을 겪은 무림인들과 싸워서 승리할 리가……"

파박.

임선곽이 채 말을 끝마치지 못한 이유는 철유환의 움직임 때문이었다. 흐릿하게 보인다 싶은 순간 이미 자신의 앞에 나타난 철유환의 모습에 임선곽은 급히 뒤로 물러섰다.

"핫!"

가벼운 기합성과 함께 철유환의 창이 임선곽의 온몸을 압박해 들어갔다.

웅. 웅.

자유자재로 창을 휘두르는 철유환의 모습에 당이연은 검을 든 손에 힘을 주었다.

쇄액.

순식간에 창대가 임선곽의 어깨를 노리고 날아들자 임선곽은 있는 힘을 다해 쾌검을 펼쳤다.

"윽."

털썩.

임선곽은 극심한 통증에 한쪽 무릎을 굽히고 말았다. 어깨를 내주고 목숨을 취하겠다는 임선곽의 계산과 달리 철유환은 조금의 상처도 입지 않았다. 철유환의 방금 모습은 예전 당이록이 본 적이 있는 움직임이었다.

"상대의 공격을 전후 움직임만으로 피해냈다."

당이록의 입에서 절로 나온 말. 하지만 이미 철유환에게 달려들고 있는 당이연은 당이록의 말을 듣지 못했다.

'멈춰!'

당이록은 소리치고 싶었다. 지금 철유환의 움직임은 단운평의 그것과 닮아 있었으니 그를 이길 수 없을 것임을 알 수 있었던 것이다. 하지만 당이연을 막을 수 없었다. 자신의 손에 꽉 쥐어진 비도를 보았기 때문이다.

"크아악!"

비명과 함께 달려드는 진무옥의 모습은 야차와 같았다. 살기등등한 눈에서 뿜어대는 안광에 그와 함께 온 자들도 움찔움찔 피하고 있었다.

치릉.

진무옥의 팔에 감긴 쇠사슬이 내는 소리와 함께 진무옥은 무서운 속도로 단운평에게 다가왔다.

"죽어라!"

파바박.

진무옥의 주먹이 단운평의 상체를 노리고 날아들었다.

파바박.

단운평은 진무옥의 주먹을 노리고 권을 뻗었다.

퍼펑.

폭음과 함께 진무옥은 어깨를 들썩이며 뒤로 한 걸음 뒤로 물러섰다. 급히 단운평의 상태를 살핀 진무옥은 단운평의 뒤로 두어 걸음 물러선 모습에 희미하게 미소를 지었다. 하지만 단운평은 힘에 밀려 뒤로 물러선 것이 아니었다.

척.

바닥에 꽂혀 있던 묵뢰를 들어 어깨에 걸친 단운평은 가볍게 어깨를 들썩이며 긴장을 풀었다.

"귀찮군."

단운평의 한마디에 진무옥의 온몸이 떨렸다. 더없는 심한 모욕. 그 순간 요호와 겨루고 있던 진마옥이 힘껏 주먹을 펼치고는 진무옥의 곁으로 갔다.

"건방진!"

요호는 진마옥의 뒤를 따라 움직이며 힘껏 창을 뻗었다.

팅.

가볍게 요호의 창을 튕겨내는 진무옥. 그때를 놓치지 않고 단운평은 진마옥을 향해 묵뢰를 휘둘렀다.

서걱.

섬뜩한 소리와 함께 진마옥은 자신의 가슴이 서늘해짐을 느끼고는 숨을 들이킨 채 단운평을 바라보았다.

"조금 짧군."

단운평은 자신의 공격에 진마옥이 그리 빨리 반응하리라고는 생각지 못했기에 옷가지만을 자른 것에 대해 조금은 놀랐다.

웅.

갑자기 울리기 시작한 묵뢰. 단운평은 묵뢰를 허리춤에 가져갔다. 순식간에 조용해진 주변의 무사들. 번쩍이는 빛과 함께 단운평의 발도술이 펼쳐졌다.

째쟁.

쩔그렁.

진마옥은 자신의 왼팔에 감긴 쇠사슬이 끊어져 흘러내리자 당혹감을 감추지 못하고 뒤로 물러섰다. 이어 단운평은 묵뢰를 어지럽게 휘둘렀다. 초식 섬에 이은 초식 운. 부드럽게 이어진 두 개의 초식은 순식간에 진마옥의 양팔에 상처를 입혔다.

"멈춰라!"

진무옥은 그 모습에 소리를 질렀지만 요호의 창술은 간단히 빠져나갈 수 있는 것이 아니었다.

'역시 쉽지 않군.'

단운평은 진마옥이 치명상을 피해냄에 안색을 굳혔다. 초식 섬은 구파일방의 장문인들조차 피하기가 만만치 않은 기술이건만 진마옥은 너무나 쉽게 피해냈다. 이어지는 초식 운도 상처를 내고 있다고는 하나 치명적인 상처가 하나도 없다는 건 그리 좋은 일이 아니었다.

"하앗!"

큰 기합성과 함께 단운평은 빙그르 돌아서서 뒤에서 다가오던 사내를 일도양단해 버렸다. 그리고 바닥을 박차고 몸을 허공에 띄우며 상체를 뒤로 넘겨 진무옥을 향해 움직였다.

'초식 우.'

많은 이들을 피의 지옥에 빠뜨린 초식 우가 펼쳐지자 요호는 급히 몸을 움직여 단운평의 공격이 닿지 않는 곳으로 이동했다. 물론 그 길을 막고 있는 두 명의 사내를 창으로 쳐냈음은 두 말할 나위 없는 일이었다.

파바박.

크고 작은 구멍들이 바닥에 생기는 순간 단운평은 가볍게 바닥을 박차고 다시금 허공으로 솟구쳤다.

"아얏!"

날카로운 비명. 주화령이 어깨를 감싸고 비틀거리는 모습에 단운평의 얼굴이 미묘하게 변했다.

"요호! 평위! 저 둘을 부탁한다."

단운평의 외침에 관평위는 힘차게 세류편을 휘둘러 전습을 뒤로 물러나게 하고는 단운평이 자유롭게 움직일 수 있도록 뒤를 막아섰다.

"감히 우리를 무시하다니."

전습의 금도가 단운평의 허리를 노리고 날아들자 단운평은 힘차게 도를 들어 올렸다가 아래로 내려쳤다.

펑.

묵뢰에 실린 힘은 그대로 금도에 전해졌고 전습은 충격을 견디기 위해 이를 악물었다.

뿌드득.

이가 부서질 정도로 충격이 컸지만 전습은 앞으로 한 걸음 나서며 다시금 금도를 휘둘렀다. 후퇴란 도림에서 가르치지 않는 것이니.

"단운평만 노려라!"

전습의 외침에 모두의 눈이 단운평에게로 향했다. 그리고 그 순간 수십 개의 비도가 허공을 어지럽혔다.

"이 순간을 놓치면 곤란하네."

단운평의 전음성에 관평위는 힘껏 세류편을 휘둘렀고 단운평에게 시선을 뺏겼던 천앙 무사들의 많은 수가 순식간에 피를 뿜어대며 쓰러졌다. 그 모습에 요호 역시 급히 창을 움직였고 이에 놀란 전습은 단운평을 쫓는 것을 포기하고 금도를 휘두르며 요호의 공격을 방어했다.

"괜찮소?"

크게 도를 휘둘러 천앙의 무사를 물러서게 만든 단운평이 주화령에게 물었다.

"괜찮아요."

주화령은 흔들리는 눈빛과 달리 조금의 떨림도 없는 말투로 대답했다. 그리고 단운평의 눈빛을 피하며 검을 들고 적들을 향해 움직이려 했다. 하지만 주화령은 움직일 수 없었다.

"쉬고 계시오."

펑.

뛰어올라 도를 내려치던 적을 향해 주먹을 뻗어 적을 물리쳤다. 주화령은 잠시 거칠어진 호흡을 가다듬고는 단운평을 노려보며 말했다.

"저 역시 무인이에요."

짐 취급 말라는 말이다. 하지만 단운평으로선 그녀가 더 다치게 할 수는 없었다.

스륵.

가볍게 주화령의 앞을 막아선 단운평은 묵뢰를 잡은 손에 힘을 주고는 힘껏 도를 휘둘렀다. 초식 풍. 바람처럼 빠른 도법. 바람 소리와 함께 묵뢰는 순식간에 허공에서 춤추기 시작했다.

채챙. 챙. 채챙.

쉴 새 없이 들리는 병장기 소리들. 천앙의 무리들은 묵뢰의 움직임을 알아차릴 수 없어 일방적으로 뒤로 밀려났지만 변형된 역류만자침법을 시술받았기에 일수에 죽임을 당하는 일은 없었다.

'계속하다간 지쳐 쓰러지겠군. 아니, 그전에 저들이 견뎌낼 수 있을지……'

진무옥과 진마옥의 협공에 관평위는 두 개의 세류편을 정신없이 휘둘러 대고 있었다. 거리를 좁히려는 진가 형제와 최대한 거리를 두려는 관평위. 그리고 그런 관평위의 빈틈을 노리고 달려드는 무인들. 관평위의 입에선 거친 숨소리가 터져 나오고 있었다. 한편 요호도 그리좋은 상황은 아니었다. 전습의 금도가 빛을 뿌려대며 거칠게 몰아치자 화려한 움직임으로 피해내는 요호였지만 전습 혼자라도 만만치 않은 상황에 다른 금도주와 그 외 적지 않은 적들의 수는 요호의 온몸에 하나둘씩 상흔을 만들어내고 있었다.

"어쩔 수가 없군."

단운평은 전신에 돌리고 있던 기를 천천히 하체 쪽에 집중시켰다. 그리고 단운평의 모습이 사라졌다.

"크아악."

주화령에게 달려들던 사내의 비명을 시작으로 천앙의 무인들 목에서 피가 뿜어져 나오기 시작했다. 동시에 단운평의 눈에서 빛이 사라졌다.

쿵.

강한 힘에 의해 바닥이 움푹 패였다. 하지만 단운평의 모습은 여전히 보이지 않고 있었다.

'비에 젖은 천하를 밝히는 한줄기 빛이 있으니……'

한줄기 빛은 허공에 하얀 선을 그었고 동시에 허공에 피안개가 피어올랐다.

'아름답군.'

한순간 단운평의 마음에 든 생각. 이 짧은 생각이 단운평의 운명을 좌지우지하는 것이라는 것을 이 순간의 단운평은 알지 못했다.

第三十四章
사신 등장

그리 길지 않은 시간이 흐른 뒤 곳곳에서 비명 소리
가 들려왔다. 그리고 곳곳에 피 웅덩이가 생겨 있었다.

"괴물이군."

온몸이 땀에 젖은 형의후의 말에 그의 옆에서 거친 숨을 내쉬고 있
던 권증은 고개를 끄덕였다.

"그 이상입니다."

이번엔 권증의 말에 형의후가 고개를 끄덕였다. 한편 구석에서 멍한
눈으로 주변을 바라보던 주화령은 단운평의 검은 옷자락에서 끊임없이
떨어지는 핏물을 보고선 자리에 주저앉고 말았다.

"후회는 없을 거라 생각한다."

주화령의 상세가 신경 쓰이지 않는 것은 아니었지만 아직 안심할 상
황은 아니었기에 단운평은 눈앞에 있는 여섯 사내, 진마옥, 진무옥, 전

습, 용적운, 염진곤, 광추엽을 노려보며 힘차게 앞으로 달려나갔다.

쇄액.

바람을 가르며 묵뢰가 염진곤의 목으로 향하자 단운평에 의해 다친 염진곤은 고통에 인상을 구기면서 힘껏 금도를 휘둘렀다. 단운평은 손목을 비틀어 묵뢰를 비스듬히 눕혀 금도와의 충돌을 피하려 했는데 그때 전습의 금도가 단운평의 왼쪽 옆구리를 노리고 날아들었다.

사삭.

앞으로 달려가던 자세 그대로에서 오른발을 축으로 빙그르 돌며 전습의 도를 피한 단운평의 손은 여전히 염진곤을 노리고 있었다. 하지만 그의 이런 움직임을 예상하고 단운평의 오른쪽을 노리는 또 한 명의 적이 있었으니 바로 염진곤이었다.

깡.

요호의 창이 염진곤의 도를 밀어냄과 동시에 염진곤의 옆에서 출수하려던 광추엽의 팔에 세류편이 감겼다. 단운평의 무서운 움직임에 멈춰졌던 아수라장이 다시금 어지러워졌다.

"으차… 무림이란 곳이 이런 걸 모를 정도는 아닌 것 같은데 왜 그러냐?"

형의후의 물음에 주화령은 차가운 눈으로 형의후를 바라보았다.

"처음 눈빛으로 되돌아가는 건 바라지 않았으니까."

그리고 주화령도 몸을 움직였다. 여섯 사내만이 남은 것이 아니라 아직 남아 있는 적들이 있었다. 유감스럽게도 자신의 실력은 많이 부족한 상황. 그렇다면 부상자들이라도 상대해야 했다. 부상당한 자들이라고는 하나 눈빛은 여전히 포기하지 않았으니…….

"큭."

주화령의 검에 심장이 꿰뚫린 사내의 입에서 나오는 신음. 주화령은 단운평이 다시금 마음을 닫아버린 듯한 눈빛에 걱정이 되었지만 지금 자신이 그를 위해 할 수 있는 일은 사람을 죽이는 일뿐이라는 것을 알기에 부지런히 손을 움직였다. 다친 어깨에서 조금씩 피가 흘렀지만 방금 보였던 단운평의 상상을 초월한 움직임을 보았기에 무리하지 않을 수가 없었다.

"나도 움직여야겠군."

천앙의 무리들과 싸우기 시작한 지도 두 시진이 지난 상태. 형의후는 이를 악물고 자리에서 일어났다. 괴물 같은 놈들과 싸우는 일은 마음에 들지 않았지만 여인이 싸우고 있는데 쉰다는 건 있을 수 없는 일이었다.

스르륵.

권중은 이미 쓰러져 있으면서도 다가오는 자의 발목을 노리고 있는 천앙 무리들의 숨통을 끊어놓고 있었다.

쇄액.

요호의 방해에 거칠게 도를 휘두르던 전습은 왼쪽에서 무언가가 머리를 노리고 날아든다는 느낌에 요호를 노려보는 상태를 유지한 채 손만 옆으로 뻗었다.

푹.

전습의 이 순간적인 판단 실수는 엄청난 결과를 가져왔다.

"허무하군."

자신의 배에 박힌 요호의 창을 내려다보던 전습은 털썩 주저앉아 고개를 떨구었다. 전습의 머리를 노리고 날아든 건 전습의 생각과 달리 금도로 쳐낼 수 있는 것이 아니었다. 바로 그것은 단운평의 묵뢰. 상상

이상으로 무거운 데다가 강한 힘이 실려 있었으니 그것을 쳐낸 순간 전습의 팔에 충격이 없을 수 없었다. 그 순간을 노린 요호의 한 수. 전습으로선 너무나 어이없는 순간이었으나 이런 상황에서의 조그만 실수는 곧 죽음이라는 건 너무나 당연한 일이었다.

"이런… 죽일 놈들."

전습이 고개를 떨군 순간 용적운의 눈에서 불길이 치솟았다. 하지만 그는 요호에게 다가갈 수 없었다.

퍼버벅.

단운평의 연타는 용적운의 몸을 허공에 떠우게 만들었다. 용적운은 온몸이 부서지는 듯했지만 이를 악물고 도를 휘둘렀다.

주르륵.

단운평의 손등에 작은 상처가 생기며 피가 흘렀다. 하지만 단운평은 조금도 고통을 느낄 수 없었다. 아니, 오히려 마음은 편해졌다. 수많은 사람들을 베면서도 왠지 현실감을 느낄 수 없던 단운평이었다. 많은 사람을 베었기 때문이 아니라 불완전한 역류만자침법을 시술받은 천앙의 무인들은 베이는 순간 비명을 질러도 인간 특유의 반동이 없었다. 인간의 몸은 칼이 들어가면 순간적으로 근육이 수축하게 되어 있다. 그러나 천앙의 무리들은 그렇지 않았다. 근육이 극한까지 팽창 수축되었던 탓인지 외부 자극에 둔해져 버린 것이다.

"받으시오."

요호는 전습에 의해 튕겨져 바닥에 꽂힌 묵뢰를 들어 단운평에게 되던졌다.

빠각.

단운평의 발이 또 다른 적의 머리를 부순 순간 단운평의 손에 묵뢰가 들어갔다.

"핫!"

기합성과 함께 단운평의 손이 움직였다.

서걱.

"으아악!"

용적운은 자신의 한쪽 팔이 끊어지는 순간 비명을 지르며 정신을 잃고 허공에서 떨어졌다. 그리고 단운평은 그런 용적운을 묵뢰로 내리찍었다.

파직.

용적운의 목에서 솟구치는 피. 또 한 명의 사내를 죽인 것이다. 그때 단운평의 신경을 자극하는 묘한 기운이 느껴졌다.

"오랜만이군."

단운평의 말에 기척을 숨기던 사내는 순간 냉정을 잃었다.

"그래, 오랜만이군."

사내의 음성에 단운평은 자신의 예측이 틀리지 않았음을 알 수 있었다.

"어떻게 알았나?"

사내의 물음에 단운평은 묵뢰를 어깨에 걸치고는 대답했다.

"누군가 있다는 감뿐이었다. 그 정도라면 내가 알고 있는 사람 중엔 단 한 명뿐이지. 귀면살 고흥."

스르륵.

연기처럼 나타난 사내, 고흥은 기분 좋은 미소를 지었다. 단운평이라는 상대에게 이 정도의 칭찬을 받는 건 몹시도 특별한 일이었다.

"고맙군. 지난번 이후 꽤 노력했다네. 좋은 소식 하나 전해주러 왔네."

챙.

단운평은 고홍을 바라본 자세 그대로인 채 도를 뒤로 휘둘러 날아드는 창을 막았다.

"무슨 일이지?"

'변함없이 무서운 녀석이군.'

고홍은 순간 눈살을 찌푸렸으나 이내 평정을 되찾았다.

"재미있는 소식을 전해주려 왔네. 그전에… 지금 당가에서 재미있는 일이 벌어지고 있는 건 알고 있나?"

그의 말에 잠시 움찔했던 단운평은 차분히 고홍을 바라보았다.

퍽.

이번엔 고홍이 뒤에 있는 적을 단번에 쓰러뜨렸다. 단운평의 눈에 고홍의 움직임이 간신히 보였다.

'많이 강해졌군. 아니, 어쩌면 숨기고 있었던 것인가?'

단운평은 고홍의 특기가 암살이 아닐지도 모른다는 생각이 들었다.

"견딜 수 있을 거다. 내가 갈 때까지."

자신감 어린 단운평의 말에 고홍은 피식 웃었다.

"상대가 황군이라 해도 말인가?"

피가 얼어버린다면 이런 기분이리라. 단운평은 고홍과의 거리를 단숨에 좁혀 그의 얼굴 가까이 얼굴을 들이밀었다.

"무슨 소리냐?"

차분한 목소리. 그러나 단운평의 외눈에서 일렁이는 불길은 결코 단운평이 침착하지 못하다는 것을 알려주고 있었다.

"황궁에도 천앙과 관련된 자들이 있다는 거지."

단운평은 고홍의 흔들림없는 눈길에 냉정을 되찾았다. 그리고 다시금 물었다.

"넌 누구냐?"

지금 이 순간 단운평에게 가장 궁금한 사실. 고홍은 대답 대신 손을 움직여 단운평의 등 뒤를 노리는 천앙 무사의 목을 베었다. 그리고 단운평 역시 고홍의 뒤를 노리던 한 사내의 목을 베었다.

"나는 천하제일의 자객, 귀면살 고홍이지."

스스로를 천하제일이라 칭하는 고홍. 단운평은 고홍이라는 사내가 야심가임을 알아차릴 수 있었다. 그러나 왜 자신을 돕고 있는지는 여전히 알 수 없었다. 분명 고홍은 누군가에게 의뢰를 받고 온 것은 아닌 듯하다. 의뢰를 받았다면 자신에게 전음으로 소식을 전하면 그만이다. 그런데 지금은 천앙의 무리들에게 손을 쓰고 있다. 그것은 천앙을 적으로 삼아도 상관없다는 말이다. 그것이 아니라면 고홍 역시 천앙의 일원이라는 말이지만 스스로를 천하제일이라 칭할 사내가 천앙에 들어갈 일은 없을 것이다. 그곳은 야심가가 성공할 수 있는 곳이 아니다. 청부살수라면 더 더욱.

"자네 주변에 있으면 얻는 게 많거든. 지금 강호에 일어나는 모든 일이 자네를 중심으로 흘러가고 있네. 그런데 이상하게도 자네에 대한 정보는 강호인들에게 전해지지 않고 있네. 꽤나 흥미로운 일이지. 힘의 중심에 있으면서도 그에 대한 정보는 없다라… 결론은 하나지. 자네는 힘을 가졌지만 힘에 관심이 없다는 것. 하지만 자네가 있든 없든 자네를 중심으로 힘이 모여드는 건 어쩔 수 없는 일이지."

그 힘을 이용하겠다는 말. 단운평은 피식 웃었다.

"언제가 될지 몰라도 그 힘들은 사라질 거다. 생겨난 것 이상으로 빠르게."

촤악.

세류편의 소리와 함께 들려온 두 명의 비명 소리. 단운평이 고개를 돌려 바라보자 진마옥의 왼팔에 세류편이 꽂혀 있었다. 그리고 권중의 팔이 진무옥에 의해 부러져 있었다.

"멍청한……."

요호가 급히 몸을 돌려 권중에게 다가가려 했으나 거친 숨을 몰아쉬며 달려드는 천앙의 무리를 제치고 권중에게 다가가는 것은 쉽지 않은 일이었다.

"내가 가지."

형의후의 커다란 목소리. 형의후는 정신없이 몸을 움직이며 권중에게 다가갔다.

"더 전해줄 이야기는?"

형의후가 기합성과 함께 날뛰는 모습을 본 단운평이 고홍에게 묻자 고홍은 전음을 전했다.

"풍운객은 자네 조부와 있다고 하네."

풍운객 단조평이 단운평의 조부라는 사실을 고홍이 모를 리가 없었다. 단운평은 잠시 고홍의 말이 의미하는 바를 생각하다 눈을 부릅떴다.

"우연치고는 대단한 우연이군. 그분에게 또 하나의 빚을 졌군."

"그리고 철혈무제가 도왕을 치려고 준비한다는군."

단운평은 고홍의 말에 고개를 끄덕였다. 의외로 너무나 빠르게 일어난 일이지만 이 시기만을 기다렸다. 단운평은 고홍에게 마지막으로 물었다.

"연락은 어떻게 하지?"

고흥은 가만히 단운평을 바라보다 피식 웃고는 말했다.

"자네가 한 곳에 이틀 이상 있다면 어디에서든 자네를 찾을 수 있네. 단, 무림맹이나 도림 같은 곳에 있지 않는다면."

고흥의 말에 단운평은 고개를 끄덕였다. 고흥은 청부살수. 그 정도의 정보력이 없다면 단 한 번의 실패도 없는 청부살수가 될 수 없었을 것이다.

"아, 이들 말고도 자넬 찾는 이가 있더군. 아마도 곧 도착할 걸세."

별일 아니라는 듯 말하는 고흥의 말에 단운평은 힘껏 도를 휘두르며 말했다.

"알고 있다."

그의 말에 요호와 관평위의 손이 더욱 빨라졌다. 단운평과 고흥의 말로는 다가오고 있다는 이들이 적인지 아닌지 알 수 없다. 만에 하나 적이라면 이곳에 적들이 남아 있는 것은 별로 좋은 결과를 주지 않을 것이다.

스르륵.

고흥은 나타났을 때와 같이 연기처럼 사라졌다. 고흥을 공격하던 천앙의 무사는 순간 공격할 대상을 잃어버리고 당황했으나 단운평의 도가 눈앞에 들어오는 순간 더 이상 당황할 수가 없었다. 아니, 더 이상 생각을 할 수가 없게 되었다.

"잘해낸 것 같군."

당공의의 말에 황군명은 고개를 저었다.

"시간을 벌려고 한 것뿐입니다. 아직 안심하긴 이른 일입니다."

적의 대장을 죽인다 할지라도 공격이 멈추리라는 기대는 하지 않았던 황군명이다. 어차피 대장이라고는 하나 이들을 보낸 진짜 우두머리는 여전히 살아 있다. 그것이 철혈무제이든 도왕이든 안심하기엔 너무나 이른 상황이다.

"다음 준비를 해야겠습니다."

황군명의 말에 당공의는 당가 내부 곳곳에 꽂혀 있는 화살들을 둘러보고는 고개를 끄덕였다.

"일단 피해 정도를 알아보겠네."

당공의도 이제는 황군명의 의견을 전적으로 믿고 받아들이고 있었다.

"황군이 출전했다면 이 정도에서는 끝나지 않을 듯한데… 앞으로 어쩔 생각인가?"

당거영의 물음에 황군명은 가만히 당거영을 응시했다.

"어쨌거나 단 형님이 돌아오실 때까진 견딜 수 있을 겁니다."

"그 후엔? 그가 오면 모든 것이 해결될 것 같은가?"

당거영의 말에 황군명의 눈빛이 흔들렸다. 무림맹과 도림이 적인 상황에 관마저 적이 된다면 승산이 없다. 지금의 상황에서는 단운평이 돌아와 해야 할 일을 결정해 주길 바랄 뿐인 황군명이었다. 하지만 당거영은 황군명에게 다음 상황에 대한 대처 방안을 묻고 있었다. 이것은 단운평이라는 사내와 별개로 황군명이라는 사내의 역량을 묻는 일이기도 했다.

"제가 직접 황궁으로 가겠습니다."

황군명의 말에 당거영은 황군명이 제정신이 아닌 것처럼 보였다. 하지만 황군명은 더 이상 일이 일어난 후 뒤처리만 하는 건 바라지 않았다. 이 결정은 황군명이 단운평을 따른 이후 처음으로 스스로 거대한 흐름에 뛰어드는 일로 훗날 천하인들에게 황군명이라는 사내의 가치를 알린 일이지만 당거영으로선 무모한 모습으로 보였다.

"형님은 하늘을 받드는 것을 선택했지만 저는 하늘이 되길 원합니다. 형님의 결정이 옳은 것인지 제 결정이 옳은 것인지 이제 곧 그 결과가 나올 것입니다."

고홍의 말에 젊은 사내는 씁쓸하게 웃었다.

"네 녀석은 아직 모르고 있구나. 내가 선택한 것은 사는 것이었다."

사내의 말에 고홍은 얼굴을 덮고 있던 면피를 떼어내고는 소리쳤다.

"저나 형님의 무공이라면 철혈무제도 결코 만만히 생각할 수 없습니다. 어째서 생존을……."

"닥쳐라. 멍청한 녀석. 아직까지 모르겠느냐? 철혈무제의 힘은 네 녀석이 생각하는 정도가 아니다."

"풍룡 정도의 실력으로도 그와 겨룰 수 있습니다. 제가 풍룡의 실력보다 아래라고는 생각지 않습니다."

고홍의 말에 철혈무제를 섬기는 사내, 혁련비는 고개를 저었다.

"풍룡은 너와 같지 않다."

혁련비의 말에 고홍의 얼굴이 붉어졌다.

"나와 많은 차이가 나지 않습니다. 기껏해야 두 수 정도의 차이일 뿐."

혁련비는 대소를 터뜨렸다.

"하하하… 너와 두 수 차이라고? 내가 보기에 그와 너는 다른 세계에 있다."

무공을 익힌 자에게 두 수 차이라는 것은 엄청난 것이다. 특하나 고홍처럼 이미 경지에 도달한 자에게 있어 두 수는 강과 바다의 차이만큼이나 크다. 하지만 고홍은 재능이 있는 사내, 따라잡을 수 있다고 믿고 있었다. 하나 혁련비는 그 이상으로 차이가 있다고 보고 있었다.

"그는 그리 강하지 않습니다. 게다가 계략은 제가 한 수 위이지요."

고홍의 차가운 목소리에 혁련비의 목소리도 차가워졌다.

"그는 천하의 강자들과 싸워온 경험이 있다. 그리고 승산없어 보이는 싸움에서도 견뎌내고 있다. 천하에 철혈무제와 도왕을 적으로 하면서 살아남을 수 있는 자가 단운평 외에 있으리라고 보느냐?"

"그건 그의 조부의 이름 탓이지 그의 실력과는 상관없습니다."

고홍, 아니, 혁련고홍이라는 이름의 사내의 눈빛이 변했다.

"멍청한 녀석. 이미 그는 조부의 그늘에서 벗어났다. 게다가 그의 지략은 너 이상으로 뛰어나다. 아무리 천하제일의 지자가문에서 태어나 천재 소리를 들었던 너라 할지라도 단운평처럼 주변 사람을 지킬 수는 없을 것이다."

"하지만 제게는 비장의 수도 있습니다. 그를 제 편으로 끌어들일 수 있습니다."

"사후락, 그 노인을 말하는 것이냐?"

혁련고홍은 움찔하지 않을 수 없었다.

"형님이 어떻게 그 이름을 알고 계시는 겁니까?"

버럭 소리를 지르는 혁련고홍. 하지만 혁련비의 표정은 조금의 변화도 없었다.

"무림맹이나 도림에서 그들의 소재를 파악하지 못하리라 생각했느냐? 알면서도 두고 있는 것이다. 때문에 단운평이 대단하다는 것이지."

혁련비의 말에 혁련고홍은 머리 속이 혼란스러워졌다. 아니, 정확히는 형의 말을 이해할 수가 없었다. 사실 단운평은 사후락을 제대로 숨겼다 생각하고 있지만 무림맹이나 도림에서 마음먹고 찾는 이상 평범한 노인인 사후락을 찾지 못할 리가 없었다. 그들이 알면서 모른 척하고 있는 건 천앙 속에 정파와 도림이 함께 들어 있지만 그들이 한편은 아니라는 사실에 있었다. 아무도 말을 하지는 않지만 언제고 철혈무제와 도왕이 부딪치리라는 건 모두가 알고 있는 사실이다. 지금 사후락을 건드려 봤자 건드리는 쪽이 손해를 보게 된다. 몇 년을 노력해야 원래의 성세로 돌아올지 모르게 변해 버린 공동파의 예를 잘 알고 있는 무림맹과 도림이다. 사후락이 해를 입는다면 단운평이 죽음을 각오하고 덤벼들 것이다. 그리고 그런 단운평을 따라 풍운회 전체가 죽음을 각오하고 덤벼들 것은 자명하다. 풍운회의 단운평에 대한 충성도가 높아서가 아니라 단운평이라는 구심점 없이는 풍운회가 존재할 수 없고, 그렇게 된다면 무림맹이나 천앙에 의해 돌이킬 수 없는 상처를 입게 됨을 알고 있기 때문이다. 그들 모두가 죽기를 각오하고 단운평을 따르면 무림맹이나 도림, 어느 한쪽의 힘이 기울게 될 것은 자명한 일. 결국 사후락을 먼저 건드리는 쪽이 천앙 내의 다른 쪽에 의해 무너지게 될 확률이 높다는 것이다.

"단운평이 무서워 그를 건드리지 않는다는 말입니까?"

간단히 설명하면 혁련고홍의 말이 정확한 이유다. 단운평이 두려워 사후락을 손대지 않는 것이다. 이는 단운평의 이름이 초류염이나 화엽상만큼이나 거대해졌다는 것을 의미했다. 때문에 혁련비는 단운평이라는 사내를 인정하고 있는 것이었다.

"말도 안 되는 소리 마세요. 우리 혁련가가 어째서 철혈무제를 따르고 있는데… 그따위 녀석이 혁련가 전체보다 강하다는 말이잖습니까!"

혁련고홍의 말에 혁련비는 고개를 끄덕였다.

"그렇다. 그는 그 정도의 가치를 지닌 사내다."

혁련고홍은 비명이라도 지르고 싶었다. 말도 안 되는 소리를 하고 있다. 더구나 그 말을 하는 사람이 자신이 가문에서 유일하게 자신보다 뛰어나다고 믿고 있는 인물이라니……

"형님의 선택, 저의 선택. 그 결과는 분명 제 선택이 옳은 것으로 나타날 겁니다. 두고 보십시오."

쾅.

문을 힘껏 닫고 나가 버린 혁련고홍. 혁련비는 가만히 눈을 감았다.

'혁련세가라는 무거운 짐이 없다면 너와 같은 생각을 했을지도 모르지. 너를 위해 내가 철혈무제를 무너뜨리려 했지만 이젠 어쩔 수가 없구나. 가문의 생존을 위해서는 철혈무제를 도울 수밖에 없다.'

지금껏 단운평이 살아 있을 수 있었던 것에는 혁련비의 노력도 한 몫을 단단히 하고 있었다. 비열한 수는 하나도 쓰지 않았으며 요호가 무림맹을 떠날 때도 조용히 보내주었다.

또한 황룡보가 무너지지 않은 것도 혁련비의 설득에 철혈무제가 참았기 때문에 가능한 일이었다. 단운평이, 아니, 단조평이 초류염을 무너뜨릴 거라는 기대를 했기에 그러했다.

하지만 시간이 갈수록 초류염의 본실력을 알 수 있게 되었고 단조평이 초류염을 무너뜨리는 건 불가능함을 알게 된 것이었다. 그 후 혁련비는 초류염을 무너뜨리기 위한 노력을 포기했다.

혁련고홍이 모르는 것이 바로 그것이다. 초류염이 얼마나 강한지를 모르고 있다는 것이다. 그리고 혁련비가 모르는 것, 그것은 바로 단운평이라는 사내의 강함이었다.

"함께 가는 건 어떤가?"

사후락의 말에 단조평의 미간이 좁혀졌다.

"불가하네. 내 생명을 노리는 이들로부터 자네들을 지킬 수 없다네."

두 사람은 단운평에 대한 이야기를 나누다가 친구가 되기로 했다. 나이는 사후락이 두 살 위였으나 단조평과 사후락 두 사람 모두 그런 것에는 신경 쓰는 사람들이 아니었다.

"자네에게 부담을 주려는 것이 아니네. 강을 이용해 선상으로 이동할 걸세. 내가 막는다고 자네가 가지 않을 성싶진 않으니 이렇게라도 해야 하지 않겠나?"

선상 이동. 단조평은 가만히 그것의 가능성을 생각해 봤다. 그리고 사후락이라는 사내에 대해서 다시 한 번 생각해 보았다.

"어쩔 수 없구나……."

단조평의 혼잣말에 사후락이 소리쳤다.

"됐다. 들어오거라."

방문이 열리면서 들어온 이들은 화소민, 화소영 자매. 단정하게 묶은 머리와 거추장스런 장식 하나 없는 옷. 두 자매의 복장은 지금 당장 어딘가 가려 한다는 것을 한눈에 알 수 있게 했다.

"설마 저 둘도 함께 가려는 것인가?"

단조평은 고개를 절레절레 저었다. 그녀들이 관평위라는 사내와 어떤 관계이고 또 관평위가 단운평에게 소중한 친구라는 건 충분히 들었다. 하지만 선상이라고는 하나 위험한 건 틀림없는 일이건만…….

"이대로 두고 가는 것이 더 불안하다네. 더구나 운평이와 평위가 내게 맡긴 일이니……."

사후락의 걸걸한 목소리는 웃음기 가득했다. 하나 천하의 단조평도 그 말을 가볍게 들을 수 없게 하는 힘이 있었다.

"어쩔 수 없군. 언제 출발할 수 있는 건가?"

"자네가 움직일 수 있어지면."

단조평은 피식 웃고는 자리에서 일어났다.

"출발하세."

풍룡 단운평의 성격은 단조평의 것을 닮은 것이 틀림없다고 사후락은 생각했다.

"대충 정리가 된 것 같군. 그런데… 멀리서 들리던 소리가 사라졌다."

단운평의 말에 형의후는 길게 숨을 내쉬며 그 자리에 앉았다. 하나 요호나 관평위, 그리고 주화령은 여전히 불안한 눈으로 단운평을 바라보았다.

"쉴 수 있을 때 쉬는 것이 좋을 거다. 지쳐 있을 때 기습을 당하면 더욱 위험하다."

형의후의 말에 관평위의 고개가 절로 끄덕여졌다. 요호나 관평위 등이 걱정하는 것을 형의후가 정확히 짚어냈다. 전쟁의 경우 적과의 거리가 가까워질수록 기세 싸움이 커지지만 무림에서는 적과의 싸움이 가까워질수록 오히려 기척은 느껴지지 않게 된다. 부딪치는 순간 기세가 커지고 소란스러워지는 것이다. 요호도 천천히 창을 내리고 호흡을 가다듬었다.

"가봐야겠군."

단운평의 말에 세류편을 팔에 감던 관평위의 눈에 다시금 힘이 들어 갔다. 이 정도의 피곤은 기합으로 이겨낼 수밖에 없다. 하지만 단운평의 이어지는 말.

"혼자 갔다 올 테니 쉬고들 있게."

우득.

단운평이 목을 돌리자 무서운 소리가 났다. 하지만 그건 그저 근육을 푸는 것뿐. 단운평은 천천히 주화령에게 다가가 어깨 부근의 혈을 누르고는 몸을 돌렸다.

"죽음, 그리고 살인. 그것이 이처럼 추한 것이라고 생각된 적이 없어요."

주화령의 말에도 불구하고 단운평은 묵묵히 묵뢰를 들어 쓰러져 피를 토하고 있는 천앙 무사의 목을 내려치고는 말했다.

"죽음은 추하지 않소. 다만 슬플 따름이지."

단운평답지 않은 감상적인 말이었다. 주화령은 놀란 눈으로 그를 봤으나 이미 단운평은 자리에 없었다.

"괴물처럼 보였나?"

형의후의 물음에 주화령은 그에게 고개를 돌렸다.

"사람을 베는 것처럼 느껴지지 않았겠지. 미치광이처럼 칼을 휘둘러대고 조금의 망설임도 보이지 않았다. 네게 거슬리는 것은 그거냐?"

다시금 묻는 형의후. 주화령은 발끈해 뭐라고 대꾸하고 싶었지만 할 말이 없었다. 그의 말은 조금도 틀린 것이 없었기 때문이다.

"사람을 벨 때는 아무런 감정을 가져서는 안 된다고 배웠을 게다. 그렇지 않으면 칼끝이 무뎌지지. 하지만 사람인 이상 흔들림이 있는 건 당연한 것이지. 하나 지금 풍룡의 모습은 풍운객이나 철혈무제보다 훨씬 미숙해 보인다."

"무슨 말입니까?"

요호의 물음에 형의후는 조용히 세 사람을 바라보다 대답했다.

"그들은 사람을 벨 때 웃었다."

쿵.

절대 선한 존재가 없다는 것은 알지만 사람을 베면서 웃었다는 두 사람이 천하제일의 영웅으로 추앙받고 있다는 사실은 관평위 등에게 큰 충격을 주었다. 형의후는 그런 그들의 표정을 한동안 바라보다 다시 입을 열었다.

"하지만 풍운객은 죽여야 하는 사람만을 죽였다. 그것이 내가 그분을 존경하는 이유지."

세 사람은 형의후의 말을 이해할 수 없었다. 그때 주화령이 단운평이 사라지기 전에 목을 벤 사내의 손에서 반짝이는 물체를 발견했다. 약간은 거무스름한 빛이 도는 은침. 독이 발린 것이 틀림없다. 그리고 그녀는 다시금 형의후의 말을 생각했다.

'죽여야 하는 자만을 죽였다.'

주화령은 아차 하는 생각이 들었다. 주화령이 단운평에게 한 말은 단운평에게 모든 죄를 씌운 것이다. 단운평은 자신의 생명을 요구하는 자들을 죽였던 것뿐이다. 살기 위해서 행동한 그가 마음속에 품고 있는 죄책감을 그녀가 질책한 것이다.

그리고 그런 그녀의 말에 동의하고 있던 두 남자, 요호와 관평위 역시 아무런 말을 하지 않고 무언의 질책을 가했다. 물론 그는 아무런 내색 않고 돌아올 것이다.

하지만 그가 받은 상처는 결코 가벼운 것이 아니리라.

"대단하군."

이리저리 쓰러진 천앙 무사들의 수는 적지 않아 보였다. 쓰러진 모습을 보아 역류만자침법을 발동시키지 못하고 쓰러진 것임을 알 수 있었다.

푸드득.

말울음 소리에 단운평은 고개를 돌렸다. 수십 명의 사내가 말을 탄 채 단운평을 바라보고 있었다. 사실 단운평이 도착하기 전부터 그들이 있었으나 단운평은 마치 그들이 없는 사람인 양 행동했다.

"네가 단운평, 풍룡이라 불리는 사람인가?"

다른 사람들이 검은 말을 타고 있는 것과 달리 흰말을 타고 있는 노인의 말에 단운평은 고개를 끄덕였다.

"나를 아느냐?"

노인의 계속된 질문에 단운평은 묘한 표정으로 노인의 얼굴을 훑어 보았다. 동그란 얼굴형에 긴 흰 눈썹이 인상적인 노인. 단운평은 가만히 그의 기억을 더듬다가 가볍게 포권을 해 보였다.

"아… 단운평입니다. 무슨 일로 저를 찾으셨습니까?"

"그래, 내가 양거범이다."

단운평이 만나러 가던 그 사람, 양가의 전대 가주 양거범이 바로 이 노인의 정체였다. 단운평은 도대체 양거범이 왜 자신을 만나려 했는지 궁금했다.

"자네 부친이 신수라 불리게 된 이유가 바로 나 때문일세."

단운평의 몸이 부르르 떨렸다. 부친을 기억하고 있는 사내. 그것은 단운평의 아픈 기억을 떠올리게 하는 동시에 소중한 기억을 떠올리게 했다. 그것은 단운평으로 하여금 신음성을 토해내게 만들었다. 양거범은 말 위에서 뛰어내렸다. 그리고 단운평의 손을 잡았다.

"신수가 죽었다는 소문을 듣고 나 때문에 이름이 알려져서라고 땅을 치고 후회했네. 은혜를 원수로 갚은 셈이니… 하지만 천하에 이름을 떨치는 풍룡이 신수의 아들이라니. 자네 소식을 듣고 얼마나 반가웠는지 자넨 알지 못할 걸세."

"저를 찾으신 이유는 선친과의 관련된 일 때문입니까?"

단운평의 물음에 양거범은 고개를 저었다.

"그때 내가 다친 건 철혈무제 탓이었지. 그래서 그와 맞서는 자네에게 알려줄 말이 있네. 그와 내가 겨룰 때 말이네. 그는 기습을 선택했었다네. 물론 기습을 미리 알았거나 혹은 기습하지 않았다 할지라도 내 패배는 변하지 않았을 거네. 때문에 패배의 변명 같은 그 이야기는 아무에게도 하지 않았지만 신수가 내 몸을 고쳐 주기 전에 수십 번 수백 번 생각했었지. 왜 그와 같이 강한 사람이 기습을 했을까? 하고 말일세. 그래서 한 가지 가능성을 생각했네. 그건 그가 체력에 자신이 없을 거라는 거네."

단운평은 양거범의 말을 이해할 수가 없었다. 철혈무제의 기가 얼마나 강한지 겪어본 자신이 명확히 알고 있었다. 기라는 것은 인간의 생명력과 밀접하게 연관된 힘이다. 기가 강한 사람의 체력이 부족하다니, 그건 있을 수 없는 일이다.

"그건 있을 수 없는 일입니다."

"나는 그가 어떤 병을 앓고 있거나 어떤 특별한 체질일 거라는 걸세. 그것이 아니고는 그가 왜 내게 기습을 했는지 설명할 길이 없네. 그만

한 실력과 그만큼의 명성을 가진 그가 말일세."

"죄송하지만 그건 있을 수 없는 일이라고 생각됩니다만… 적어도 그가 정사대전에서 얼마나 대단한 모습을 보였는지는 양 가주님도 알고 계시리라 믿습니다만."

"전대 가주일세. 그리고 내가 알기론 그때도 그는 최소한의 시간만 움직였네. 내 생각엔 두 시진 이상 버티기는 힘들 거라 생각하네. 물론 그와 반 시진 이상 싸울 수 있는 자가 강호에 존재한다고 하긴 힘들겠지만… 도왕이나 풍운객이라도 한 시진 이상 견딜 수 없으리라 생각하네."

양거범은 철혈무제를 단조평이나 화엽상보다 한 수 위에 있는 자라고 단정했다. 그것은 자신에게 패배를 준 자이기 때문이 아니었다. 양거범은 신수에게 치료를 받은 후 절치부심, 철혈무제를 파악하기 위해 많은 노력을 기울였다. 때문에 그의 기록들을 천천히 찾아보고 생각하고 또 생각해서 내린 결론이었다. 생각하는 것. 단지 그것만이 할 수 있는 전부였던 시절이었으니…….

"왜 제게 그런 것을 알려주시려는 겁니까?"

"자네는 내 은인의 아들이자 내가 평생을 저주한 자를 상대할 유일한 존재니까."

"패배를 인정하신다는 말은 거짓입니까? 또 화엽상과 괴운화라는 이름은 모른단 겁니까?"

"정파인이라 할지라도 평생을 불구로 살아야 할 뻔한 아픔을 줬던 자를 좋아할 수는 없지."

단운평은 고개를 끄덕였다. 선친에 대한 고마움 때문에 이런 행동을 한다면 절대로 믿지 않았을 것이다.

"그래서 어쩔 겁니까?"

"양가는 최선을 다해 풍운회를 도울 거네."

양거범의 말을 끝으로 단운평은 몸을 돌렸다.

"어떤 경우라도 풍운회를 배반하지 마십시오. 적어도 제가 그와 겨루는 날까진."

양거범은 아직 천앙의 세력에 황군이 개입하고 있음을 알지 못하고 있다. 때문에 단운평은 선수를 친 것이다. 후에 상황이 지독하게 불리하게 되더라도 지금의 말로 인해 한동안은 갈등하게 될 것이다. 한동안, 그 시간이 최악의 상황에서 단운평에게 필요한 시간이다.

"그건 걱정하지 말게. 난 자네를 믿네."

'난 아니오.'

단운평은 관평위 등이 있는 곳으로 출발했다. 그의 모습이 사라지자 양거범은 고개를 저었다.

"저 아이는 아직 날 믿지 못하는구나. 황군과 관련된 것을 모를 리가 있겠느냐. 신수가 내게 한 말을 기억한다. '의원으로서 환자를 치료하는 것은 당연한 일이다. 보답을 바라는 순간 나는 의원이 아니라 장사치가 된다.' 만약 그가 보답을 바랐다면 양가의 존폐가 달린 이런 싸움에 나는 끼어들지 않았을 것이다. 하지만 나는 정파인, 신의를 배신할 수가 없다."

그의 말에 그의 바로 뒤에서 검은 말을 타고 있는 사내가 말을 몰아 양거범의 옆에 섰다.

"조부님께서 신수에게 은혜를 입은 건 알지만 저자의 무모함에 동조할 필요는 없을 것 같습니다만……."

양거범의 손자, 양서진의 말에 양거범은 고개를 저었다.

"무인들은 모두 무모하지. 칼 한 자루를 쥔 것뿐이건만 그것이 천하라 착각하고 살아가는 것이 무인들이 아니냐. 신수의 아들이라면 해낼 수 있을 것이다."

양서진은 묘한 기분이 들었다. 강호에서 풍룡 단운평은 풍운객의 손자라고 인식되건만 조부는 계속해서 신수의 아들이라 칭하고 있었다. 신수라는 존재는 그저 의술이 뛰어나고 환자에 대한 생각이 깊었다는 것만으로 알고 있건만 도대체 어떤 면을 그리 높이 평가하는 것인지 궁금했다.

"신수라는 분은 어떤 분이십니까?"

양서진의 물음에 양거범은 간단한 말로 그를 설명했다.

"어떤 상황에서도 신념을 꺾지 않는 인물. 풍룡은 그를 닮았지."

양거범의 생각은 사후락의 생각과 달랐다. 하지만 사후락과 양거범은 단운평이라는 사내에 대해 큰 기대를 가지고 있다는 것에 공통점이 있었다.

당이록은 멀어져 가는 황군을 보고 한숨을 내쉬었다.

"형님이 올 때까지 물러나 있겠다니… 미치겠군."

당이연은 고개를 끄덕여 당이록의 생각에 동의했다. 그들은 정신을 잃은 임선곽의 양팔을 양쪽에서 잡고 당가 쪽으로 향했다.

"황궁의 무공이라… 무섭군."

이번에도 당이연은 당이록의 생각에 동의할 수밖에 없었다. 철유환는 강했다. 임선곽이 채 삼초를 버티지 못할 정도로. 임선곽이 쓰러진 순간 당이연과 당이록은 상황이 어떻게 돌아가는 것인지 상상조차 할 수가 없었다. 싸우지 않으려면 오지 않아도 됐을 것이고, 또 싸워서 충분히 이길 수 있는 상황에서 그저 위협만 하고 가는 것 또한 이해가 불가능한 일이었다. 그리고 철유환의 움직임이 단운평의 그것과 너무나 비슷하다는 사실에 의문이 생겼다.

"어쩔 거지?"

당이연의 물음에 당이록은 고개를 돌려 당이연을 바라보면서 천천히 말했다.

"숙부님께는 비밀로 해야 할 것 같은데… 특히 그 움직임은 말이지."

"그 움직임은… 설마 문주님이, 아니, 풍운객이 황궁 출신이란 말인가?"

"반대겠지. 풍운객 어르신이 황궁 무공에 관련했을 거야."

당이연은 당이록의 표정이 평소와 달리 딱딱하게 굳어 있는 모습에 더 이상 아무런 말을 하지 않았다. 다만 황군이 다음에 오면 어떻게 될지 고민할 뿐이었다. 다음에도 철유환이 온다면, 아니, 그보다 강한 이가 오고 지금처럼 기습을 해야 할 상황이 된다면 어떻게 해야 할지… 단운평을 따른 이후 어둠의 생활을 한 적이 별로 없었다. 하지만 당가인이 아닌 독문도로서 단운평을 따르고 있는 이상 암살을 시도하게 되면 반드시 성공해야 된다. 그러기 위해서 당이연이 사용해야 할 것, 그것은 독이었다. 당이연은 왼손을 품 안에 넣어 자색의 자기병을 만졌다.

"어찌 된 일이냐?"

당이연과 당이록, 그리고 임선곽이 당가 안에 들어오자 당공의가 물었다. 당연히 잡아왔을 거라 생각한 인질은 없고 임선곽이 기절한 채

짐짝처럼 끌려왔다.

"협상을 한 거냐?"

당공의는 임선곽이 사로잡혀 당이연 혹은 당이록이 잡은 인질과 교환한 것이 아닌가 하는 생각을 했다.

"아닙니다. 저쪽의 지휘관은 철유환이었습니다."

"철유환? 설마 그 철유환?"

황군명의 다급한 목소리. 천하의 모사가 되기 위해 많은 정보를 수집하고 다니던 황군명은 철유환이 어떤 존재인지 누구보다 잘 알고 있었다.

"그래. 생각보다 훨씬 강한 자더군. 사실 그의 실력은 우리보다 한 수 위였는데… 도대체 왜 황군을 이곳까지 끌고 온 건지……."

"아… 하늘이 도왔다."

황군명의 소리에 대부분의 사람들은 어리둥절했다. 하지만 그의 말을 알아듣는 이도 있었으니…….

"다행이군. 정말."

그는 다름 아닌 당거영. 정신을 잃은 임선곽의 몸을 살피던 당공진이 물었다.

"아버님, 무슨 말씀이신지……."

"그쪽도 균형을 이루고 있다는 거지."

당공진은 고개를 돌려 황군명을 바라보았다. 부친의 말을 알아듣기엔 당공진은 당가의 권력 다툼에서 너무 떨어져 있었다.

"풍운회를 치려는, 즉 철혈무제와 손이 닿아 있는 혹은 철혈무제에게 명을 내리는 세력이 있는 반면, 무림과 관은 거리를 둬야 한다 혹은 철혈무제를 지지하는 세력과 적대적인 세력이 있을 겁니다. 그 둘의 힘이 비슷할 거란 말입니다."

"어째서? 비슷하다면 이곳까지 쳐들어오지 않았어야 하지 않을까?"

당이록의 물음에 황군명은 고개를 끄덕였다.

"일단 철혈무제를 지지하는 측의 세력이 더 크다고 봐야겠지. 하지만 철유환은 그들에 반대하는 세력에 속한 것이고."

적지 않은 수의 황군을 움직이기 위해서는 황제의 허락을 얻지 않으면 안 된다. 자칫 반역으로 몰려 일족이 사라지게 될지도 모르기 때문이다. 그리고 양측 세력의 힘겨루기와 상관없이 황제는 믿을 만한 장수를 선택하는 것이니 철혈무제를 지지하는 세력의 의견이 받아들여졌으나 장수의 선택마저 정할 수는 없었단 말이다.

"그럼 이제 어떻게 해야 하는 건가?"

이번에도 당거영이 황군명에게 중대사의 결정을 맡겼다. 아직 젊은 황군명이 매번 옳은 결정을 내리지는 않을 것이다. 하지만 잘못된 선택을 했을 때 그것을 인정하고 곧 바른길을 찾을 수 있는 능력이 있음을 당거영이 인정한 것이다.

'풍운회가 승리한다면 이 녀석이 천하를 움직일 것이 틀림없다.'

당거영은 앞으로의 무림의 흐름이 어떻게 될 것인지 알아차리고 황군명에게 힘을 실어주기로 결정했다. 이는 훗날 당가가 천하십대세가의 최고라는 자리를 넘어 구파일방과 그 자리를 나란히 하는 데 결정적인 역할을 하게 된다.

"내가 황궁에 한번 가보도록 하겠네."

하남남궁가의 가주 남궁모수의 갑작스런 발언. 황군명의 표정이 밝아졌다. 황궁의 세력 다툼이 어떤 상태인지 알 필요가 있었다. 하지만 이처럼 황군을 보낼 정도의 상황이라면 섣불리 갔다가는 의심만 살 뿐이었다. 그래서 누구를 보내야 할지 고민 중이었건만 남궁모수가 나선다면 다행스런 일이었다. 남궁가는 무림뿐만 아니라 뛰어난 무장들도 많이 배출한 가문, 당연히 황궁 안에서도 지지하는 세력이 적지 않다. 문제는 무장들이 그리 높은 관직을 가지고 있지 않다는 것인데…….

"나도 함께 갔다 오지."

허공에서 들려오는 목소리가 당가 안을 울렸다. 그 목소리의 주인공이 모습을 드러내자 천하의 당거영도 놀라지 않을 수 없었다.

"오랜만입니다."

가볍게 포권을 해 보이는 당거영의 모습에 당공의와 당공진도 급히 허리를 굽혀 보였다. 낡은 가사를 입은 노승. 그는 소림의 전대 장문인이자 천하 무림인들의 존경을 한 몸에 받고 있는 대각 대사였다. 참회동에 있다던 그가 모습을 드러낸 것이다.

"허허허. 그러게 말입니다. 독왕도 이젠 나이를 먹었구려."

단운평이 만났을 때보다 훨씬 마른 모습. 그리고 훨씬 나이 든 모습이었다.

"이곳엔 어쩐 일이십니까?"

소림도 철혈무제의 편을 들고 있다는 것을 너무나 잘 알고 있는 당거영의 물음에 대각 대사는 한숨을 쉬었다.

"풍룡, 그 아이를 만나려 이곳까지 왔는데 없구려. 그러다 보니 본의 아니게 저 아이의 말을 듣게 되었으니… 관과 관련을 가지고 있는 무림 세력은 천하에 소림과 무당 단 둘뿐이라 해야 하지 않겠습니까? 그러니 소승이 가야지요."

그의 말에 남궁가 소가주 남궁력이 발끈하려 했으나 남궁모수가 그의 어깨를 잡아챘다. 대각 대사의 말은 하나도 틀린 바가 없었던 것이다. 이름 있는 장수라 할지라도 고위관료의 눈밖에 나면 한순간 옷을 벗어야 하는 것이 관의 생리. 그에 비해 소림은 관직 하나 가지고 있지 않지만 황제를 비롯한 관리 누구도 그들을 무시하지 못했다. 중원이 위기에 처할 때 사심없이 목숨을 걸고 싸우며 모든 사람들에게 올바른 이야기를 해주는 이들이 바로 소림인. 천하인들의 존경을 받고 있는 소림의 의견을 제아무리 황제라도 무시하기는 힘들었다.

"하지만 송절 대사는 철혈무제를 지지하고 있지 않습니까?"

황군명의 침중한 목소리. 누가 뭐래도 현 소림사 장문인은 송절 대사다. 아무리 대각 대사라 할지라도 송절의 입김보다 강할 수가 없는 것이다.

"허허허. 걱정 말거라. 내 비록 쓸데없이 나이만 먹은 노인이지만 무엇이 옳은지 그른지 정도는 판단할 줄 알고 있으니."

대각 대사의 말에 남궁모수는 얼굴이 붉어졌다. 사실 황궁이 개입하고 있다는 말을 들었을 때 지금이라도 풍운회에서 빠져나가는 것이 좋지 않을까 고민했었다. 가문의 생존을 위한 일이라고 애써 변명했지만 대각 대사의 말에 그런 변명 자체가 얼마나 부끄러운 일인지 깨닫게 된 것이다.

"제가 모실 테니, 력아, 넌 여기서 풍운회의 일원으로 최선을 다해라."

처음에 남궁모수는 남궁력과 함께 사천에서 빠져나갈 생각이었다. 언제 다시 황군이나 천앙의 무리들이 공격해 올지 모를 위험한 곳에 자신의 아들을 두고 가는 것이 싫었기 때문이다. 하지만 이제는 생각을 달리 했다.

'이곳에서 제대로 살아남지 못한다면 우리 가문은 이미 틀린 것이다.'

남궁모수는 풍운회에 가입한 것이 이미 돌이킬 수 없는 결정임을 느낄 수 있었다. 그렇다면 승리할 경우를 생각해야 했다. 그리고 이런 상황에서 자신의 아들이 성장할 수 있음을 생각했다.

"예."

단운평이나 관평위, 그리고 요호가 등장하면서 강호팔걸의 위상이 많이 낮아진 것은 사실이지만 후기지수 중에 강호팔걸이 차지하는 위치는 결코 낮지 않았다. 남궁력은 부친의 생각을 읽을 수 있었기에 두말 않고 대답했다. 그러자 남궁모수가 황군명에게 말했다.

"이제부터 나 남궁모수도 자네를 모사로 인정하네."

황군명은 가슴이 벅차올랐지만 지금은 남궁모수의 말보단 대각 대사의 등장에 신경 써야 할 시간이었다.

"대사님의 행동은 소림의 의지와는 별개라고 생각해야 합니까?"

황군명의 목소리가 떨렸다. 황군명에게 있어 소림 출신의 대각 대사는 어릴 적부터 보아온 거대한 산이다. 경외하는 것 외에는 어떠한 것도 허용되지 않는 산. 그에게 이런 질문을 하는 것은 황군명에게는 너무나 어려운 일이었다.

"글쎄… 소림은 언제나 바른길을 선택했었네. 비록 지금 조금 잘못된 길을 가고 있을지 모르지만 결국은 바른길을 찾아갈 것이니 내가 하는 일이 옳은 일이라면 소림의 의지와 같은 것이겠지."

소림의 의지는 언제나 올바르다.

터무니없는 자신감이라 할지 몰라도 대각 대사의 말이 가지는 무게는 그 자신감을 확신으로 바꾸어놓았다. 그것은 천 년이라는 시간이 만들어낸 소림의 가장 강한 힘이었다.

"이건 단운평에게 전해주게."

대각 대사가 품에서 꺼낸 건 하얀 옥으로 된 염주였다.

"무슨……."

황군명은 무엇 때문에 대각 대사가 염주를 주는 것인지 알 수가 없었다. 하지만 대각 대사는 아무런 말 없이 빙그레 웃어 보일 뿐이었다.

"급한 일이니 먼저 가봐야겠구나. 독왕, 이제 나이도 있으니 아이들을 믿고 맡기는 게 어떠시오. 때로는 도와주지 않는 것이 돕는 것일 수 있다오."

당거영은 대각 대사의 말에 고개를 끄덕였다. 대각 대사는 천천히 허공을 밟으며 당가를 감싸고 있는 벽을 넘어갔다. 남궁모수는 급히 당가의 문을 지나 대각 대사가 사라진 곳을 향해 신법을 전개해야만 했다.

"저것이 허공답보인가? 대각 대사가 풍운회를 돕는다면 이제 풍운회도 승산이 있구나."

황군명의 중얼거림을 듣고 당이록은 놀라 황군명의 전신을 훑어보았다.

'이제껏 승산없는 싸움이라고 생각했단 말인가? 그러면서도 불안한 내색 한번 없었다니… 역시 군명은 대단하군.'

단운평이 꿰뚫어 본 황군명의 모사로서의 자질, 그것은 황군명의 이런 모습도 큰 작용을 했던 것이리라.

第三十五章
계획된 종결(2)

단운평은 혁련고홍의 말을 들은 이후 전력을 다해 신법을 전개하려 했으나 주화령과 권중의 부상, 형의후와 요호, 관평위의 피로로 인해 쉬어 갈 수밖에 없었다.

쉬는 동안 권중이 정신을 차려 형의후에게 전반적인 상황을 설명하자 형의후는 자신도 풍운회에 가입하겠다고 했다. 하지만 단운평은 허락하지 않았다.

"당신이 철혈무제와 싸워야 할 이유는 하나도 없소. 조부님을 존경한다면 조부님을 따르시오. 내가 철혈무제와 맞서는 것은 조부님과 관련이 없소."

"내가 함께하지 않는다면 누가 함께하겠느냐! 나 형의후는 지금 이 순간부터 풍운회의 일원이다!"

단운평의 말에도 형의후는 일행으로 함께 가겠다며 소리를 질렀다.

보다 못한 관평위가 고수가 한 명이라도 더 필요하다는 말을 하지 않았다면 아마도 형의후는 여전히 소리를 지르고 있었을지 모른다.

"좋소. 단, 권중의 안전은 당신이 책임지시오. 그리고 결정에 참견하는 건 거절이오."

"걱정 말거라."

단운평은 형의후가 무슨 소리냐고 날뛸 거라고 생각했는데 순순히 그러겠다고 하자 놀라지 않을 수 없었다. 하나 형의후로선 권중이라는 말 상대 없이 이들과 함께 간다는 건 지옥과 같을 거라고 생각했으니 차라리 권중과 붙어 있는 것이 좋았다.

"그건 그렇고, 사천까지 가는 길이 쉽지 않을 듯한데……."

"……."

단운평은 무표정한 얼굴로 형의후를 바라보았다.

"쉬운 일이라……."

요호의 가라앉은 목소리에 형의후의 미간이 좁혀졌다.

"내 비록 풍룡의 무공에는 미치지 못하지만 네놈 따위한테 무시당할 정도는 아니다."

형의후의 온몸에서 살기가 뻗어 나왔다. 하지만 요호는 전혀 신경 쓰지 않았다.

"풍운회에 가입하는 그 순간 고난이라는 건 알고 있었으리라 생각됩니다만."

이제는 일행이 된 강호의 선배다. 최소한의 경어는 사용해 주어야 한다는 생각에 요호의 말투가 변했지만 형의후는 요호가 배려한다는 느낌을 조금도 받지 못했다. 형의후는 무시무시한 얼굴로 요호에게 다가갔다. 위험한 분위기에 관평위와 주화령은 단운평을 바라보았다. 하지만 단운평은 둘을 말릴 생각이 전혀 없었다.

"이건 뭐냐?"

자신의 앞에 놓인 금도를 보며 화엽상이 묻자 전익상은 깊숙이 허리를 굽혔다.

"림주님, 전 풍룡을 그냥 둘 수가 없습니다."

"복수를 하러 가려는 거냐? 내가 그 녀석보다는 풍운객을 찾으라는 명을 내렸는데도 말이냐?"

전익상은 굽혔던 허리를 펴고는 화엽상을 향해 또박또박 말을 이었다.

"저 전익상과 제 형님이 단 한 번도 도림인임을 자랑스럽게 여기지 않은 적이 없다는 걸 잘 알고 계시리라 생각합니다. 그리고 단 한 번도 림주님의 명을 어긴 적 없다는 것도 말입니다."

"그래. 도림에 대한 너희 형제의 충성심은 누구보다 강했지."

전습과 전익상. 그 누구보다 도림의 일원임을 자랑스러워하는 이들이었다. 그렇기 때문에 금도의 주인이 될 수 있었던 것이다.

"그런데 그런 형이 죽었습니다. 그럼에도 복수를 하지 말라니… 제 형이라서 그런 것이 아닙니다. 도림인들이 자신만의 도법을 완성하기 위해서 모인 이기적인 놈들이라 할지라도 동료의 죽음을 헛되게 해서는 안 된다고 생각합니다."

도왕, 아니, 도림주 화엽상의 앞에서 이렇게 말할 수 있는 이는 도림에서도 전익상이 유일하다. 그것은 전익상이 건방져서가 아니라 그 누구보다 화엽상을 존경하기 때문이다. 때문에 그의 행동을 비난하는 자가 없었던 것이다. 때때로 지나칠 경우는 전습이 막아주었다. 그러나 이제 전습은 없다.

"그러니까 전습의 복수를 하지 않고선 아무것도 할 수가 없다는 것이냐?"

빙빙 돌려서 말하고 있지만 결론은 분명 그것이다. 전익상은 고개를 숙였다.

"알았다. 다녀와라."

전익상 홀로라면 절대 단운평을 이기지 못한다. 그래도 해야만 하는 일이라는 것을 화엽상은 잘 알고 있었다. 역류만자침법을 시술받은 것으로 단조평에게는 긍지를 잃어버린 자로 취급받았지만 화엽상은 여전히 도림주로서 조금의 손색도 없었다.

"다녀오겠습니다."

전익상은 다시 한 번 깊숙이 허리를 숙여 화엽상에게 인사했다. 다시 돌아오지 못할 거라는 건 전익상도 화엽상도 알고 있는 일, 하지만 돌이킬 수 없는 일이라는 걸 잘 알고 있었다.

잠시 후 전익상이 방을 나서자 화엽상은 창밖을 보고는 한숨을 내쉬었다.

'아무리 강해져도 허전하구나. 그때 단조평이 죽었더라면 나는 무림을 떠났을지도 모르겠구나.'

언제나 쓰러뜨려야 하는 존재로만 생각했던 단조평이 갑자기 소중하게 느껴졌다. 적수가 없는 정상은 언제나 외롭다는 말이 있다.

'하지만 정상은 혼자서 차지해야만 하는 것이지. 단조평을 넘어섰으니 남은 건……'

화엽상은 길게 숨을 내쉬고는 방문을 나섰다. 이제 그는 무림맹이라는 또 하나의 산을 정복하기로 결심했다. 철혈무제 초류염이라는 적이 있지만 단조평보다 한 수 아래라고 생각하는 화엽상에게 그는 호적수가 아니었다.

그리고 화엽상의 이러한 결정은 초류염이나 혁련비에게 적지 않은 충격을 줄 것이다. 그들은 화엽상에게 천하를 발아래 두려는 욕심이 없으리라 확신하고 있었던 것이다.

정사 연합의 파기.

도림의 무림맹과의 전쟁 선포로 인해 강호는 또다시 술렁거렸다. 바로 어제까지 함께 술을 마시며 초류염과 화엽상을 칭송하던 정, 사의 무림인들은 순식간에 서로에게 칼을 겨누며 싸워 나갔다. 처음에는 도림만이 무림맹에게 전쟁을 선포한 것이지만 곧 다른 사파의 무리들 역시 무림맹과의 전쟁에 참여했다. 사파에서 가장 크고 또 가장 강한 세력이 바로 도림이었다. 그들이 무너지면 다른 사파 문파들은 순식간에 정파인들에게 무시당하며 살아갈 수밖에 없다는 것을 사파인들은 알았던 것이다.

풍운회의 개문 선언.

정사 연합 기간 동안 봉문을 선언했던 풍운회가 개문을 선언하자 천하는 다시 삼분되며 싸움은 점점 거칠어졌다.

"추가적인 천앙의 습격은 없군."

당공의의 말에 황군명은 당연하다는 듯 말했다.

"뒤에서는 천앙이라고 하나 앞에서는 정파의 일원으로 행세해야 하니 지금처럼 위급한 상황에서 천앙이라는 이름으로 많은 무인들을 뺄 수가 없는 것입니다. 다만… 풍운회에 대해 어중간한 입장이던 이들이 무림맹이냐 도림이냐 분명하게 입장을 표명하면서 풍운회를 적으로 여기기 시작했다는 것이 문제입니다.”

“하지만 그만큼 풍운회에 들어오는 이들도 많아지고 있지 않은가?”

곽마효의 말에 황군명은 당가로 돌아온 단운평에게 고개를 돌렸다.

“받아들이지 않고 있다는 것이 문제입니다.”

처음으로 단운평에게 불만을 보이는 황군명. 모두 단운평의 반응을 기다렸으나 단운평은 아무런 말도 하지 않았다.

“일시적으로 도림과 손잡는 것을 생각해 봄이 어떤가?”

갑작스런 발언의 주인공을 향해 모두의 눈길이 향했다. 도림과 손을 잡자고 말한 이는 다름 아닌 당거영. 모두는 믿을 수 없다는 듯 당거영의 얼굴을 살펴보았다.

‘혹시 다른 사람인 건 아닐까?’

단운평마저 이런 생각을 했으니…….

“무슨 말씀이신지…….”

황군명의 물음에 당거영은 침중한 어조로 말했다.

“풍운회의 세력이 커진 건 사실이지만 도림이나 무림맹에 비해 부족한 것이 사실이다. 특하나 절정 고수의 수는 터무니없이 적다. 풍운객과 도왕의 관계를 생각하면 그들과 손을 잡는 것이 힘든 일일지 모르지만, 무림맹과 손을 잡을 수는 없으니…….”

“불가합니다.”

단운평의 목소리에는 분노가 서려 있었다.

“냉정하게 생각해 보게. 자칫하다간…….”

“불가합니다.”

단운평의 목소리는 더 낮아졌다. 그리고 단운평이 두 번이나 당거영의 말을 도중에 끊자 당공의와 당공진 형제의 표정도 굳어졌다.

"아버님 의견에도 일리가……."

"불가!"

당공진의 말은 더 더욱 짧게 끊어버렸다. 그리고 단운평은 천천히 자리에서 일어났다.

"독왕 어르신의 말씀은 이해가 가지만 도림과 손을 잡을 수는 없지요. 무림맹과 적이라고 해서 우리가 정파라는 사실이 변하는 것은 아니지 않습니까? 의(義)를 저버릴 수는 없지요."

사천까지 온 서문항비의 말에 분위기는 더 더욱 차가워졌다.

"지금 아버님께서 불의(不義)한 것을 말씀한다는 말이오?"

당공의의 표정이 차가워지며 온몸에서 살기가 폭사되었다. 무림맹과 도림이 연합했을 때보다 상황은 좋아진 상태이건만 이처럼 분위기가 날카로운 것은 두 가지 일 때문이다. 첫 번째는 단조평의 패배. 다른 어떤 이유보다 풍운회가 이처럼 커질 수 있던 것은 풍운객이라는 이름 때문이라는 건 말하지 않아도 모두가 아는 일. 도림이나 무림맹과 겨루면서도 푹 잠들 수 있는 것이 바로 풍운객 단조평이라는 전설 때문이었는데 그것이 깨졌기 때문이다. 두 번째는 황군의 개입. 이것은 패배하더라도 최소한 명맥은 이어갈 수 있을 거라는 최후의 보루를 깨어버린 일이다. 황군이 개입한 이상 패배는 곧 멸문이다. 구파일방만큼이나 긴 역사를 가져온 세가들이 날카로워지지 않는다면 그것이 오히려 이상한 일일 것이다.

빠직.

단운평이 모두가 둘러앉은 원탁의 가장자리를 움켜잡자 굵은 나무로 된 원탁이 두부처럼 부서졌다.

"그래서?"

특별히 누구에게 하는 말이 아니었다. 하지만 단운평의 입에서 그 말이 나온 순간 모두의 표정이 일그러졌다. 특히 당거영이나 서문항비, 그리고 곽마효 등은 자신보다 한참 어린 단운평의 입에서 나온 말에 큰 충격을 받고 있었다. 단운평은 천천히 관평위의 옆으로 가서 그의 어깨에 손을 얹고 말했다.

"군명! 이록! 요호! 그리고 주 낭자, 풍운회를 떠나 철혈무제나 도왕과 겨룬다 할지라도 함께해 줄 건가?"

그의 말에 가장 빨리 대답한 사람은 당이록이었다.

"예!"

그 뒤를 이어 요호가 고개를 끄덕였고 주화령은 조용히 일어나 단운평 옆에 섰다. 황군명은 대답 대신 물었다.

"저희가 어떤 대답을 하리라고 생각하신 겁니까? 당연히 따르겠습니다."

황군명과 당이록이 자리에서 일어서 단운평 뒤에 서자 곽마효와 몸을 회복한 서문호가 자리에서 일어섰다.

"순식간에 불의한 사람이 되어버렸군. 의견을 말한 것뿐일세. 나 역시 풍운회주의 말을 따를 것이네."

당거영은 손사래를 치면서 자리에서 일어나 단운평에게로 걸어갔다. 사실 당거영이 그런 말을 한 것은 풍운회 내의 세력 중에 당가의 발언권을 높이기 위해 해본 것이었다. 풍운회가 패한다면 나락으로 떨어질 것은 불을 보듯 뻔한 일. 차라리 승리 후 누가 가장 높은 위치에 서느냐 하는 것을 생각해서 당거영이 힘을 합친 이들에게 자신의 의견을 밝히도록 한 것이다. 만약 단운평이 나서지 않았다면 모두는 당거영의 의견에 동조할 수밖에 없는 분위기가 되었을 것이다. 당거영의 배분이나 명성, 그리고 무공을 생각할 때 그의 의견을 존중하지 않을 수 없는 상황인 것이다. 물론 실제로 도림과 힘을 합칠지는 천천히 이해득실을 논의해서 후에 해가 많다고 생각되면 없었던 일로 하면 된다.

"과시하기 위해 하는 말이 아닙니다."

단운평의 말에 당거영은 발이 멈추며 얼굴이 순식간에 굳어졌다.

"정말로 풍운회주를 그만두겠다는 말이냐?"

지금 단운평이 풍운회주를 그만둔다면 풍운회의 상당수를 차지하는 정사지간의 무인들이 순식간에 빠져나갈 것이다. 단지 풍운객이나 풍룡이라는 이름 하나만으로 풍운회에 가입한 이들이 수백 명이다. 그들은 모두 풍운객이나 신수에게 은혜를 입은 이들, 결코 가볍지 않은 전력이다. 아니, 그것보다 단운평이 풍운회주를 그만두게 되면 당가, 서문가 등등 각각의 가문이 흩어지는 건 순간의 일이었다. 단운평은 모두를 묶어두는 구심점이자 각 세력의 대표들에게 인정받은 유일한 욕. 심. 없. 는. 대. 장.이었기 때문이다.

"잠시 의견 충돌이 있었다고는 하나 그것 때문에 풍운회를 버리겠다니!"

당거영은 단운평의 무책임한 발언에 화가 머리끝까지 치밀어 올랐다.

"아무리 생각해도 몇 명의 욕심 때문에 무림 전체가 끌려 다니는 건 말이 안 됩니다."

단운평의 말에 당거영은 한숨을 푹 쉬며 말했다.

"항상 소수의 의지에 따라 큰 흐름이 결정되는 법. 네가 어찌할 수 있는 일이 아니다."

"지금 전 도림을 치려고 합니다. 정면 승부가 아닌 방법으로."

단운평은 처음으로 정면 승부가 아닌 방법으로 승부하기로 결정했다. 그것의 결정적인 계기가 된 것은 두 사람, 단조평과 주화령 때문이었다. 자신의 결정으로 인해 가까운 사람들이 피해를 보는 일은 더 이상 허용하고 싶지 않은 것이다.

'내가 아니었으면 역류만자침법이 세상에 공개되지도 않았을 것이다. 그리고 아버님도 돌아가시지 않으셨겠지.'

믿었던 이들에게 살귀 취급을 받은 이후 단운평은 점점 더 스스로에 대한 확신이 없어지고 있었다. 사후락이 다친 것도, 주화령이 다친 것도 모두가 자신으로 인해서라고 생각하게 된 단운평은 혼란을 막기 위한 가장 빠른 방법을 생각한 것이다.

"도림에 숨어 들어가야 한다면 저희를 빼놓고 가실 수 없지요."

당이연과 독문의 고수들. 서문항비 뒤에 서 있던 서문호도 입을 열었다.

"저 역시 함께하고 싶습니다. 이제 저도 인정받고 싶다는 생각이 들어버렸습니다."

위험한 선택이지만 성공만 한다면 강호의 혼란을 가장 빨리 정리하는 방법이다. 당거영은 대각 대사가 말한 바를 이제야 이해할 수 있었다.

'새로운 물결을 이겨낼 수 있는 자는 없구나.'

젊은 혈기일 뿐이라고 생각되기도 하지만 젊은 무림인에게 있어 반드시 필요한 것이 그것이다.

"계획된 혼란이 계획된 종결을 가져왔다. 이제 더 이상 끌려갈 수는 없지."

단운평은 더 이상 무림맹이나 도림의 계획대로 끌려가고 싶지 않았다. 이제 모든 일은 자신이 계획할 것이다. 이제는 믿을 수 있는 동료들과 함께.

"어떻게 저들이 이곳까지 오는데 아무도 모르고 있었단 말이냐!"

초류염의 추상같은 목소리에 혁련비는 그저 고개를 숙이고 있을 뿐이었다.

'감시하던 녀석들이 모두 다 화엽상에게 붙다니. 있을 수 없는 일이다.'

초류염에게는 몰랐다고 말했지만 사실 도림이나 도림 주변에 있었던 정보원들이 모두 도림의 일원이 되어버렸던 것이다.

무림맹에 절대적인 충성심을 가진 자들만 모아 보냈건만 시간이 갈수록 초류염의 본모습을 알아가며 화엽상에게 그 충성심이 옮겨간 것이다.

무림인의 특성상 자신을 숨기는 초류염보다 자신의 본모습을 보이는 화엽상이 더 끌렸던 것이다. 거기에는 비록 사파이지만 중원무림의 위기가 오자 조금의 망설임 없이 나섰던 모습과 천하무림인의 우상이었던 전대 도왕 풍운객 단조평을 꺾었다는 사실 또한 크게 작용했다.

"처음부터 화엽상에게 욕심이 있었던 것 같습니다. 무공에만 관심있는 자라고 판단한 제 잘못입니다. 곧 구파일방에 연락해 그들을 막도록 하겠습니다."

혁련비의 말에 초류염은 몸을 돌려 창가로 향하며 말했다.

"살려두지 마라."

"존명."

방문을 나선 혁련비의 눈에서 귀기 어린 빛이 보였다.

"어쩌면 네 녀석의 말이 옳은 것인지도 모르겠구나."

　무림맹과 도림의 충돌. 제이차 정사대전이라 불리우며 많은 이들이
모여들어 칼을 겨누는 상황. 무림맹과 도림 두 세력 모두가 힘겨워하
는 그 순간 황궁에서도 많은 의견들이 황제를 압박했다.
　"그러니까 장군이 보기엔 그들에게서 어떠한 반역의 기운도 보이지
않았단 말이지?"
　"예. 괜히 그들을 자극해서 이득이 될 것은 없습니다. 그들을 토벌
해 봤자 힘들어지는 건 백성들이라 사료됩니다."
　철유환의 말에 황제는 고개를 끄덕였다. 단 한 번도 거짓을 말한 적
이 없는 장수다. 많은 대신들이 풍운회라는 조직이 반역의 움직임을
보이고 있다고는 하나 제대로 된 증거나 증인은 하나도 발견하지 못했
다.
　"그러나 아직도 그들이 반역하려는 의도가 없다는 것을 대신들은 믿
지 못하고 있으니… 그 단운평이라는 자를 이리로 데려오도록 하거
라."
　황제의 말에 철유환은 당황하지 않을 수 없었다.
　"하오나 지금은 힘들 것 같습니다. 지금 강호는 세 세력이 힘겨루기
를 하고 있는 실정입니다. 그 세 곳 중 한 곳의 수장이 바로 단운평이
라는 사내입니다. 그는 이곳으로 올 수 없을 것입니다."
　"음… 황제의 명이라 할지라도 못 온단 말인가……."
　"그렇습니다."
　"음… 이것 참… 점점 더 그자를 만나보고 싶구먼. 아… 그리고 보
니 며칠 전에 짐을 찾아온 무림인이 있다고 하지 않았나?"

황제의 말에 철유환의 얼굴이 잠시 밝아졌다.

"예. 소림의 대각이라는 승려가 찾아왔습니다."

"대각이라… 들어본 적이 있는 것 같군."

"소림사의 전대 장문인이라고 합니다만……."

"소림사의 전대 장문인? 어서 데리고 오거라."

철유환이 급히 몸을 움직여 대각 대사를 데리러 가는 동안 황제의 앞에 또 한 명의 사내가 무릎을 굽혔다.

"소신 초위목, 황제의 부름에 도착했습니다."

"어떻게 된 건지 설명을 해보게."

"무슨 말씀이신지……."

갑작스런 황제의 호출에 급히 달려온 초위목은 황제의 말을 이해할 수가 없었다. 하지만 황제의 표정은 평소의 부드러운 그것과는 전혀 달랐기에 초위목은 필사적으로 생각해야만 했다.

"풍운회의 반역 증거는 어디에 있소?"

쿵.

급히 고개를 숙인 초위목은 심장이 격하게 뛰기 시작하자 이를 악물었다. 다시 고개를 든 초위목은 웃는 얼굴로 황제에게 말했다.

"사천 주변에 심상치 않은 움직임이 보이고 있음을 보고받았습니다. 그 움직임이라는 건 식량을 비축하고 무기를 모으는 행위였습니다. 거기에 얼마 전 철 장군을 보냈는데 기습을 가했다고 보고받았습니다."

자신있게 말하는 초위목을 향해 황제는 미간을 좁혔다.

"내가 듣기론 지금 무림인들끼리 항쟁이 있다고 들었는데, 맞소?"

황제의 목소리는 부드러웠지만 그 눈빛은 그렇지 않았다.

"하지만 단운평이란 자는 위험한 인물입니다. 정파인 무림맹을 공격하고 있습니다."

초위목의 발언에 황제의 얼굴이 딱딱하게 굳었다.

"무림맹이 옳은 일만 행하는 곳인가? 무림인은 힘으로 남이 얻는 것을 강탈하는 집단이지 않은가?"

황제의 분노의 찬 목소리에 초위목은 아무런 말도 하지 못했다. 더구나 어느새 나타난 검은 무복의 네 사내가 목에 검을 대고 있으니 초위목은 식은땀만을 흘릴 뿐이었다.

"무림인은 힘으로 남의 것을 강탈하는 자들이 아닙니다."

부드럽지만 결코 약하지 않은 목소리. 황제는 소리없이 들어온 자의 얼굴을 훑어보았다.

"소승 대각이 황제께 인사드립니다."

합장을 한 채 깊게 허리를 굽히는 대각 대사. 황제는 딱딱하게 굳은 얼굴을 펴고 말했다.

"그대가 대각인가? 그대의 이야기는 많이 들었소. 무림인은 힘으로 남의 것을 탐하는 자가 아니라? 그럼 왜 무공을 배우는가? 남의 생명을 빼앗기 위함이 아닌가?"

황제의 물음에 대각 대사는 차분하게 대답했다.

"무공은 본인의 몸뿐만이 아니라 정신 또한 단련하는 행위입니다. 그것은 남보다 강하기 위함이 아니라 보다 나은 자신을 만들기 위한 노력이라 할 수 있습니다. 때로는 상대와 생명을 걸고 싸우기도 하지만 그것은 자신의 소중한 것을 지키기 위함이지 남의 것을 탐내서가 아닙니다."

"자신의 소중한 것이라 하면?"

지금의 황제는 역대 그 어떤 황제보다 학문에 관심이 많은 이였기에 대각의 이야기는 흥미로웠다. 평소 무림인은 머리보다 몸을 단련하는 무식한 이들이라 생각하던 황제였기에 대각의 말은 신선하게 느껴졌다.

"가장 먼저 자신의 생명과 가족의 생명입니다. 그리고 자신의 신념과 이상 혹은 꿈을 지키기 위해서도 힘을 사용합니다. 때로는 명예를 위해서 싸우기도 하지요."

"소림승들이 그러하다는 것은 알고 있소. 하지만 풍운회주도 같은 이유로 힘을 사용하는 것이오?"

"풍운회주 역시 같은 이유로 무림맹과 도림, 두 세력에 대항하고 있는 것이지요."

황제의 눈빛이 변했다.

"아무리 그렇다 할지라도 무공을 배우지 않은 자보다 배운 자들이 상대를 죽이는 경우가 많지 않소?"

대각 대사는 황제의 물음에 부드러운 미소를 지어 보였다.

"때문에 더 더욱 강해지려고 하는 겁니다. 미숙하기에 상대를 죽일 수밖에 없는 것이지요."

황제는 고개를 끄덕였다. 눈앞의 상대는 자신이 보아왔던 무장들과 달랐다. 긴 세월을 힘에 대해 고민한 자의 생각이 담겨 있어서일 거라는 생각을 한 황제는 다시금 물었다.

"질서를 잡기 위해 짐이 도와주길 바라는 것이오?"

"관과 무림이 오랫동안 거리를 둔 것은 무림이 관에 의해 이용당하지 않고 또 관이 무림에 위협당하지 않기 위함입니다."

단호한 대각 대사의 말에 황제는 고개를 끄덕였다.

"하나 혼돈의 시간이 길어질수록 피해를 입는 건 약자들이 아니오?"

"황군이 개입하게 되면 혼돈이 더 길어질 것입니다."

이번에 나선 자는 철유환이었다.

"왜지?"

"황군이 나서면 그들 모두는 일단 힘을 합치게 될 겁니다."

철유환의 말에 황제는 고개를 끄덕였다.

"초위목! 넌 누구를 위해서 풍운회를 없애려 하는 것이냐?"

추상같은 황제의 말에 초위목은 고개를 저으며 말했다.

"저는 나라를 위해서 그러는 겁니다. 저의 충정을 의심하지 말아주
십시오."

하나 초위목의 목에 닿은 검들은 여전히 그 자리에 있었다.

"초위목이라… 초류염과는 어떤 관계인 건가?"

대각 대사의 물음. 초위목의 눈빛이 변했다.

"감히 그냥 이름을 부르다니. 그분은……."

쾅.

황제가 의자 팔걸이 부분을 내리쳤다.

"어디서 감히!"

황제 앞에서 높여 부를 수 있는 이는 황족에 한한다. 황제는 철유환
에게 소리쳤다.

"초위목이 어느 파벌에 속해 있느냐!"

황궁 내에 여러 파벌이 존재한다는 것을 황제가 모를 리가 없었다.
철유환은 황제의 물음에 몇몇 대신의 이름을 말했다.

"모두 잡아들여라!"

"존명!"

방 밖에서 들려오는 우렁찬 대답 소리. 황제는 대각 대사를 보며 천

천히 말했다.

"이미 관과 무림이 관련이 된 것 같군."

"시간을 주십시오."

대각 대사의 표정이 어두워졌다. 황궁 내 세력 다툼이 무림과 관련된 것이라면 무림은 무척이나 위험하게 된다. 제아무리 무림인이라 할지라도 훈련받은 무수히 많은 군사들을 적으로 해서 살아남을 수는 없는 법. 무림 자체의 존폐 위기까지 갈 수도 있는 상황이었다.

"석 달. 석 달의 시간을 주겠다. 풍운회가 두 세력을 제압하지 못한다면 황군을 출전시키겠다."

잠시 후 궁을 나선 대각 대사는 당가가 아닌 소림사를 향해 발걸음을 옮겼다. 그런 그의 뒷모습을 바라보던 남궁모수는 어두운 얼굴로 당가가 있는 쪽을 향해 신법을 전개했다.

"담판을 보겠다는 결정은 존중하겠지만 자네가 풍운회주를 그만둔다는 건 받아들일 수 없는 일일세."

당거영의 말에 단운평은 고개를 저었다.

"시간이 흐를수록 또 하나의 무림맹이 되어가는 듯하더군요. 그런 위치는 필요없습니다."

단운평의 단호한 어조에 당거영은 더 이상 할 말이 없었다.

'엄청난 실수를 한 것이군.'

당가의 위치를 조금이라도 높이기 위해 한 말이 터무니없는 결과를 가져왔다는 생각에 당거영은 한숨을 내쉬었다.

"어쩔 건가?"

관평위의 물음에 단운평은 부드럽게 목을 돌려 긴장을 풀더니 당가의 문을 나섰다.

"도왕을 친다."

"가능하리라 생각하는가?"

"아니라도 상관없네. 더 이상 무림이란 곳에 있고 싶지 않네."

생각 이상으로 단운평이 상처 입고 있음을 깨닫게 된 관평위는 고개를 끄덕였다. 이 이상 말려봤자 소용없는 일이었다. 그리고 그런 단운평의 모습을 바라보던 주화령은 미안한 마음에 단운평에게 다가가지도 못하고 있었다.

"어떻게 된 거냐?"

당이록은 단운평과 함께 돌아온 이후 주화령이 단운평과 말을 나누는 모습을 단 한 번도 본 적이 없었다. 당이록의 물음에 주화령은 아무 말도 할 수가 없었다.

"어떻게 된 겁니까?"

이번에는 황군명이 요호에게 물었다.

"의도하지 않은 일이건만… 어쩔 수가 없었다. 그때의 회주는 악마처럼 보였으니까."

대충 짐작은 갔다. 하지만 무림인인 이상 어쩔 수 없는 일이 아닌가. 황군명은 도대체 얼마나 대단한 모습을 봤기에 그런 것인지 궁금했다. 하나 지금은 그보다 중요한 것이 있었다.

"어떻게 도림 안으로 들어가실 겁니까?"

"아니, 난 무림맹에서 기다릴 것이다."

단운평의 말에 황군명의 눈이 번쩍였다.

'기가 막히는군. 저런 생각을 할 수 있다니… 천하의 풍룡이 아니라면 생각하지 못했을 것이군.'

화엽상이 초류염을 치려 한다는 소문은 강호 전역에 빠르게 퍼지고 있었다. 때문에 단운평은 초류염을 치기 위해 무림맹 본부로 향하는 화엽상을 노리겠다고 말한 것이다.

　"하지만 도림만큼이나 무림맹도 들어가기 힘들지 않습니까?"

　"적절한 때에 무림맹주에게 비무를 신청할 것이다."

　"이런 상황에서 비무를 받아들일 거라고 생각하십니까?"

　"맹주는 그런 사람이다."

　한 번 겨뤄본 것으로 충분히 그 사람의 됨됨이를 파악할 수 있다고 단운평은 믿고 있었다.

　'검왕 우진명은 그런 사내다.'

　단운평은 천천히 걸음을 옮겼다. 그런 그를 막을 수 있는 이는 아무도 없었다. 아니, 그를 막기는커녕 하나둘씩 그의 뒤를 따르기 시작했다.

　"공의! 너는 어서 검왕에게 비무첩을 전해라. 어떤 수를 쓰던!"

　당거영의 명에 당공의는 멍하니 단운평의 뒷모습을 바라보다 급히 움직였다. 단운평이 승리하든 승리하지 못하든 이로써 단운평은 무림사에 그 이름을 남길 것이다. 풍운객보다 한층 높은 이름을······.

　"이제 곧 나는 전설이 된다."

　화엽상은 기분 좋게 웃었다. 하지만 이내 얼굴이 딱딱하게 굳어졌다.

　"때를 잘못 만난 녀석······."

　화엽상은 단운평의 모습을 떠올려 보다가 고개를 저었다. 아까운 인재지만 그 역시 전설의 희생자로 삼을 수밖에 없었다.

"모두 잘 듣거라! 삼 일 뒤면 우리 도림은 전설이 될 것이다. 그러니 긴장을 풀지 말고 주위를 잘 살피거라."

화엽상은 가슴이 떨렸다. 단조평을 꺾는 순간 생겨난 욕심. 그것은 바로 명예욕이었다.

'천하의 영웅이 되고 싶은 마음은 없다. 하지만……'

화엽상은 이 순간 초류염의 마음을 알 수 있을 것 같았다.

'천상천하 유아독존(天上天下 唯我獨尊).'

그 순간 허공에서 화살비가 내렸다.

파바박.

순식간에 허공에서 폭발하듯 부서져 내리는 화살들. 화엽상은 날아드는 화살 이상으로 빠르게 앞으로 쏘아져 나갔다.

"돌격!"

화엽상이 이제는 몇 남지 않은 금도주들과 앞으로 쏘아져 나가자 도림의 무인들도 도를 뽑아 들고 앞으로 달려나갔다.

"피해는 어느 정도지?"

초류염의 물음에 혁련비는 고개를 저었다.

"삼백 명 모두 사망했습니다. 역시 그 정도로는 막지 못했습니다."

"저쪽의 피해를 묻는 것이다."

초류염의 목소리는 만년설의 그것과 같이 몹시도 차가웠다. 혁련비는 차분한 목소리로 대답했다.

"도림의 무사 중에 죽은 이는 적어도 열 명. 상처 입은 자는 서른 명 정도입니다. 아무래도 천앙의 세력을 이용해야 할 것 같습니다."

무림맹에서 역류만자침법을 시술받은 이들은 평소에는 자신의 본모습을 보이지 않고 있었다. 적지 않은 사람이 천앙의 본모습을 알고 있지만 모르고 있는 이들의 수가 훨씬 많다. 지금 상황에서는 단 한 사람이라도 무림맹으로부터 등을 돌리는 이가 발생해서는 곤란했다.

"관에서는 아직 연락이 없는 것이냐?"

"금의위의 고수들을 이용하는 것은 가능성이 없어 보입니다."

금의위. 그들은 황궁을 수호하는 임무를 맡은 무사들이다. 철유환은 사실 금의위 출신으로, 금의위에서 장수에 이른 자는 그가 유일했다.

"내가 그들을 위해 처리한 사람이 몇인데 나를 모른 척하겠느냐. 그들은 절대 내 부탁을 거절하지 못할 것이다."

초류염의 확신에 찬 목소리에 혁련비는 고개를 끄덕이고는 그를 응시했다.

"본격적으로 천앙을 활용해야겠습니다. 더 이상 그들을 숨기는 건 무리입니다."

"알고 있다. 이미 한 시진 전에 화엽상이 있는 곳으로 출발했다."

초류염의 눈빛이 변했다. 광기가 느껴지는 강한 눈빛에 혁련비는 긴장하지 않을 수 없었다. 혁련비는 알고 있었다. 단운평이 최악의 신체로 태어났다면 초류염은 최고의 신체를 가진 이였다. 역류만자침법 따위로 아무리 신체를 바꾼다 할지라도 초류염의 특수한 신체를 따라가지는 못할 것이다. 초류염은 태양지체라 불리는 환상 속의 무골이었던 것이다.

태양지체.

사람은 태어나는 순간에는 천문이 열려 있다. 하늘의 기를 그대로 받아들이고 자신의 기를 대자연에 융화시킬 수 있는 상태로 태어나는 것이다. 그러나 두세 살이 되면 천문은 천천히 닫히며 본래의 능력을 잃어버리게 된다. 그러나 태양지체는 이러한 천문이 닫히지 않는다. 때문에 누구보다 빠르게 무공을 익히고 또 많은 내공을 쌓을 수 있는 것이다. 천문은 인체의 가장 중요한 두 혈. 거궐혈과 백회혈을 의미한다. 정수리에서는 단지 양기만을 받고 명치 부근에서는 자연의 여러 기와 동조를 한다. 적은 기를 빠르게 순환시켜 힘을 얻는 단운평은 그 위력에서 상대가 될 수 없었다.

"도왕은 천앙과 구파일방에 맡기도록 하지. 난 그 녀석을 먼저 처리해야겠다."

"그 녀석이라 하시면?"

"풍룡!"

"윽."

정신을 차린 임선곽은 자신을 바라보는 당공진의 눈길을 피하며 몸을 일으켰다.

"견딜 만한가 보군."

"얼마나 지난 겁니까?"

"한 삼 일 정도 지났네. 하지만 자네는 아직 움직일 상황이 아니야."

임선곽은 아무런 말 없이 자리에서 일어났다.

"풍룡은 어디 있습니까? 그를 만나야겠습니다."

임선곽의 태도에 눈살을 찌푸리던 당공진은 그의 어깨에 손을 얹었다.

움찔. 심한 통증에 임선곽의 얼굴이 구겨졌다.

"그는 도왕에게로 떠났으니 자네 몸이나 걱정하게."

"예?"

임선곽은 자신이 잘못 들은 것이 아닌가 생각했다.

"화엽상과 겨루기 위해 갔단 말이다."

임선곽의 숨이 가빠졌다.

"빌어먹을."

임선곽은 단운평이 무림맹을 먼저 칠 거라 생각했다. 때문에 단운평을 찾아왔다. 단운평의 힘을 빌어 그들에게 복수하기 위해. 그런데 화엽상에게 먼저 가다니. 그가 그곳에서 죽어버리면 자신은 복수를 할수 없게 된다.

"승산은 있는 겁니까?"

임선곽의 눈빛은 상처 입은 야수의 그것과 닮아 있었다.

"글쎄. 하지만 그를 막을 방법이 없었으니… 어쨌거나 믿고 기다릴수밖에."

하지만 당공진도 임선곽도 알지 못했다. 단운평이 그린 그림과 다르게 상황이 흘러가고 있음을.

"지나치게 조용하군."

단운평은 옷에 묻은 먼지를 털며 말했다. 화엽상보다 빨리 무림맹에도착해야 했다.

"단운평이다."

무림맹의 문을 지키던 무사는 바짝 긴장한 채 줄을 잡아당겼다. 작은 종소리가 울리고 잠시 후 큰 북소리가 들렸다.

"이거 예상과 다를 수도 있겠군."

단운평으로선 초류염이 화엽상에 앞서 자신을 노리고 있다는 것을 알 리가 없었다.

"대단하군. 이곳에 나타나다니."

'검왕에게 비무첩이 전해지지 않은 건가?'

단운평은 우르르 나타나 자신을 노려보는 무인들을 바라보다 커다란 목소리로 외쳤다.

"나 단운평은 검왕에게 비무를 청하러 왔소."

단운평을 노려보고 있던 무사들은 어이가 없다는 듯 단운평을 바라보았다. 무림맹과 도림, 그리고 풍운회가 어떻게 대립하는지 뻔히 아는 상황에서 비무라니, 있을 수 없는 일을 저지르고 있는 단운평의 모습에 눈앞의 사내가 정말 풍룡 단운평인지 의구심이 생기지 않을 수 없었다.

"당신이 정말 풍룡이오?"

무사들 중 한 명이 물었다. 그러자 단운평은 낮지만 분명한 목소리로 대답했다.

"풍룡이라… 난 단운평이라 한다. 넌?"

단운평의 물음에 사내는 움찔하다가 대답했다.

"무당파 일선이다."

단운평은 특유의 보법으로 일선의 앞으로 움직였다.

움찔. 피하려는 시도조차 할 수가 없었다. 일선은 바로 눈앞에 단운평의 얼굴이 있자 놀라지 않을 수 없었다. 거친 상처들과 번뜩이는 외눈. 하나 일선은 금세 냉정을 되찾았다.

"맹주에게 전해라. 단운평이 왔다고."

"그건……."

"너에게 그걸 판단할 권한이 있는 것이냐?"

단운평의 물음에 일선은 뒤로 한 걸음 물러섰다. 하지만 여전히 단운평을 노려볼 뿐 내원으로 들어갈 낌새는 전혀 없었다.

웅.

단운평이 묵뢰를 잡은 손에 힘을 주자 묵뢰가 울리기 시작했다. 그리고 단운평의 온몸에서 풍기는 죽음의 냄새. 일선은 다리에 힘을 주어 균형을 잃지 않을 수 있었지만 온몸이 떨리는 것을 막을 수는 없었다.

"나! 단운평이 왔소!"

불문에서 말하는 악마를 쫓는 사자후(獅子吼)가 바로 이런 것이리라. 무림맹 전체를 쩌렁쩌렁 울리는 단운평의 목소리. 일선은 휘청하며 뒤로 물러서다 다른 무사들에게 기대고 말았다.

"적당히 하거라!"

여인의 목소리. 단운평은 고개를 돌려 바라보았다. 본 적이 있는 여인이었다. 아미파 문주 만화검 진설, 그녀였다. 그리고 그녀의 옆에는 황서연이 서 있었다.

"무슨 생각을 하는 거냐?"

진설의 날카로운 음성에 황군명이 나섰다.

"말 그대로 검왕님과 겨루려고 왔습니다."

"이 녀석, 내가 바보로 보이느냐?"

진설의 검이 황군명의 목을 향해 날아들었다.

챙.

진설의 검을 막은 건 황군명이 아니었다.

"물러서시오."

진설의 검을 막은 사내, 요호의 말에 진설의 이마에 힘줄이 솟았다.

"요호! 네놈 따위가 감히 내게……."

쇄액.

진설은 자신을 향해 겨누어진 도를 보고 이를 악물었다.

"분명히 말하지만 지금의 만화검 선배님은 과거에 존경하던 분이 아닙니다."

서문호의 말에 진설은 검을 검집에 집어넣고 뒤로 물러섰다. 단운평의 비무 신청을 받아들이고 그렇지 않고는 우진명이 결정할 일, 그것을 방해할 이유가 없었다.

"이런 말도 안 되는……."

혁련비는 단운평이 무림맹 앞에서 하는 행동을 보고받은 후 머리 속이 혼란스러웠다. 특히나 단운평을 치겠다고 사라진 초류염이 지금 어디 있는지 상상조차 할 수가 없어 더욱 곤란했다.

"형님, 어쩌실 겁니까? 이젠 초류염의 시대는 끝났습니다."

혁련고홍은 혁련비에게 더 이상 황궁에서의 지원이 없음을 알려주기 위해 왔다가 단운평의 모습을 보고 혁련비에게 초류염으로부터 떠날 것을 종용했다. 하지만 혁련비는 고개를 저었다.

"넌 그를 모른다. 그는 네 생각 이상으로 강하다."

"제가 청부살수로 긴 시간을 보낸 건 화엽상이나 초류염이 얼마나 강한지 알기 위해서였습니다. 형님 이상으로 저 역시 초류염이 얼마나 강한지 알고 있습니다."

"아니, 넌 모른다. 그가 얼마나 강한지."

혁련비의 확신에 찬 말에 혁련고홍은 더 이상 말하지 않았다. 이 정도까지 말할 정도라면 자신의 형이 자신을 믿지 못하고 있거나 초류염이 무언가를 숨기고 있다는 것. 둘 중 어느 것이든 형이 초류염에게서 벗어날 생각이 없다는 것이 확인된 이상 더 이상의 이야기는 무모했다.

"이놈! 너무 건방지구나."
무림맹 안에서 바람처럼 나타난 이는 점창파의 태상노군 무화자였다.
"오랜만입니다."
단운평의 포권에 무화자는 헛기침을 해 보이고는 전음을 보냈다.
"멍청한 놈. 어서 돌아가거라. 철혈무제가 네놈을 노리고 있다. 미려와 취걸개가 철혈무제의 시선을 돌리고 있는 지금이 아니면 피할 수도 없다. 아직은 철혈무제와 맞설 상황이 아니라는 걸 왜 모르는 거냐."
미려 대인이라면 현 무당파 장문인의 스승이고 취걸개는 개방의 전대 고수다. 그 두 사람은 과거 단운평이 한 번씩 손속을 나눠봤던 인물들.
"어째서 절……."
"네가 아니면 누가 철혈무제를 막는단 말이냐!"
무화자는 갑자기 검을 뽑아 단운평을 향해 휘둘렀다. 실초보다 허초가 많은 그 공격은 단운평으로 하여금 뒤로 물러서게 만들었다.
"하지만, 이미 결정했습니다."
타닥.
단운평은 힘껏 박차고 앞으로 달려나가 어지러운 검영 사이로 자신의 몸을 던졌다.
"이런."
단운평의 신형이 자신의 검에 꽂힐 것 같자 급히 검을 휘두르는 속도를 줄이려 했던 무화자는 단운평의 모습이 사라지자 급히 검을 가슴에 붙이고 뒤로 물러섰다.

"여전히 굉장하군."

단운평은 어느새 다시 뒤로 돌아가 있었다. 단운평의 움직임이 과거보다 훨씬 빨라진 듯하자 무화자는 묘한 기분이 들었다. 언젠가 철혈무제를 쓰러뜨려 줬으면 하는 마음도 있지만 무화자도 무림인인 이상 단운평의 성장에 부러움을 느끼지 않을 수 없었다.

"무슨 생각을 하고 계신 겁니까?"

단운평의 전음에 무화자는 한숨을 내쉬었다.

"대각이 먼저 결심을 했더구나. 나 역시 정파인이다."

결국 대각 대사의 움직임에 전대 고수들이 움직이기 시작했다는 것이다. 그때였다.

"오랜만이구나."

허공을 울리는 목소리. 단운평과 무화자의 얼굴이 굳어졌다. 나타난 사람은…….

第三十六章

파거와는 다르다

"오랜만… 인가?"

초류염의 말에 당거영은 고개를 저었다.

"그리 오래된 것 같지는 않습니다."

당거영은 온몸을 죄어오는 압박감에 주먹을 꽉 쥐었다. 상대가 철혈무제라 하더라도 독왕은 그리 약하지 않았다.

"무슨 일로 이곳까지 온 겁니까?"

당거영의 물음에 자신을 둘러싼 수많은 무사들을 둘러보던 초류염은 가볍게 미소 지으며 손을 들었다.

"그 아이는 어디 있지? 풍룡이라는 아이 말이야."

초류염의 말에 풍운회의 무인들 모두의 표정이 달라졌다. 아무리 철혈무제라 할지라도 풍운회에 와서 풍운회주를 아이라고 말하다니.

"철혈무제."

갑작스런 차가운 목소리. 그 목소리의 주인공은 검을 뽑아 들고 있는 임선곽이었다.

"아이야, 넌 누구냐?"

초류염의 물음에 임선곽은 천천히 그에게 걸어갔다.

"무슨 생각이냐? 멈춰라."

당공진이 그의 어깨를 잡았지만 임선곽은 왼손으로 당공진의 손을 떼어내고는 가만히 고개를 돌려 당공진의 눈을 응시하며 조용히 말했다.

"구파일방의 그 잔인하신 어르신들을 먼저 뵙고 싶었는데… 어쨌거나 오늘을 위해 살아 돌아온 겁니다. 방해하지 마십시오."

임선곽은 다시 초류염에게 걸어갔다.

"내게 있어 당신은 우상이었지. 하지만 그런 당신이 내 가족을 죽게 만들었다."

"자세를 보아하니 화산파 아이인 것 같구나. 혹시… 네 녀석이 화산 일룡이라 불렸던 녀석이냐?"

초류염의 말에 당공의는 깜짝 놀랐다. 초류염 정도의 위치에 있는 자가 임선곽의 별호를 기억한다는 건 결코 쉬운 일이 아니다.

"내가 죽지 않고 살아올 수 있었던 건, 당신에게 반드시 물어봐야 할 것이 있어서다."

"뭣이냐?"

"왜 배 장로님을 죽여야만 했지?"

그렇다. 배명환은 화산파의 명이라면 생명 따위는 언제든 버릴 수 있었다. 잘못된 명을 내렸더라도 말이다.

"죽어야 할 필요가 있었기 때문이지."

"무엇을 위해?"

"글쎄… 지금 생각하면 별 필요 없는 일이었지."

임선곽의 눈에 핏발이 섰다. 그리고 초류염의 손에 무거운 기운이 흘렀다.

"독왕, 이런 놈과 손을 섞고 싶지 않은데."

당거영은 철혈무제의 말에 무겁게 고개를 저었다.

"저런 눈을 한 자를 막을 수 없다는 것은 알고 계시지 않습니까?"

당거영의 말에 철혈무제는 천천히 임선곽의 얼굴을 살폈다.

"쯧쯧. 죽을 곳에서 간신히 살아났다면 생명을 소중히 해야지… 배운 것이 없나 보군."

"생명보다 중요한 것이 있으니까."

임선곽은 힘껏 앞으로 달려나가 검을 휘둘렀다. 임선곽의 검이 초류염의 목에 닿으려는 순간 초류염이 손을 뻗었다.

펑.

폭음이 들린 것에 비해 특별한 상황은 벌어지지 않았다. 다만 임선곽은 검을 뻗은 자세로 가만히 서 있었는데 초류염의 목에 닿지 않은 채였다는 것뿐.

털썩.

쓰러진 임선곽의 얼굴은 피투성이였다. 입에서 피가 쏟아져 나오는 임선곽의 모습에 당공진이 다가가려 했으나 당공의가 그의 손목을 잡았다.

"무슨……?"

"이미 혈맥이 갈가리 찢겼을 거라는 걸 알고 있을 터. 지금은 초류염이 돌아가 줄 것이냐가 관건이다."

"저자를 그냥 보내겠단 말이오?"

당공진은 정말로 오랜만에 자신의 형인 당공의에게 화를 냈다. 당공진의 말에 당공의는 가만히 고개를 끄덕였다.

"그러길 바란다. 이곳의 반 이상이 죽어야 저자에게 상처를 입힐 수 있을 것이다. 그걸 바라는 건 아니겠지?"

당공의의 얼굴이 붉어졌다. 그리고 더 이상 초류염이 앞으로 나가지 못하도록 막아선 당거영의 두 손도 붉게 변해 있었다.

"돌아가십시오."

"어디 있나?"

당거영은 잠시 머뭇거렸다. 그러자 당공의가 나섰다.

"회주는 무림맹으로 향했으니 그리 돌아가시는 게 좋을 겁니다."

당공의의 발언에 주변의 모든 무인들은 경악했다. 심지어 초류염조차 놀라 당공의를 바라보았다.

"의외로군. 숨길 줄 알았는데."

"전혀 준비하지 않고 당해낼 수 없는 적이니 어쩔 수 없지 않습니까?"

당공의의 살기 어린 눈빛. 비록 임선곽이 진정으로 풍운회에 가입했다고 생각하지는 않지만 눈앞에서 철혈무제에게 살해당하는 걸 보고 있어야만 했다는 사실에 당공의는 분노하고 있었다. 그리고 그럼에도 불구하고 철혈무제를 조용히 보내야 한다는 것에 분노는 더욱 커지고 있었다.

"오호. 그런데 이곳까지 왔는데 그냥 돌아가긴 조금 억울하지 않겠느냐?"

초류염은 힐끗 고개를 돌려 당거영을 바라보았다.

당거영은 순간적으로 느낀 짜릿한 느낌에 온몸의 감각을 긴장시켰다.

'허엇.'

급히 갈지자를 그리며 뒤로 물러난 당거영. 당거영이 서 있던 자리에 커다란 구덩이가 생겨 있었다.

"어… 언제……."

당공진이 놀라 말했다.

'그런 것을 생각할 틈이… 엇.'

당거영은 힘껏 손을 뻗었다.

쿠궁.

엄청난 충격과 함께 흑무가 피어올랐다. 당거영의 손에서 나온 독기와 초류염의 기가 부딪치며 생겨난 기무(氣霧)였다.

쇄액.

바람을 가르며 초류염을 향해 날아드는 붉은 나비. 초류염은 뒤로 물러서며 붉은 나비가 날아온 쪽을 바라보았다.

"혈접이라… 이걸 되살릴 정도라니 대단하군."

혈접은 당가 비장의 암기. 그리고 그것을 날린 이는 당공진이었다.

"당신과 함께 죽을 수는 없을지 몰라도 당신에게 상처를 입힐 수는 있소."

당공의의 말에 당거영은 고개를 끄덕였다. 훌륭하게 커버린 두 아들. 철혈무제 앞에서 당당히 맞서고 있음에 당거영은 목숨을 걸어야겠다는 생각을 했다. 이젠 죽더라도 당가를 짊어질 이들이 있다.

"적당히 하게나."

허공을 울리는 목소리. 일순 모두의 표정이 굳었다. 당거영 등의 풍운회 무인들은 혹시나 초류염의 일행인가 하는 생각에 놀랐고, 초류염은 목소리의 주인공이 누구인지 알았기 때문에 놀랐다.

"늦지 않은 게로군."

초류염의 머리 위를 넘어 당가 안으로 들어선 이는 다름 아닌 단조평이었다.

"오늘은 날이 아닌가 보군. 살아 계셨으리라 생각했습니다."

초류염의 말에 단조평은 씁쓸하게 웃었다.

"염아, 오늘은 이만 돌아가는 것이 좋을 것 같구나."

이번엔 초류염의 뒤에서 들려온 목소리.

"사형마저 이곳에 계실 줄이야. 오늘은 그만 돌아가죠."

목소리의 주인공은 괴운화였다. 초류염이 고개를 돌려 괴운화를 바라보았다. 가만히 초류염을 응시하는 괴운화였다. 초류염은 고개를 절레절레 저었다.

"아무래도 해결하지 않으면 안 되는 인연들이 너무 많군요. 그럼 빠른 시일 내에 다시 뵙도록 하죠."

초류염이 얼음같은 눈을 하며 천천히 괴운화를 스쳐 지나갔다. 그 순간 괴운화의 전음이 초류염에게 전해졌다.

"이제 그만 해도 되지 않겠느냐?"

"전 예전 사형이 더 좋았습니다."

욕망이라 부르기엔 너무나 가볍고 야망이라 부르기엔 너무 무거운 초류염의 의지. 괴운화는 한숨을 쉬고 고개를 돌려 초류염의 등을 바라보았다.

"한발 늦었구나."

초류염이 떠나고 안으로 들어선 사후락은 바닥에 쓰러져 있는 임선곽의 모습을 보고 한숨을 내쉬었다. 임선곽을 알지 못하지만 자신이 조금 더 서둘렀다면 그가 죽지 않을 수도 있었다고 생각한 것이다.

"어쩔 수 없었을 것일세."

괴운화는 사후락에게 다가가 고개를 저으며 말했다. 사후락은 사천으로 향하던 중 합류하게 된 괴운화와도 친해졌다. 단운평의 불공대천의 원수였다는 소리를 듣고 처음에는 불쾌한 표정을 짓던 사후락이었으나 단조평이 그를 용서했단 말에 사후락도 편하게 그를 대해주었다. 괴운화 역시 사후락이 불편했지만 그가 괴연화에게 대하는 행동과 툴툴거리지만 따뜻한 사람임을 알고는 적극적으로 다가서 친해질 수 있었던 것이다.

"다시 보는구려."

단조평의 말에 당거영은 묵묵히 고개를 끄덕였다. 초류염이라는 사내의 강함을 알고 있었다 하더라도 자신의 독장을 무시할 정도라는 사실은 충격이었던 것이다.

"누구신지?"

당가의 무인들에게 임선곽의 시신을 거두도록 지시한 당공의는 초류염을 돌려보낸 단조평에 대한 경계심을 가지고 천천히 다가갔다.

"회주의 조부 되는 사람일세. 다른 이들은 풍운객이라고 부르더군."

시간이 정지된 듯 일순 당가 안은 적막에 휩싸였다.

"당가의 당공의가 단 대협을 뵙습니다."

포권을 하며 고개를 숙이는 당공의. 당공의는 이 순간 자신이 당가주라는 사실을 잊어버렸다. 지금이야 절대고수라 칭해지는 이가 철혈무제나 도왕이지만 당공의 나이 정도의 연배를 가진 이들에게 절대고수는 바로 풍운객이었다.

"어서 오십시오."

순식간에 여러 무인들이 앞 다투어 단조평에게 인사를 건넸다. 단조평은 가볍게 포권을 해 보이며 인사를 받고선 괴운화와 사후락을 소개했다. 파황에 대해서는 자세히 알지 못했지만 초류염조차 신경 썼던 인물이기에 단조평만큼의 인사치레가 있었으나 사후락에 대해서는 시큰둥한 반응을 보였다. 비쩍 마른 체구에 무공을 익힌 어떠한 흔적도 보이지 않는 인물. 그런 이에게 무림인이 관심을 가지지 않는 건 당연했다. 하나 사후락이란 존재가 공동파의 몰락을 가져오게 한 존재라는 사실을 알았더라면 상황은 달라졌으리라.

"어서 안으로 들어가시지요."

당공의는 들뜬 마음을 가라앉히고 단조평 일행을 안으로 안내했다. 초류염의 등장으로 인해 딱딱하게 굳었던 분위기는 순식간에 변해 모두의 표정이 다시금 부드러워졌다. 전설의 사나이가 자신들의 편이라는 사실은 새삼 마음 든든하게 했던 것이다. 하지만 사후락은 마음이 무거웠다. 왜 단운평이 그토록 고민했으며 또 무림으로 돌아가길 바라지 않았던 것인지 알 수 있었던 것이다. 한 사람이 눈앞에서 죽었는데 채 일각이 지나지 않아 이런 분위기라니…….

'네가 견디기엔 너무 힘든 곳인 것 같구나.'

자신을 향한 눈빛들이 의미하는 것을 모를 사후락이 아니다. 어쩌면 자신이 이곳에 온 것은 큰 실수일지도 모른다고 생각하며 한숨과 함께 화소민, 화소영 자매와 괴연화를 데리고 괴운화의 뒤를 따랐다.

"쿨럭. 역시 아직은 안 되나 보군."

단운평은 입가로 흘러내리는 피를 닦고선 눈앞의 상대를 노려보았다.

"제법이구나."

거대한 도를 어깨에 걸친 이는 도왕 화엽상. 단운평은 한 번의 충돌로 입 안이 터질 정도로 충격을 받자 이를 악물었다.

"이곳에서 너와 손을 섞게 될지 몰랐구먼."

화엽상의 눈은 단운평의 전신을 훑어보다가 단운평의 손에 들린 묵뢰에서 멈추었다.

"묵뢰… 그건 너보다 내게 더 어울리는 도지."

예전부터 묵뢰에 욕심이 갔던 화엽상이었다. 묵뢰 이상의 도도 천하엔 있지만 묵뢰에는 불패라는 전설이 붙어 있었다. 그건 자신에게 어울린다고 생각한 화엽상은 어깨에 도를 얹은 채 천천히 단운평에게 다가갔다.

사사삭.

묵뢰가 부드럽게 허공을 움직이며 화엽상을 압박하자 화엽상도 도를 휘둘러 묵뢰의 진로를 방해하려 했다. 일순 묵뢰의 움직임이 변하며 화엽상이 든 도를 타고 손목을 노렸다.

"운(雲)인가?"

화엽상은 손목을 뒤집으며 가볍게 묵뢰를 피해냈다. 그리고 도를 들어 올린 후 힘껏 내려쳤다.

깡.

단운평은 뒤로 물러서며 손목에 전해지는 충격을 흘려보내려 했다. 그러나 화엽상이 후려친 힘은 그리 쉽게 흘려보낼 수 있는 것이 아니었다.

으득.

어금니 일부가 부서졌음을 느낀 단운평은 힘껏 땅을 박차고 허공으로 솟구쳤다.

"이번에는 우(雨)로군."

채재쟁.

허공에서 내려지는 검은 비. 화엽상은 도를 들어 올려 가볍게 초식을 막아냈다.

"제대로 하지 않을 것이냐?"

화엽상의 말에 단운평은 가만히 그를 응시했다. 저번에 겨룰 때는 그에게 상처를 입혔었건만 지금의 그는 너무나 다르다.

"이것도 막아보십시오."

단운평의 몸놀림이 두 배 이상 빨라지며 묵뢰가 어지럽게 움직이기 시작했다. 화엽상의 표정도 점차 진지하게 변하기 시작했다.

"어떻게 되어가고 있느냐?"

혁련비의 물음에 막 방문을 열고 들어온 사내는 흥분된 목소리로 말했다.

"자세한 것은 알 수 없지만, 아무래도 풍룡이 밀리는 듯합니다."

혁련비는 짜증이 치밀었다. 하나 눈앞의 사내의 실력으로는 둘의 움직임을 볼 수 없다는 것을 알기에 혁련비는 화를 참으며 말했다.

"되돌아가서 결과가 나오면 최대한 빠르게 내게 보고해라."

"존명."

혁련비는 사내가 방문을 나서자 무림맹주가 있는 곳으로 급히 움직였다. 어쩌면 두 마리 토끼를 한 번에 잡을 수 있는 기회였다.

"불가."

우진명의 말을 혁련비는 이해할 수 없었다.

"화살로 공격하는 것이 가장 좋은 방법입니다."

다시 한 번 공격을 권하는 혁련비. 하지만 우진명은 고개를 저었다.

"왜 풍룡이 내게 비무첩을 보냈다고 생각하는가?"

"맹주님과 독대할 필요가 있어서가 아닐까 생각합니다만……."

혁련비의 말에 우진명은 고개를 저었다.

"내게 묻고 있는 것이다. 이 전쟁을 끝낼 생각이 없냐고."

혁련비는 우진명의 말에 흠칫했다. 지금의 전쟁은 화엽상과 초류염이 끝내지 않는 이상 끝나지 않는다는 것을 단운평도 알고 있을 것이 틀림없었다. 그런데도 우진명에게 전쟁을 끝낼 생각이 없냐고 묻는다는 건 힘을 합치자는 소리였다.

"어쩌실 겁니까?"

혁련비의 물음에 우진명은 혁련비에게 되물었다.

"내가 어떻게 해야겠는가?"

"그건……."

"정의 따위는 없다는 것 정도는 자네도 알고 있지 않은가?"

혁련비는 고개를 끄덕이고 싶었지만 그럴 수가 없었다.

"무림맹은 정의를 위해 존재하는 겁니다."

"어르신들 모두 결정을 내리셨더군."

"무슨 말씀입니까?"

우진명이 어르신이라고 말하는 이들이라면 장로들을 의미한다. 그들의 움직임을 계속 신경 쓰고 있었건만 이 무슨 말인가.

"자네… 어쩔 건가?"

혁련비는 아무런 말 없이 우진명을 바라보았다. 그의 씁쓸한 표정이 의미하는 바를 우진명은 알아차릴 수 있었다.

"그렇군. 자네는 이미 돌이킬 수 없는 상황이구먼."

천앙의 무사들에게 역류만자침법을 시술하고 그들의 비밀을 위해 수많은 이를 죽였으며 단운평을 끊임없이 압박하던 이가 바로 혁련비였다. 우진명은 자세한 내용도 모른 채 초류염의 명에 의해 혁련비의 요청을 허락했었기에 대충이나마 짐작할 수 있었다.

"전 철혈무제님을 선택했습니다."

사실 혁련비가 우진명의 뜻에 동조할 수 없는 건 우진명의 생각과 맞지않는 것만이 아니었다. 혁련비가 아는 철혈무제의 강함이 더 큰 이유였다. 누구도 철혈무제를 꺾지 못하리라는 절대적인 확신. 그것이 혁련비로 하여금 그를 배반하지 못하게 만들고 있었다.

"자네가 철혈무제님을 따르겠다는 건 알겠네. 단, 지금 이야기를 철혈무제님께 알리는 건 조금 시간을 두고 해주겠나?"

"알겠습니다. 삼 일 동안은 함구하고 있겠습니다."

우진명은 혁련비의 말에 고개를 끄덕이고는 당부의 말을 남기고 문을 나섰다.

무림맹 장로들과 각 파에서 천앙의 비밀을 알고 있는 자들 모두 혁련비를 탐탁지 않게 보고 있었다. 철혈무제의 힘을 업고 자신보다 나이도 무공도 뛰어난 무인들을 장기의 말처럼 사용하는 혁련비가 거슬렸던 것이다. 그런 혁련비에게 따뜻한 말을 건네주는 사람은 우진명이 유일했다. 혁련비는 우진명이 앉았던 자리를 바라보다가 한숨을 내쉬었다.

"삼 일이 어떤 결과를 가져올지 모르지만 철혈무제를 꺾을 수는 없을 겁니다."

쾅.

폭음과 함께 비산하는 흙먼지에 무림맹 앞은 어지러워졌다. 간간이 들려오는 기합성. 단운평과 화엽상의 싸움은 점차 거칠어지고 있었다.

챙.

단운평은 머리를 노리고 휘두른 묵뢰를 화엽상이 도를 들어 막자 왼손을 뻗어 화엽상의 도의 옆면을 후려갈겼다.

웅.

도가 울리자 이번에는 하체 쪽으로 묵뢰를 휘둘렀다. 화엽상은 도의 떨림으로 인해 도의 움직임이 둔해지자 뒤로 물러서 묵뢰를 피했다. 화엽상이 뒤로 물러서는 것을 노렸던 단운평은 빠르게 묵뢰를 휘둘렀다.

'이런.'

묵뢰의 빠른 움직임은 화엽상으로 하여금 수비를 강요했고 덕분에 화엽상은 공격을 하지 못하고 연신 뒤로 물러서야만 했다.

"하앗!"

단운평의 기합성과 함께 엄청난 기운이 밀려들자 화엽상은 옆으로 몸을 움직이면서 손에 들린 도를 힘껏 던졌다.

쾅.

지금까지의 폭음 중에 가장 큰 폭음성과 함께 화엽상의 도가 부서지며 폭발해 버렸다.

'천하는 비에 젖어 흘러내린다.'

초식 폭(暴). 단운평은 거친 숨을 내쉬며 화엽상을 노려보았다.

"무섭군. 단시간에 이 정도까지 컸다니."

화엽상은 단운평의 움직임이 조금 느려진 반면 초식의 힘이 강해진 것에 감탄했다. 하지만 감탄일 뿐 두려움은 전혀 느껴지지 않는 듯 얼굴이 밝았다.

"후. 저야말로 놀랐습니다. 저번과는 전혀 다른 몸놀림이시군요. 저번엔 장난치신 겁니까?"

단운평의 불만 섞인 말에 화엽상은 피식 웃었다.

"팔을 다치는 건 한 번이면 족하지."

화엽상의 기도가 바뀌었다. 언제 시작되었는지 알 수 없지만 조금씩 부풀어 오르는 근육들. 단운평은 천천히 몸이 달아오르는 기분을 느꼈다. 조금씩 화엽상과의 거리를 좁히던 단운평은 묵뢰를 허리춤으로 가져갔다가 힘껏 휘둘렀다.

시간을 초월한 발도술. 초식 섬(閃).

팅.

침묵. 단운평은 자신의 손이 떨려옴에 이를 악물었다. 쭉 뻗은 팔을 잡아당겨 묵뢰를 내려다보던 단운평은 웃음이 났다. 있을 수 없는 일이지만 화엽상은 묵뢰를 손으로 막아냈다.

"다음은?"

화엽상의 말에 단운평은 뒤로 물러났다가 바닥을 힘껏 차고 앞으로 나갔다.

'빛은 천하를 나누고 거칠 것이 없어라…….'

풍운뇌력도법의 최강 초식 뢰(雷). 힘껏 내려쳐진 묵뢰는 한줄기 빛을 발했다.

파박.

초식 뢰의 힘이 닿기 바로 직전에 화엽상은 땅을 박차고 뒤로 물러섰다.

콰쾅.

초식 뢰가 펼쳐지며 쏟아지는 우레 소리. 화엽상은 양팔을 가슴에 모아들고 길게 숨을 내쉬었다. 너덜너덜해진 옷 사이로 피가 흘러내렸지만 정면으로 초식 뢰를 받아낸 것으로 충분히 만족했다.

"이… 이럴 수가."

단운평은 눈앞에서 벌어진 일을 믿을 수가 없었다. 도왕이나 철혈무제와 겨루어도 힘에서는 밀리지 않으리라 확신할 수 있었던 것은 바로 초식 뢰 때문이었다. 그런데 아무런 무기도 없이 묵뢰를 맨몸으로 받아내다니… 아무리 변형된 역류만자침법으로 신체의 능력을 극대화했다 할지라도 이것은 있을 수 없는 일이다. 아니, 있어서는 안되는 일이다. 단운평은 힘껏 묵뢰를 들어 올리고 다시금 초식 뢰를 전개했다.

콰쾅.

이번에는 화엽상도 정면으로 초식 뢰를 받을 생각은 하지 않았다. 한 번 더 정면으로 받았다간 양팔이 부서질 거라는 걸 알았기 때문이다. 때문에 갈지자를 그리며 뒤로 물러섰고 화엽상이 피한 탓에 바닥에는 큰 구덩이가 패였다.

횡.

바람 소리와 함께 허공으로 날아드는 금빛 물체. 화엽상은 그것을 가볍게 잡아채고는 단운평에게 달려갔다.

쩡.

화엽상이 잡은 것은 십이금도 중 하나. 단운평은 힘껏 금도를 밀어내고 허공으로 솟구쳤다.

"죽어라!"

단운평은 살기를 뿜어대며 도를 내려쳤다. 하나 화엽상은 가볍게 왼발을 축으로 빙그르 돌아 단운평의 도를 피하고 왼손으로 단운평의 옆구리를 가격했다.

"큭."

울컥 피를 쏟는 단운평. 이어지는 화엽상의 무릎 공격을 간신히 손을 들어 막아냈다. 무릎에 실린 힘을 어쩌지 못한 단운평은 충격에 어깨부터 팔 전체가 힘이 들어가지 않음에 당황할 수밖에 없었다.

슈욱.

화엽상의 금도가 다시금 날아들자 단운평은 간신히 묵뢰를 들어 올렸다. 금도에 실린 힘을 감당할 자신이 없었던 단운평은 금도가 묵뢰에 닿는 순간 힘을 빼고 뒤로 물러섰다. 덕분에 충격을 하나도 받지 않을 수 있었던 단운평은 순간 조부의 조언이 머리 속에 떠올랐다.

'바람의 자유로움, 구름의 허허로움, 벼락의 준엄함, 비의 은혜로움, 폭포의 웅장함, 빛의 따사로움… 내가 잘못 생각한 것일지도…….'

단운평은 강호에 나온 후 힘에서 밀린 적이 단 한 번도 없었다. 엄청난 힘에 속도까지 더해지며 단운평의 명성을 만들어왔던 것이다. 화엽상에 의해 처음으로 힘에서 밀린 단운평은 그제야 알 수 있었다. 자신이 추구한 무공은 이것이 아니었음을… 그리고 왜 풍운뇌력도법이 단 여섯 개의 초식으로 이루어졌는지. 짧은 탄식과 함께 단운평은 화엽상의 왼손이 가슴에 닿는 것을 느끼고 이를 악물 수밖에 없었다.

"멈춰라!"

"이놈!"

"여기가 어디라고!"

동시에 터져 나오는 여러 목소리. 하나 이미 단운평은 허공에 피를 내뿜으며 뒤쪽으로 날아가고 있었다. 단운평의 몸이 바닥에 닿기 전에 그를 안아든 사람은 바로 관평위. 단운평이 패하는 순간 단운평의 일행 모두가 모습을 드러냈다. 하지만 목소리의 주인은 다른 사람들이었다.

"철혈무제, 아니, 류염 밑에서 벌벌 떨던 사람들이 내 앞에선 당당하군."

화엽상은 자신에게 소리를 지른 세 노인을 바라보며 호흡을 가다듬었다.

"도림주가 이곳엔 웬일이신지?"

개방의 전설적인 무인 취걸개의 말에 화엽상은 단운평의 모습을 힐끗 바라보고는 취걸개가 있는 곳으로 향했다.

"류염은 어디 있는가?"

화엽상의 물음에 취걸개는 잠시 움찔했지만 이내 냉정을 되찾고 차갑게 말했다.

"다른 때라면 예의를 갖추겠지만 지금은 무림맹과 도림 사이가 좋지 않으니……."

취걸개는 평소에도 예의라는 건 신경을 쓰지 않는 사내다. 취걸개가 손을 번쩍 들자 순식간에 많은 무인들이 무기를 들고 무림맹에서 나왔다. 나온 무인들 대부분이 봉을 들고 있었는데 낡은 옷과 시꺼먼 얼굴을 통해 그들이 개방도라는 것은 단번에 알 수 있었다.

"아무리 무림맹을 우습게 본다 하더라도 이건 너무하는 것 아닙니까?"

이번에는 무당의 미려 대인이 나서며 손을 들어 올렸다. 검을 든 무사들이 모습을 드러내자 화엽상을 따라온 도림도들이 화엽상의 뒤에 자리를 잡았다.

"허허허. 류염더러 나오라고 하게. 무의미하게 죽고 싶지 않다면 말이지."

화엽상의 자신감 어린 말투에 곤륜파의 대장로, 유운행보 지령수는 분노에 차 소리쳤다.

"감히 도림 따위가 무림맹을 우롱하려 들다니. 지금 우리가 생명을 걸고 덤벼들면 당신도 견디지 못할 것이란 사실을 모른단 말이냐!"

지령수의 말에 화엽상은 고개를 저었다.

"물론 지령수 자네의 말이 맞네. 자네들이 힘을 합친다면 나로선 중과부적일 테지. 하지만 말일세. 난 류염과의 겨룸으로 피해를 최소화하고 싶네."

화엽상의 말에 지령수 등은 갈등하지 않을 수 없었다. 정사대전 이후 초류염은 구파일방 전체를 자신의 지배 하에 두었다. 반대하는 자를 때로는 암살하고 때로는 다른 명분을 내세워 사지로 보내고… 한 명의 절대고수가 나오기 위해서는 몇십 년 또는 몇백 년의 세월을 필요로 하는데, 그런 뛰어난 자들을 죽여 나가니 철혈무제에게 각 문파들이 긴장하지 않을 수 없었던 것이다. 더군다나 특별히 어떤 증거도 없어 그에게 항의조차 하지 못하고 있었으니…….

'초류염이나 화엽상이나 어느 쪽이 죽던 손해 볼 것은 없다.'

지령수의 계산 결과는 다른 이들과 같았다.

"정식으로 비무를 신청한단 말인가?"

미려 대인의 물음에 화엽상은 고개를 끄덕였다.

"단, 저 녀석은 데려가지 못한다."

화엽상의 손가락이 단운평을 향해 있었다. 단운평의 상세를 살핀 후 그를 데려가려던 관평위와 요호는 화엽상의 말에 얼어붙은 듯 가만히 서 있었다.

"그… 그건……"

지령수는 갈등하지 않을 수 없었다. 단운평이라는 사내가 아깝지만 지금 화엽상에게 덤벼들었다가는 얼마나 많은 사람이 죽을지 모른다. 단운평의 무공이 뛰어난다고 한들 단운평 한 사람의 목숨이 다른 사람의 목숨보다 소중한 것은 아니었다.

"그런 조건은 수락할 수 없소."

묵직한 목소리. 화엽상은 미간을 좁히며 목소리의 주인을 찾았다.

"맹주를 뵙습니다."

많은 무인들의 목소리가 일대를 울렸다. 그리고 화엽상의 표정도 다시금 무거워졌다.

"무슨 말인가?"

"풍룡을 건네줄 수 없소."

우진명은 무림맹의 맹주, 도림의 림주에게 존대를 할 의무가 없었다. 그리고 의무가 있다 하더라도 지금은 그런 상황이 아니었다.

"무림맹 무사들의 목숨보다 풍룡의 목숨이 더 중요한가?"

도발이었다. 하나 우진명은 그의 말에 넘어갈 정도로 무른 사람이 아니었다.

"공격 준비!"

"존명!"

모두의 목소리가 하나가 되어 울렸다. 어떤 상황에서든, 설사 철혈무제가 있다 하더라도 무림맹의 무인들은 맹주의 명에 최우선적으로 복종하게 되어 있다.

"진심인가?"

우진명의 사숙인 지령수의 물음에도 우진명은 아무런 말 없이 화엽상만 응시하고 있었다.

"어쩌려고 그러는가?"

이번에는 미려 대인의 물음이었다.

"풍룡은 나와의 비무를 위해 이곳으로 온 겁니다. 그런 그를 도림에서 공격한 것이지요. 그것도 무림맹 앞에서. 그건 묵과할 수 없는 일입니다."

우진명의 얼굴에 비장함이 흐른다. 하지만 지령수나 미려 대인은 그를 막아야 했다. 단운평이 화엽상과 맞서자 나온 그들이지만 단운평은 적이었다. 그런 그를 위해서 위험을 감수할 필요가 없었다.

"맹주, 다시 한 번 생각해 보시오."

"이건 협상할 수 있는 사항이 아닙니다."

지령수의 말을 거절한 우진명. 이번에는 미려 대인이 나섰다.

"이건 맹주가 실수하는 것이외다."

"아닙니다. 이 자리에서 물러서면 저는 이제껏 쌓아온 것을 완전히 잃어버리게 됩니다."

우진명의 말에 가만히 그를 바라보던 취걸개가 물었다.

"그것이 무엇인가?"

"무인으로서의 자존심과 인간으로서의 양심."

우진명의 말에 모두의 눈이 우진명에게로 향했다. 무인에게 가장 약한 말, 그리고 정파인들에게 가장 약한 말이 동시에 터져 나온 것이다. 그때였다. 또 다른 무리들이 무림맹에서 쏟아져 나왔다.

"도왕 어르신, 그만 물러가시는 것이 좋을 듯합니다."

화엽상의 얼굴에 놀랍다는 감정이 실렸다.

"어… 어째서……."

백색, 그리고 흑색 옷을 입은 수십 명의 무인들. 그리고 그들 앞에 서 있는 사람은 혁련비였다.

"다행이구면."

단조평의 말에 괴운화는 심각한 표정으로 바라보았다.

"자네도 자신없었나?"

괴운화의 말에 단조평은 그저 웃었다. 그러자 사후락이 말했다.

"뭐, 그자보다 약하다 해도 그자를 쫓아냈잖은가."

사후락의 말에 괴운화는 놀란 눈으로 사후락을 바라보았다. 천하에 단조평을 누군가보다 약하다고 말할 수 있는 자는 사후락을 제외하고는 아무도 없을 것이다.

"하지만 운평이가 걱정이군."

단조평의 말에 사후락은 고개를 갸웃거렸다.

"그자가 이곳에 있었으니 운평이에겐 큰 위험이 없지 않은가?"

사후락의 말에 단조평과 괴운화는 사후락이 얼마나 단운평을 믿고 있는지 알 수 있었다. 무림맹과 적대시하는 풍운회의 회주이면서 그곳에 갔는데도 철혈무제만 없으면 괜찮을 거라니… 무림맹의 무인들이 들었다면 자신들을 무시한다고 죽이려 들지도 모를 일이다.

"그곳은 위험한 곳일세."

구파일방. 그 이름이 위대한 것은 그 누구도 그들을 꺾지 못했음이 아니라 그들이 그 누구보다 강하다는 것에 있었다. 사파의 그 누구도 감히 구파일방을 비방하지 못하는 것도 바로 그 이유에 있었다. 그때였다. 방문이 벌컥 열리며 들어온 당공진의 입에서 나온 말에 단조평을 비롯한 삼 인은 벌떡 일어나지 않을 수 없었다.

"도왕이 며칠 전에 무림맹으로 향했답니다."

第三十七章

풍룡의 패배

백의, 흑의 그것은 천앙의 무인들 중 최정상의 무인을 의미하는 색이었다. 혁련비는 천앙의 최고수들을 이끌고 나온 것이다. 백, 흑의를 입은 무인들은 모두 옷과 같은 복면을 쓰고 있었는데, 복면 사이로 보이는 눈과 온몸에서 풍기는 기운은 그들의 실력이 한 문파의 장로 수준 이상이라는 걸 알려주고 있었다.

"백객, 흑객. 너희가 감히 나를 배반하려는 것이냐!"

분명히 천앙은 정, 사파 무인들을 개조시켜서 만든 조직. 초류염이 그들의 수장이라면 동시에 화엽상도 그들의 수장임이 틀림없었다. 하나 그들의 수장은 이미 오래전 바뀌어 있었다.

"당신은 더 이상 천앙과 관련이 없습니다."

혁련비의 말에 화엽상의 얼굴이 일그러졌다. 처음으로 혁련비란 사내가 화엽상에게 적의를 드러냈다. 혁련비라는 사내를 조금이나마 아는 화엽상으로선 그것으로 혁련비가 어느 정도의 자신감을 가지고 있다는 것을 충분히 알고 있었다.

"역시 류엽이 녀석은 대단하군."

화엽상의 말에 혁련비는 고개를 저었다.

"이들은 저를 따릅니다."

혁련비의 전음에 화엽상의 두 눈이 잠시 동안 크게 떠졌다. 그리고 화엽상은 고개를 절레절레 젓고선 우진명을 바라보았다.

우진명은 화엽상에게 철혈무제와의 비무를 성사시키겠다는 약조를 해 화엽상을 물러나게 했다. 여전히 아쉽다는 표정으로 단운평을 바라보던 화엽상이었으나 이제 한 번의 싸움으로 천하제일이 될 수 있다는 사실 때문인지 서둘러 돌아갔다.

"다행이군. 쉽게 물러나 줘서."

우진명이 단운평에게 다가서자 관평위가 막아섰다.

"물러서시오."

관평위의 목소리엔 살기가 서려 있었다. 하나 화엽상과 맞섰던 우진명이 관평위에게 겁을 먹을 리가 없었다.

"상태가 좋지 않아 보이는데 어서 치료를 해야 하지 않겠는가?"

우진명의 말에 힐끗 단운평을 바라본 관평위는 단운평의 온몸이 부들부들 떨리는 모습에 상세가 급박하다는 것을 충분히 알 수 있었다. 하지만 무림맹 안으로 단운평을 데려갔다가 되돌아 나올 수 있을지 자신이 없었다.

"우리도 함께 들어가도 되는 겁니까?"

요호의 말에 우진명은 고개를 저었다.

"그건 불가하네, 요호."

우진명의 단호한 어조에 요호는 가만히 그의 눈을 바라보았다.

"그를 무사히 돌려보낼 것을 맹세하네."

우진명의 다짐에 요호는 한 발 뒤로 물러섰다. 그러나 관평위와 주화령, 그리고 황군명은 여전히 단운평의 옆을 지키고 있었다.

"몇 명이라도 함께 들어가게 해주십시오."

황군명의 말에 우진명은 쓰러진 단운평이 몹시도 부러웠다. 과연 반대의 상황이었을 때 저와 같이 말할 사람이 얼마나 될까 하는 생각이 들었다.

"두 사람 정도만 허락하지."

우진명의 말에 제일 먼저 관평위가 말했다.

"나는 빠질 수 없지."

그의 말에 황군명은 고민하지 않을 수 없었다. 관평위가 단운평이 인정하는 마음을 터놓을 수 있는 소중한 친구라고는 하지만 그에게는 처가 있다. 부인이 있는 그를 들어가면 되돌아 나올 수 없는 곳에 보내기는 그리 쉽지 않은 일이다.

"관 소협, 아무래도……."

"아무런 말도 하지 말게. 내게 단 하나뿐인 친구일세."

관평위의 말에 황군명은 고개를 숙이고 가만히 있었다.

"나머지 한 명은 누구……."

"제가 갈 거예요."

관평위의 물음이 채 끝나기 전에 나선 사람은 주화령, 그녀였다. 그녀의 말에 다른 풍운회 무인들은 아무도 제지를 하지 않았다.

'의외로군.'

우진명은 조금은 황당했다. 안심하기 위해서라면 조금이라도 더 강한 사람을 단운평과 있게 해야 하건만 우진명이 보기에 주화령은 그리 강한 무인이 아니었던 것이다. 하지만 황군명을 비롯한 풍운회 무인들의 생각은 달랐다. 어차피 어느 누구를 보내건 두 명으로선 불안할 수밖에 없다. 그렇다면 적어도 단운평을 보냈을 때 누가 가장 걱정할 것인가를 생각하지 않을 수 없었다. 그리고 그런 사람은 일행 중에 주화령이라는 것을 모두는 알고 있었다.

"묘하군. 이런 기분을 맛보게 될 거라고는 단 한 번도 생각해 본 적이 없는데."

요호는 발이 떨어지지 않는다는 말의 의미를 몸소 느끼고 있었다. 그의 옆에 서 있는 황군명은 가만히 무림맹의 정문만 응시하고 있었다.

"형님은 안전할 거야. 우리는 그동안 풍운회를 더 강하게 지켜야지."

툭.

가볍게 그의 어깨를 치며 말하는 당이록. 그러나 황군명의 표정은 조금도 밝아지지 않았다.

"회주님은 약속을 어기지 않을지 몰라도 철혈무제는? 그리고… 과연 형님께서 다음에는 승리하실 수 있을까?"

황군명의 말에 당이록의 표정이 무섭게 변했다. 당이록은 황군명의 앞깃을 잡아챘다.

"그래서? 다음에도 진다면? 형님을 못 믿는다는 얘기냐? 아니, 도왕이나 철혈무제에게 진다고 한들 그게 뭐 어떻단 말이냐!"

황군명은 당이록의 눈빛에 순간 오싹해졌다. 당이록의 지금과 같은 눈빛은 맹세코 처음이었다. 예전 단운평을 처음 만났을 때 느꼈던 두려움만큼, 아니, 그 이상으로 가슴이 떨려왔다. 황군명은 자신이 무슨 생각을 한 건지 그제야 깨달았다.

"미… 미안하다."

당이록은 그의 옷깃을 놓고 고개를 들어 하늘을 바라보았다.

'빌어먹을. 비라도 내렸으면 좋겠건만.'

하늘은 푸르렀다. 그렇게 단운평을 무림맹에 두고 황군명 등은 사천으로 돌아갔다. 그러나 황군명이나 당이록은 알지 못했다. 황군명이 단운평에 대한 믿음이 흔들렸던 것, 그것이 다른 이들에게도 발생할지 모른다는 것을.

무림맹으로 돌아온 철혈무제는 우진명이 단운평을 치료하기 위해 무림맹이 보호하겠다고 하자 아무런 말 없이 고개를 끄덕였다. 그리고 화엽상의 전갈을 전하자 철혈무제는 비릿한 웃음으로 대답을 대신했다.

'모든 것이 끝나가는군.'

하지만 초류염은 알지 못했다. 천앙의 흑객, 백객이 출현했다는 것과 천앙의 세력이 혁련비에 의해 장악되어졌다는 것을.

일주일의 시간이 흘러 초류염과 화엽상이 겨룬다는 소식이 전 무림을 흔들었다. 간헐적으로 이뤄지던 정사파 간 싸움도 멈춘 채 무림맹과 도림의 소문에만 집중했다. 그사이 절대 무시되지 말아야 할 사건들이 일어났지만 강호인들의 관심을 끌지 못했다.

"빌어먹을. 언제쯤 돼야 형님이 돌아오시는 거지?"

당이록의 말에 황군명도 한숨을 쉬었다. 다행히 단조평과 괴운화가 있어 풍운회 무인들의 동요를 막을 수 있었지만 아직 단조평의 몸은 완전하지 못했고, 괴운화 역시 날로 쇠약해지는 것이 눈에 보일 지경이었다.

"그러게 말이다. 화 낭자 때문에 밥이 안 넘어가."

화소민, 소영 자매가 아침이면 단운평과 관평위의 소식을 물어와 황군명을 곤란하게 만들었는데 처음에는 곧 올 거라고 했지만 날이 갈수록 퉁퉁 부은 눈으로 찾아오는 그녀들의 모습에 피가 마를 지경이었다. 다행이라고 하자면 괴운화의 손녀 괴연화가 그녀들을 매번 달래고 있어 황군명이 그녀들을 달래야 하는 최악의 상황을 피할 수 있었다는 것이다.

"오늘쯤 두 사람이 싸우겠지?"

당이록의 말에 황군명은 빤히 쳐다보았다.

"제법이다 싶어서. 왜 오늘이라고 생각했지?"

"이 정도의 소식이라면 삼, 사 일은 걸려야 어느 정도 퍼질 거고, 거기에서 삼 일 정도는 지나야 모두가 조바심 날 정도가 되니까."

황군명은 당이록의 말에 당거영이 자신을 잡으려 노력하는 것보다 당이록을 밀어주는 것이 당가에는 더 큰 이득일 거라 생각했다.

"우리 쪽에서도 그 둘이 겨루는 장소에 사람을 보내야 하지 않을까?"

승부의 결과를 빨리 알수록 작전을 세우기 좋다는 건 당연한 일이다. 하지만 황군명은 고개를 저었다.

"어느 쪽이 승리하던 그 다음 목표가 우리라는 건 변함이 없는 일이지. 그리고 우리는 이미 어느 쪽이든 준비를 하고 있지. 형님이 돌아오시면 바로 시작할 수 있어."

문제는 단운평이 언제 돌아올지 그 누구도 모른다는 것. 그때였다. 당이연이 이들을 향해 뛰어왔다.

"회주님께서……."

"평아!"

단조평은 마차에 실려온 단운평의 모습에 기겁했다. 반송장이란 말은 이런 때 쓰는 것이 틀림없다. 단 일주일 만에 인간의 모습이 이리 바뀔 수 있다는 건 신기하다기보단 슬퍼 보였다. 조금은 마른 체구였던 단운평은 훨씬 말라 볼 살이 쑥 들어가 있었다. 연신 차가운 땀을 흘리고 있어 옷도 축축한 상태였으며 추위를 느끼는지 입술은 보라색으로 변한 채였다. 가장 걱정스러운 것은 사지를 벌벌 떨고 있다는 것인데, 아무것도 모르는 괴운화가 보기에도 심각해 보였다.

"어찌 된 건가!"

단조평의 고함에 마차를 몰고 온 무인은 아무런 대답도 하지 못했다. 단운평의 상세를 모르고 있고 또 단조평이란 전설을 눈앞에서 만난 놀라움 때문이기도 했다.

"열심히 치료했지만 어떤 것도 듣지 않았습니다. 심지어 소림의 대환단을 녹여서 복용시켰지만 냉기를 제거할 수가 없었습니다."

말을 타고 마차 주변을 호위하던 이들 중에 거대한 흑마를 타고 있는 사내의 말에 당공진은 단운평의 맥을 잡아보았다.

"자넨 누군가?"

단조평의 물음에 흑마에서 내려선 사내는 포권을 하고선 자신을 소개했다.

"전 무당파의 일선이라고 합니다."

단운평이 무림맹에 갔을 때 만난 젊은 사내. 단운평은 알지 못했지만 일선 역시 강호팔걸의 일인이었다.

"어떤 치료를 했는가?"

당공진의 물음에 일선은 한숨부터 쉬었다.

"모든 것을 다 해봤습니다. 맹주님의 권한 안에서는 말이죠. 하지만……."

단조평은 단운평의 맥을 짚으며 연신 고개를 갸웃거리는 당공진의 어깨를 두드리고는 그가 단운평에서 손을 떼게 했다. 그리고 호흡을 가다듬고 단운평의 맥을 짚었다.

"이런……."

단조평은 단운평의 중세가 무엇인지 단번에 알 수 있었다. 자신의 형이 의술을 배운 기간 자신은 무공에 집중했지만 의술 또한 평범 수준을 넘어섰던 단조평이었다. 게다가 단운평의 중세는 특수한 경우의 주화입마 중세로 단연 기억에 남는 것이었다.

"아시겠습니까?"

당공진은 자신이 모르고 있는 단운평의 상세를 단조평이 알고 있다는 사실에 조금은 놀랐지만 내색하지 않고 물었다.

"주화입마라는 건 자네도 알 테고… 문제는 역류만자침법의 힘이 뒤틀렸다는 것이네. 이건 스스로 자신의 몸을 공격하고 있다고 해야겠군."

단조평의 말로 인해 일주일간 단운평의 곁에 있으며 많은 걱정을 한 탓에 핼쑥해져 있던 관평위와 주화령이 한숨 돌릴 수 있게 해주었다. 그러나 그 둘이 안심할 수 있었던 시간은 매우 짧았다.

"문제는… 내가 이걸 해결할 수 없다는 거네."

단조평의 말에 모두의 눈이 단조평, 그리고 단운평에게로 향했다.

"빌어먹을."

황군명의 입에서 터져 나온 말. 그때 일선이 입을 열었다.

"저희는 이만 돌아가겠습니다."

일선은 침착해 보였으나 일선을 제외한 무림맹의 무인들 모두 불안해하는 것이 눈에 보일 지경이었다. 당공의는 가만히 그들을 바라보다 낮은 목소리로 말했다.

"오늘이 그날인가 보군."

그들의 눈에서는 적 세력인 풍운회에 왔다는 것에 대한 두려움은 없었다. 그들이 안절부절못하는 이유는 바로 꿈의 비무를 볼 수 있느냐 하는 것 때문이었다. 곧 초류염과 화엽상의 비무가 시작되는 것이다. 때문에 단운평도 초류염의 제재를 받지 않고 사천으로 돌아올 수 있었던 것이리라.

"어서 돌아가게. 맹주에게는 풍운회 전체가 감사해한다고 전해주게."

당공의의 말에 일선은 고개를 꾸벅 숙이고는 말에 다시 올랐다. 그런 일선을 향해 서문호가 나섰다.

"오랜만이군."

서문호의 말에 일선은 고개를 돌렸다가 이내 고삐를 천천히 당겼다.

"그래, 오랜만이군."

일선은 천천히 말을 몰아 앞으로 가면서 전음을 남겼다.

"도왕이 아무리 대단하다 하더라도 철혈무제님께 이기지는 못할 걸세. 그리고 만약에 철혈무제님께서 지신다고 할지라도 승리하는 곳은 무림맹이네."

일선은 서문호에게 돌아오라는 말을 하고 있었다. 하지만 서문호는 전혀 그러고 싶지 않았다.

"서문세가를 공격한 것이 천앙일세. 무당은 철혈무제 밑에서 계속 있을 작정인가?"

잠시간의 침묵. 일선은 더 이상 아무런 말도 하지 않고 사라졌다.

"경련이 일어나는군요. 어서 안으로 옮겨야겠습니다."

단운평의 다리가 갑자기 격렬하게 떨리고 있었다.

第三十八章

최강이라는 칭호를 받은 자

단단한 청석 수백, 수천 개가 깔려 있는 거대한 연무장. 그 연무장을 주시하는 수많은 눈동자의 주인들은 초류염이 등장하자 환호성을 질렀다.

"마치 축제 같군."

환호하는 사람들 속에서 혁련고홍은 '무림인이란 얼마나 한심한 존재인가' 하는 생각을 하고 있었다. 분명 이 둘 중 한 명은 죽을 것이라는 것을 알고 있으면서도 강한 자들의 겨룸에 대해서 환호하고 있었다. 누군가의 죽음을 예상하며 환호한다는 것은 결코 좋은 일이 아니었다. 혁련고홍을 더욱 기분 나쁘게 만드는 것은 혁련고홍의 피도 뜨겁게 끓어오른다는 것이었다.

"도왕 어르신이다!"

쿵. 쿵. 쿵.

도를 들어 바닥을 찍으며 나는 소리. 도수들은 화엽상의 등장에 경의를 표하는 뜻에서 그와 같은 행동을 보였다. 그러자 초류엽의 얼굴에서 비릿한 미소가 떠올랐다.

"멍청한 놈들. 검, 도 따위가 사람의 강함을 결정짓는다고 생각하다니……."

사람들의 함성들 때문에 초류엽의 혼잣말을 들은 사람은 아무도 없었다.

"시작해 볼까?"

화엽상의 말에 초류엽은 준비했던 검을 꺼내 들었다. 새하얀 검신이 모습을 드러내자 검사들 몇몇은 탄성을 터뜨렸다. 눈부시게 하얀 검의 이름은 백아(白牙). 백아의 위력은 그 소유자의 별호로 단번에 알 수 있었다.

검치(劍癡) 만옹.

만옹은 검에 미쳐서 평생을 살아간 기인으로 수많은 전설을 남긴 인물이었다. 폭포와 싸운다며 삼 일 밤낮을 폭포 밑에서 검을 휘두른 일, 바다를 베겠다며 한겨울 바다에서 파도를 향해 검을 휘두른 일. 달을 베어버리겠다며 동정호에서 며칠간 검을 휘두른 일. 사람들은 그를 미치광이라 불렀지만 무림제일인이라 불리는 천재 무인 천마(天魔)와 겨루어 동수를 이룬 이후로는 누구도 그를 경시하지 못했다. 다만 미치광이는 미치광이지만 검에 미친 자라 하여 검치라 불렀다. 그가 가진 검은 처음에는 검이라 부르지 못할 정도로 거대했지만 수천 번 수만 번 검을 휘두르고 또 수많은 무인들과 겨루면서 닳고 닳아 마침내 일반적인 검과 같은 크기가 되었다. 그 전설적인 검이 초류엽의 손에 들려 있었던 것이다.

"대단한 걸 들고 있군."

"당신도 마찬가지지만 어울리지는 않는군요."

화엽상이 들고 있는 도는 그가 젊었을 때 사용했던 금빛 도가 아니었다. 칙칙한 묵빛이 아름다운 빛을 내는 그 도의 이름은 바로 묵뢰였다.

"이건 강자의 상징이지. 천하제일도. 그것이 바로 이거라네."

화엽상의 말에 초류염도 백아를 들어 보였다.

"패배한 자의 도를 사용하다니. 단 한 번의 패배도 없었던 자의 검, 그것이 바로 백아."

초류염의 말에 화엽상은 묵뢰를 가만히 내려다 보았다. 그리곤 대소를 터뜨렸다. 그의 대소에 연무장 주변에 모여 있던 무인들은 침묵했다.

"그 말이 맞는 것도 같군. 하지만 그 누구도 나를 이길 수 없다는 증거이기도 하지."

붕.

화엽상이 가볍게 휘두른 묵뢰는 묵빛 호선을 그렸다. 초류염은 가만히 그 빛을 바라보다가 왼손에 백아를 들고 가만히 서 있었다. 그리고 공간을 접는 듯한 움직임으로 초류염이 움직였다.

펑.

초류염의 오른손과 화엽상의 오른손이 부딪친 순간 폭음과 함께 두 사람의 모습이 사라졌다.

채쟁.

날카로운 소리와 함께 어지럽게 움직이는 두 선. 하나는 흰 선이고 하나는 검은 선이었다. 화엽상이 묵뢰로 초류염의 목을 노리자 초류염은 백아로 묵뢰를 쳐내고는 화엽상과의 거리를 줄여 오른손으로 그의 가슴을 가격하려 했다. 하나 화엽상은 몸을 튕겨 나가는 묵뢰의 힘을 이용, 묵뢰를 든 쪽이 아닌 팔의 어깨로 그의 손을 막아냈다.

쇄액.

이번엔 백아가 화엽상의 가슴을 노렸다. 화엽상은 오른손으로 묵뢰를 들고 부드럽게 휘둘렀다. 초류염은 백아를 놓고 백아의 손잡이를 오른쪽 발바닥으로 밀어냈다.

챙.

무서운 속도로 날아드는 백아를 쳐낸 화엽상은 묵뢰를 아래로 내렸다가 위로 치켜 올렸다.

"역시나 당신은 대단한 사람이야."

초류염은 힘껏 옆으로 몸을 비틀어 도기를 피해내고는 양 주먹을 빠르게 휘둘러 댔다.

퍼퍼벙.

초류염의 주먹이 허공을 격할 때마다 폭음이 터져 나왔다. 그리고 그 힘에 의해 화엽상은 연신 뒤로 물러섰다. 하나 가벼운 그의 발걸음과 그보다 더 가벼운 손의 움직임은 큰 충격도 없고 당황함도 없음을 보여주었다. 그들의 빠른 움직임을 제대로 볼 수 없었던 대다수의 무인들과 달리 절정의 무공을 지닌 관중들은 그런 둘의 움직임에 연신 감탄성을 토해냈다.

"하앗!"

뒤로 물러서던 화엽상은 기합성과 함께 왼발을 바닥에 박아버리고는 왼발을 기준으로 좌측으로 빙그르 돌았다. 화엽상의 회전에 초류염의 권풍은 튕겨졌고, 초류염과의 거리가 좁혀지자 화엽상은 묵뢰로 초류염의 허리를 베어갔다.

서걱.

가볍지 않은 소리와 함께 초류염의 옷이 베어졌다. 그 순간 두 사람의 움직임이 멈췄다.

"이 정도면 충분히 즐긴 것 같은데……."

초류염은 자신의 베어진 옷을 내려다보고는 천천히 걸어가 떨어진 백아를 주워 들었다. 화엽상은 그런 초류염의 모습을 가만히 바라보았다.

'뭐지?'

화엽상은 자신의 심장이 심하게 뛰기 시작하며 호흡이 가빠짐을 느꼈다. 그리고 심장이 조여들어 가는 듯한 고통과 격통에 화엽상의 얼굴이 일그러졌다.

"힘들어 보이는군."

초류염은 미소를 지은 채 그에게 말했고 화엽상은 애써 일그러진 표정을 풀며 천천히 묵뢰를 내렸다.

"내 걱정을 하기에는 너무 이른 것 아닌가?"

화엽상은 갑작스런 통증에 눈앞이 흐려질 지경이었으나 초류염을 앞에 두고 그런 내색을 할 수가 없었다. 어쩔 수 없는 상황에 화엽상은 자신이 가진 비장의 수를 사용하기로 했다. 과거 화엽상이 단운평과 겨룰 때 사용한 초식, 태극도. 천천히 묵뢰를 든 화엽상의 온몸에서 날카로운 기가 뿜어져 나왔다. 단운평과 겨룰 때보다 한층 강한 기의 흐름. 화엽상의 그런 모습에 초류염은 비스듬히 서서 화엽상의 공격에 대비했다.

쿵. 쿵. 쿵.

격한 심장의 고동 소리와 함께 화엽상은 천천히 묵뢰로 원을 그렸다. 연무장 주변의 무인들은 화엽상의 움직임에 고개를 갸웃했지만 온초류염은 몸을 얽매는 기운에 백아를 든 채 눈을 감았다.

"그렇게 주무른다고 해결되지는 않으니 가서 쉬어라."

단조평의 말에 주화령은 고개를 저었다.

"이렇게라도 해야 마음이 편해요."

주화령은 연신 단운평의 팔다리를 주무르고 있었다. 그런 주화령의 모습이 안쓰러워 보인 단조평은 그녀의 뒤로 다가가 가볍게 수혈을 짚었다. 그리고 단운평을 내려다보았다.

'바보 같은 녀석아, 네 녀석 때문에 마음 고생하는 사람이 한둘이 아니다. 어서 일어나거라.'

주화령을 안고 문밖을 나서던 단조평은 소란스러운 소리에 고개를 돌렸다.

"풍운객 어르신, 여기 계셨군요."

그의 앞에 선 사람은 당이록이었다.

"무슨 일이냐?"

당이록은 단조평에게 안긴 주화령을 받아 들고선 말했다.

"단 형님을 치료할 수 있다는 사람이 나타났습니다. 그분들은 단 형님의 증세를 모두 알고 있습니다."

"누군가?"

단조평의 목소리가 차가워졌다. 단운평의 상세에 대해서 강호에 알려진 것은 없었다. 도왕에게 패했다는 소식은 강호 전역에 퍼졌지만 그의 상세에 대한 것을 알고 있는 이가 있을 리 없었다. 만약 알고 있다면 그건 무림맹에서 찾아낸 의원임이 틀림없었다.

"당신이 운이 없었다고 생각하지는 마시길 바랍니다. 당신 몸이 정상이었다 하더라도 내게는 이기지 못했을 테니까."

초류염은 앞에서 피를 토해내고 있는 화엽상을 내려다보다가 천천히 몸을 돌렸다.

"쿨럭. 머… 멈… 춰… 라."

풀썩.

화엽상은 초류염에 의해 가격당한 복부의 충격보다 심장을 조이는 고통을 참지 못하고 정신을 잃어버리고 말았다. 잠시 후 터져 나오는 각기 다른 의미를 지닌 탄성.

'이젠 도림도 끝이군.'

화엽상은 도림의 무인들에게 순위를 정해주지 않았다. 도림의 무인들도 화엽상이라는 절대적인 무력을 가진 무인이 있기에 그저 자신의 실력을 갈고닦는 것에만 신경을 썼다.

하나 지금 화엽상이 무너지게 됨으로써 도림은 더 이상 평온한 곳이 될 수 없었다. 새로운 주인이 탄생되기 위해 싸우게 될 것이다. 순위를 정해주지 않은 것, 그것이 도림 스스로가 붕괴하도록 만들 것이다. 그렇게 되면 도림의 움직임에 동조하던 수많은 사파들은 떨어져 나갈 수밖에 없었다. 가라앉을 것을 알면서 그 배에 타고 있을 사람은 아무도 없기 때문이다.

뒤돌아 걸어가던 초류염은 걸음을 멈추고는 화엽상 옆에 떨어진 묵뢰를 보았다. 잠시 머뭇거렸지만 무가지보를 그냥 두고 갈 정도로 욕심이 없는 화엽상이 아니었다. 그가 묵뢰를 들고 사라지자 구경하던 수많은 무인들이 사라졌다. 쓰러진 화엽상을 신경 쓰는 자는 도림의 금도주들 몇 명뿐으로 그의 시신을 거두어 사라졌다. 그렇게 하나의 전설은 사라지고 하나의 신화가 생겨났다.

第三十九章

새로운 전설의 시작

"누구를 만나러 오셨소?"

심드렁한 표정으로 자리에 비스듬히 앉아 묻는 사내의 태도에 중년
여인, 방혜주는 기분이 나빠졌다.

"이곳 회주를 만나러 왔네."

그녀의 차가운 말투에 당가의 정문을 지키던 당력의 눈썹이 치켜 올
라갔다. 그렇지 않아도 단운평의 부상을 기뻐하는 말을 했다가 당해에
게 꾸중을 듣고 기분이 나쁜 상태이건만.

"누군지 모르지만 풍운회주는 아무나 만날 수 있는 사람이 아니오."

"어린 녀석이 건방지구나."

방혜주의 눈에 살기가 돌기 시작하자 그녀의 옆에 있던 소녀가 그녀
의 옷깃을 잡아당겼다.

"사부님……."

그녀의 눈빛에 방혜주는 분노를 가라앉혔다. 그러나 당력은 그러하지 못했다.

"감히 당가 앞에서 시비를 걸다니. 회주를 만나고 싶으면 내일 와라."

당력은 버럭 소리를 지르곤 중년 여인을 노려보았다. 그리고 천천히 시선을 내려 소녀를 바라보았다. 그리고 시선을 내리는 순간 중년 여인의 허리에 걸린 도를 보고 무언가 실수를 했다는 느낌이 들었다.

"평이 이 녀석… 깨어나면 가만두지 않겠다."

나직한 목소리. 당력은 그 순간 자신이 엄청난 실수를 했음을 알 수 있었다. 상대는 단운평과 친분이 있는 사람이다. 그것도 매우 깊이……. 그녀의 목소리를 들었던 또 한 명의 정문지기인 당고는 서둘러 안으로 뛰어갔다.

"큰 실수 하신 거예요. 사부님은 당 오라버니에게 무공을 가르쳐 주신 분이라구요."

소녀의 말에 당력은 이번에는 당해에게 혼나는 걸로 끝나지 않을 것임을 알 수 있었다. 당공의에게 벌을 받게 된다면 지옥이나 다름없을 것이다. 하얗게 질린 그의 얼굴 뒤로 당해가 뛰어나오고 있었다.

"오랜만에 뵙네요. 다치신 것 같은데… 잠시 후에 봐드릴게요."

방혜주의 말에 단조평은 그저 고개만 끄덕일 수밖에 없었다. 방혜주와 소녀 여희가 단운평이 누워 있는 방에 들어가자 사후락은 단조평에게 물었다.

"누구기에 눈도 제대로 못 맞추는 건가?"

"저 애는 내 형님의 제자일세. 동시에 첨익이의 사매였지."

신수의 사매라면 단운평의 몸을 치료할 확률이 매우 높다. 그러나 사후락이 물어본 것은 그것이 아니었다.

"첨익이와 운평이가 저리된 이후 내게 서찰을 여러 번 보낸 모양이네. 물론 난 이리저리 돌아다니느라 몰랐고… 저 아이가 복수를 포기한 이후 중원을 떠났다네. 아마도 운평이에게 무공을 가르쳐 준 사람도 저 아이겠지. 저 아이에겐 불행히도 무공에 재능이 없었지만……."

사후락은 아무런 말도 할 수가 없었다. 더구나 옆에는 괴운화가 있었으니…….

덜컹. 덜컹.

소란스러운 소리에 단조평과 사후락이 방문을 열고 급히 들어갔다. 그리고 며칠 동안 죽은 듯이 자고 있던 관평위도 깨어나 급히 방에서 뛰쳐나와 단운평이 있는 방 안으로 들어갔다.

"무슨 일인가?"

사후락의 물음에 방혜주는 고개도 돌리지 않은 채 소리쳤다.

"어서 잡아요."

방혜주의 다급한 목소리에 단조평은 급히 경련하고 있는 단운평의 팔을 잡았다. 그리고 관평위는 두 다리를 잡았다. 사후락은 어떻게 할지 몰라 멍하니 있다가 단운평의 머리가 양쪽으로 격하게 움직이자 머리를 잡았다. 방혜주는 단운평의 배 위에 앉은 후 가슴에 긴 침을 박았다.

"큭."

단운평의 입에서 격한 소리가 나오자 여희는 방을 나서 복도를 달려나갔다.

"이곳에서 가장 강한 독은 어떤 거죠?"

여희의 갑작스런 물음에 당이록은 가만히 그녀를 바라보았다.

"무슨……."

"어서요. 단 오라버니가 경련하기 시작했다구요."

당이록은 여희의 말에 주저없이 당가 집무실로 뛰어갔다.

쾅쾅쾅.

"숙부님! 숙부님!"

"무슨 일이냐?"

문을 열고 나온 당공의는 당이록을 노려보며 말했다. 그렇지 않아도 단운평을 치료해 준다고 온 사람에게 실수한 당력 때문에 머리가 아플 지경이었기에 당이록의 무례한 행동에 참을성을 발휘하기가 힘들었다.

"독물이 필요하답니다. 형님을 치료하는데."

당이록의 말에 당공의는 미간을 좁히며 가만히 당이록을 바라보다 고개를 저었다.

"왜 그게 필요하지?"

"이독제독인가?"

집무실 구석에서 당력을 괴롭히고 있던 당공진이 말했다. 당력의 무례한 행동에 당공진도 화가 많이 나 있었다. 거기에는 단운평의 상세를 제대로 치료하지 못해 자존심이 상한 것을 푸는 방법도 포함되어 있어 당력으로선 말 그대로 입에서 단내가 나도록 고생하고 있었다.

"헉, 헉… 조부님께 여쭤보는 것이 좋을 것……."

"입 다물어라."

물구나무를 선 자세로 팔을 굽혔다 폈다 하는 행위를 계속하고 있던 당력은 당공의의 차가운 말에 부들거리는 팔에만 집중할 수밖에 없었다.

"저도 치료하는 것을 보고 싶군요. 형님, 아버님께는 제가 말씀드리 겠습니다."

당공진의 말에 당공의는 고개를 끄덕였다.

"가는 길에 황 소제를 이리 보내도록 해라."

당이록은 기가 막혔다. 언제부터 황군명을 소제라고 부를 정도로 친했단 말인가. 하지만 지금은 그런 것을 말할 상황이 아니었다. 당이록은 당공의에게 고개를 숙여 인사를 하고 당거영이 있는 곳을 향해 달려갔다.

"윽……"

단운평의 신음성은 탁하고 또 답답했다. 극독을 침에 묻힌 방혜주가 금침을 천천히 손목에 찔러 넣자 당공진은 인상을 잔뜩 구겼다. 지금 찌르는 곳은 극독이 묻지 않았다 하더라도 단번에 죽일 수 있는 사혈. 그런 사혈에 독침을 밀어 넣다니. 하지만 단조평이나 방혜주는 조금의 긴장도 보이지 않았다.

"검을 녹일 정도로 강한 독은 없나요?"

방혜주의 물음에 당거영은 당황하는 기색이 역력했다.

"설마 인면지주의 독을 발라서 침을 시술하겠다는 말인가?"

방혜주는 당거영의 말에 고개를 끄덕였다.

"어서요."

방혜주의 낮은 목소리에 당거영은 재빨리 방문을 나서 당가의 독을 보관하는 곳으로 향했다. 그리고 당공진은 방혜주의 지시에 따라 금침과 은침, 그리고 인체도를 가지러 달려나갔다.

"언제까지 그곳에 있을 거죠? 당장 사라지지 않으면 가만히 있지 않을 거예요."

방혜주의 말에 괴운화는 조용히 방에서 멀어질 수밖에 없었다. 그리고 괴운화는 자신이 해야 할 일을 찾았다. 그가 건물 밖으로 나간 지 얼마의 시간이 흐르지 않아 당거영이 다시금 들어왔다. 무색의 액체를 담은 조그만 병을 방혜주에게 맡긴 당거영은 사후락과 관평위를 문밖으로 몰아내고 단운평의 다리를 잡았다. 그리고 당공진이 들어와 인체도와 침을 방혜주에게 건넸다.

"필요없어요. 침은 저도 가져왔으니 인체도를 펼쳐 주세요. 순서를 가르쳐 드릴 테니 은침으로 임맥을, 금침으로 독맥에 시침하세요."

방혜주는 위에서 아래거나 아래에서 위로 등의 혈액의 흐름, 즉 기의 흐름과 무관한 순서를 당공진에게 불러줬다.

"이 무슨……."

방혜주의 설명이 끝나자 당공진은 정신이 없었다. 방혜주가 무슨 기준으로 시침의 순서를 정하는지 전혀 알 수가 없었기 때문이다.

"맥이 빠른 곳, 그리고 그렇지 않은 곳을 나눴어요. 높은 곳은 낮추고 낮은 곳은 높인 거니 망설이지 마세요."

망설이지 말라는 말에 당공진은 정신이 번쩍 들었다. 방혜주는 당공진에게 독침을 사용해야 한다고 말하고 있는 것이다. 당공진은 십 년 만에 처음으로 손이 떨림을 느꼈다. 그리고 잠시 호흡을 고르고는 방혜주와 단운평에게 집중했다.

스륵.

방혜주가 단운평의 용천혈을 찌르면서 두 사람의 침술이 시작되었다.

덜컹. 덜컹.

단운평의 움직임이 커지면서 침상에서 소리가 나기 시작했으나 방혜주나 당공진은 동요하지 않았다. 이각의 시간이 흐르고 단운평에게 꽂힌 침이 하나둘씩 뽑히면서 피와 독이 섞인 김이 피어올라 방 안은 검붉은 안개로 가득 찼다. 그러자 여희가 방문 안에 들어섰다. 그런 그녀의 행동에 당거영이 놀라 그녀를 잡으려 했으나 단조평이 그런 그를 막아섰다.

"걱정하지 마시오. 저 애는 괜찮을 테니."

방혜주의 제자라면 저 정도 독에는 상관없으리라는 단조평의 믿음은 정확했다. 여희는 품에서 붉은 단약을 꺼냈다. 그리고 방혜주의 입에 그것을 넣었다. 당연히 단운평의 입에 넣으리라 생각했던 당공진이 멍해 있는 사이 여희는 또 하나의 푸른 단약을 꺼내 당공진의 입에 넣었다.

"이건 무슨 약이냐?"

당공진의 물음에 여희는 조용히 말했다.

"약기운을 손에 몰아넣고 침을 통해 시술해야 돼요."

여희의 말에 당공진은 자신의 단전에서 기운이 강하게 끓어오르는 것을 느끼고 급히 그 기운을 손으로 옮겼다.

"백회에 이 금침을 넣어요."

방혜주가 건네준 건 한 자가 넘어 보이는 금침이었다. 그리고 방혜주는 발바닥 쪽으로 가서 역시 한 자가 넘어 보이는 은침을 찔러 넣을 준비를 했다.

"지금이에요."

"크악!"

단운평의 입에서 비명이 터져 나왔다. 그리고 독무는 점점 더 짙어졌다.

"도림은 어떤 상황이냐?"

초류염의 질문에 혁련비는 고개를 저었다.

"도림은 없습니다."

그 거대한 도림이 사라질 리가 없었다. 혁련비의 말은 없는 것과 마찬가지란 말이다. 초류염은 만족한 듯 미소를 짓고선 말했다.

"이제는 황궁이군."

드르륵.

갑작스레 문이 열리고 무림맹 장로들이 안으로 들어섰다.

"웬일인가?"

초류염의 말에 무당, 화산, 아미, 곤륜, 개방 출신의 다섯 장로들은 쓴웃음을 지었다. 조금의 긴장도 없었다. 이처럼 무시당해 오면서도 단 한 번도 불만을 가져 본 적이 없었다. 단운평이라는 아이와 겨뤄보기 전에는. 그것이 그들을 씁쓸하게 했다.

"더 이상 욕심은 멈추시는 게 어떻습니까? 이미 최강이라는 칭호를 얻으셨잖습니까?"

화산의 천검 태허관의 말에 초류염은 고개를 저었다.

"내가 최강이 된 건 훨씬 전이었네."

"도왕이 갑자기 이상한 행동을 했다는 걸 모르리라 생각하는 것인가? 그런 변화가 없었어도 자네가 이길 수 있었을까?"

취걸개의 말에 초류염은 대소를 터뜨렸다.

"상관없었소. 그는 내 상대가 아니었으니까. 그리고 그런 증세가 보일 것은 처음부터 예상했던 일이오."

화엽상의 이상은 처음부터 예상된 역류만자침법의 부작용이었다. 강제적으로 혈액의 흐름을 빠르게 한다. 그로 인해 근육의 힘이나 내공을 적절하게 사용할 수 있을지 몰라도 나이가 많은 이에게 그런 시술을 했다간 심장이 견딜 수 없게 된다. 그건 세월이라는 것에 어쩔 수 없이 약해지는 인간이기에 당연한 결과였다. 초류염이 역류만자침법을 시술받지 않은 것도 그러한 위험 때문이었다.

"어찌 되었건 이제는 무림이 평화로울 수 있도록 그만 멈추시오."

"안 되지. 아직 무림맹을 두려워하지 않는 녀석들이 많이 있거든."

미려 대인의 말을 단번에 거절한 초류염은 비릿한 미소를 지으며 물었다.

"당신들의 귀한 제자들이 내 손안에 있다는 걸 잊지 말게."

초류염의 말에 미려 대인은 이를 악물었다.

'그때의 제의를 받아들인 문주를 말리지 못한 것이 한이다.'

과거 초류염은 여러 문파의 재능이 있는 아이들을 지도해 주겠다는 제의를 했다. 당시 철혈무제란 칭호를 막 얻은 초류염에게 무공을 배울 수 있다는 건 큰 이득이 되는 일이었기에 각 문파에서는 환영했다. 그리고 그 아이들을 수련을 핑계로 어디론가 데리고 간 후 일 년이 지난 뒤 초류염의 은근한 요구가 하나, 둘씩 늘어났고 어느 순간 한계를 넘어섰다. 그리고 한계를 넘은 요구를 들어준 것이 또 다른 협박 거리가 되어버렸다.

"협박이라면 이제 그건 듣지 않을 거요. 그 애들이 어디 있는지 우리도 알고 있으니까."

초류염은 홱 하니 고개를 돌려 혁련비를 바라보았다. 자신을 제외하고 그들이 어디 있는지 알고 있는 이는 무림맹 내에서 혁련비가 유일했다.

"어쩔 생각이냐? 이 바보 녀석."

초류염의 말에 혁련비는 고개를 저었다.

"저와 상관없는 일입니다."

"음… 그럼 네 동생이 한 짓인가 보군."

혁련비의 두 눈이 커졌다.

"알고… 계셨습니까?"

혁련고홍을 초류염이 알고 있으리라고는 단 한 번도 생각해 본 적이 없는 혁련비였다.

"네 녀석이 잘해주고 있었으니 그 정도 상은 해줘야겠다 싶었다."

혁련비는 놀라 무릎을 꿇었다.

"그 애는 안 됩니다. 혁련가의 미래를 맡길 아이입니다."

혁련비는 초류염이 혁련고홍을 죽이려 한다는 것을 알 수 있었다. 그리고 그 모습을 본 다섯 장로들은 인상을 썼다. 지금 혁련비의 행동은 자신들이 지금 초류염을 막지 못할 거라 믿고 있음을 뜻하는 것이었다.

"나가 있거라. 네 녀석이 혹, 백객들을 포섭했다는 걸 모르리라 생각하지는 않았을 테니."

혁련비는 천천히 자리에서 일어나서 검을 뽑아 들었다. 이미 돌이킬 수 없는 상황까지 갔다. 하나 혁련비가 검을 뽑아 든 것은 초류염에게 맞서기 위함이 아니었다.

"역시 넌 머리가 좋구나. 내 생각을 꿰뚫어 볼 정도라니."

혁련비는 알고 있었다. 초류염의 방 안에는 보이지 않는 세 명의 무인이 있다는 것을. 그리고 그들이 천앙의 최고수인 황객(黃客)이라는 것을. 혁련비가 배반했다는 것을 안 순간 황객이 자신의 목을 노리고 있음을 혁련비는 충분히 알고 있었던 것이다. 또 이들이 바로 자신의 부친을 죽인 자들이라는 것도.

쾅.

순식간에 문이 부서지고 혁련비는 전력을 다해 신법을 전개했다. 그의 뒤를 따라 하나의 그림자가 따라가고 있었다.

"아무래도 남들이 안 보는 곳이 좋을 성싶은데."

초류염의 말에 밖에서 기다리던 사내, 우진명이 손가락 하나를 들어 한곳을 가리켰다. 그곳은 과거 단운평과 우진명이 겨루었던 연무장이 있는 곳. 초류염은 고개를 끄덕이고는 우진명에게 말했다.

"가만히 있었으면 맹주로서 있을 수 있었을 텐데 자네까지 그러는 것을 보니 그 단운평이라는 녀석이 대단하긴 대단한가 보구먼."

"적어도 그는 스스로 옳다는 것을 꺾지 않을 용기가 있었습니다."

우진명은 어젯밤 무림맹주 된 이후 처음으로 잠을 푹 잘 수가 있었다.

'이 쉬운 것을 왜 결정하지 못했을까? 무림을 위해? 곤륜파를 위해? 다 아니었지. 결국은 두려웠던 게야. 모든 것을 잃는다는 것을.'

우진명은 앞장서서 걸으면서 하늘을 바라보았다. 잔뜩 흐린 하늘. 하지만 우진명은 그 하늘이 조금도 답답해 보이지 않았다.

"으윽."

단운평이 눈을 깜빡이자 옆을 지키고 있던 방혜주는 급히 그의 손을 잡았다.

"정신이 들었느냐?"

단운평의 외눈이 천천히 움직여 방혜주의 얼굴로 향했다. 잠시 후 단운평은 고개를 흔들었다.

"꿈이 아니다, 이 녀석아. 연락 한번 없더니 이게 무슨 꼴이냐!"

방혜주의 말에 단운평은 천천히 몸을 일으켰다.

뿌드득. 뿌득.

각 관절이 비명을 질렀지만 단운평은 개의치 않았다. 간신히 반쯤 몸을 일으켜 세운 단운평은 침상 아래로 천천히 다리를 내렸다. 방에 막 들어서던 당공진은 그런 단운평의 행동에 놀라 그를 제지하려 했다.

"이런… 아직 움직여서는 안 되네. 자칫했다간 다시 주화입마될지 모른단 말일세."

하나 단운평은 그의 손길을 부드럽게 밀어내고는 바닥에 엎드렸다.

"사부님을 뵙습니다."

"난 네 녀석의 사부가 아니라고 했지 않느냐. 난 네 사고다."

분명 단첨익의 사매이므로 사고가 맞는 말이다. 하지만 단운평은 그녀를 사부라고 불렀다. 그녀에게서 풍운뇌력도법과 질풍섬각을 배웠기 때문이다.

"죄송합니다. 사부님께 약속드렸던 것을 지키지 못했습니다."

단운평의 말에 방혜주는 가만히 단운평을 바라보다 입을 열었다.

"어쩔 수 없었겠지. 사숙께서 널 말렸을 테니."

방혜주의 눈길이 문 쪽을 향했다. 거기엔 단조평이 떨떠름한 표정을 한 채 서 있었다.

"운화는 생명이 얼마 남지 않았다. 굳이 그를 죽여봤자 운평이만 괴로울 따름이다."

"그렇다고 살부지적(殺父之敵)을 그냥 둬야 된다는 말씀이신가요?"

서늘한 방혜주의 눈빛. 단조평은 한숨을 쉬고는 말했다.

"그에게는 앞을 못 보는 손녀만이 있다. 그를 죽여서 평생을 죄책감을 가지고 살란 말이냐?"

단조평의 탄식 어린 말에 방혜주는 고개를 저었다.

"사숙께서는 몰라요. 평이가 내게 찾아왔을 때 어떤 몰골이었는지.

아셨다면 절대로 그런 말씀 못하실 겁니다. 사형을 죽이고 또 펑이 역시 죽었을지 모른다구요."

방혜주의 말에 단조펑은 더 이상 아무런 말도 할 수가 없었다. 그때 단운펑이 나섰다.

"사부님, 조부님과 상관없이 제가 결정한 일입니다."

단운펑의 눈빛. 방혜주는 마음이 아팠다. 단운펑이 어린 시절 무공을 익히면서 얻은 상처들이 얼마나 많은지는 그 누구보다 잘 알고 있었다. 수련관에서 기관을 상대로 싸우고 다칠 때 그것을 치료한 이가 바로 방혜주였기 때문이다. 스스로 단련한다며 바닷가 절벽을 오르다 떨어져 죽을 뻔한 것도 그녀가 몇 날 며칠을 치료해 살렸다. 그런 단운펑의 모습을 보다 못해 복수를 포기하도록 종용하며 무공 가르치는 것을 멈춘 적도 있었다. 하나 단운펑은 포기하지 않았고, 결국 방혜주의 생각 이상으로 강해져 섬을 떠났다. 그런데 복수를 포기했다니… 그리고 늘어난 상처들은 뭐란 말인가.

"사부님, 철혈무제와 도왕을 꺾고 섬으로 돌아가려 합니다. 그래도 되겠습니까?"

단운펑의 눈빛을 방혜주는 고개를 돌려 피했다.

"처음부터 네가 강호로 가는 걸 반대했었다. 그런 성격으로 무인이 되겠다니, 멍청한 녀석. 돌아오려면 언제든 오거라."

단운펑의 고집을 꺾을 수 없다는 걸 그 누구보다 잘 알고 있는 방혜주였다. 그때 또 한 명이 방 안으로 들어왔다.

"령아, 이놈은 철혈무제를 꺾고 강호를 떠날 거란다. 그래도 상관이 없느냐?"

방 안에 들어온 사람은 주화령. 단운펑이 깨어나지 못한 동안 주화령이 어떻게 그를 간호하는지 보아온 방혜주는 그녀가 단운평의 짝이라는 것을 인정했다. 갑작스런 방혜주의 물음에 주화령의 얼굴이 붉어졌다. 주화령은 방혜주가 단운평에게 있어 모친이나 다름없다는 것을 알았기에 조용히 고개를 끄덕여 보였다. 하지만 단운평은 그녀의 그런 행동을 기뻐할 수 없었다. 어느 정도는 따라갔다고 생각한 화엽상의 무공이 상상이었기 때문이다.

"엽상을 꺾을 자신이 없느냐?"

단조평이 단운평의 표정을 보고 묻자 단운평은 고개를 저었다.

"언젠가는 넘을 수 있을 겁니다."

"그건 불가능하네."

단운평이 깨어났다는 소리를 듣고 달려온 관평위의 말에 단운평은 주화령의 부축을 받으며 천천히 침상에 올라서 그를 가만히 바라보았다.

"무슨 소린가?"

"그는 이미 죽었으니까."

관평위의 말에 단운평은 어지러워졌다.

"무슨 소린가?"

"천하제일의 칭호를 초류염이 차지했다는 말이네."

관평위의 말에 단운평은 가만히 눈을 감았다. 한참 후에 눈을 뜬 단운평은 가만히 자리에 누웠다.

"생각할 시간이 필요하군. 죄송하지만 혼자 있게 해주시겠습니까?"

단운평의 말에 모두는 조심스럽게 방을 나섰다. 마지막으로 방문을 닫던 단조평은 단운평에게 전음을 남겼다.

"네가 주화입마를 입은 것은 어쩌면 잘된 일일지도 모른다. 풍운뇌력도법이나 질풍섬각에 대해서 다시 한 번 생각해 보거라."

단운평은 조부의 말을 듣고 다시금 그 말을 떠올렸다.

'바람의 자유로움, 구름의 허허로움, 벼락의 준엄함, 비의 은혜로움, 폭포의 웅장함, 그리고 빛의 따사로움이라… 이걸 제대로 알지 못하고는 초류염을 상대할 수 없다는 말인가?

하나 이번에도 단운평은 생각을 잘못하고 있었다.

초류염은 네 명의 무인이 사방에서 공격하자 허공으로 솟구쳐 그 공격들을 피해냈다.

쾅.

폭음과 함께 초류염의 아래에서 묵직한 기가 꿈틀대고 있었지만 초류염은 그런 것들은 조금도 신경 쓰지 않았다.

슈슈슈.

신경을 어지럽히는 소리와 함께 허공에 솟구친 초류염보다 훨씬 높은 곳에서 내려오는 우진명의 검. 초류염은 급히 몸을 비틀며 백아를 휘둘렀다.

채쟁.

검을 튕겨내는 순간 느껴지는 기운에 초류염은 왼손을 뒤로 뻗었다.

펑!

"크악. 쿨럭."

피를 토하며 바닥에 내팽개쳐지는 이는 우진명의 사숙인 유운행보 지령수였다. 그러나 지령수는 금세 일어나 다시 몸을 움직였다. 전력을 다한 그의 신법은 단운평의 그것만큼이나 빨랐다.

"명불허전."

초류염은 바닥에 발이 닿는 순간 힘껏 백아를 휘둘러 미려 대인이 펼친 태극검법을 막아내고는 옆에서 날아드는 태허관의 검을 몸을 뒤로 눕혀 피했다.

'아직. 아직 더……'

연신 바쁘게 움직이며 초류염의 힘을 빼려 하는 여섯 사내의 공격에 연신 폭음이 터져 나왔다. 하지만 초류염의 움직임은 한결같았다.

'빌어먹을. 그 망할 녀석이 헛소리를 한 거구먼.'

초류염과 싸우기 전에 다섯 장로에게 찾아온 사람이 있었다. 그는 바로 혁련고흥. 과거 단운평에게 말했던 초류염의 약점이라 예상되는 일을 그들에게 말했다. 다섯 장로 모두 반신반의했지만 내심 바라는 마음이 컸다. 하지만 초류염과 두 시진은커녕 반 시진이라도 견딜 수 있을지 의문이었다.

"들어가도 되겠느냐?"

단운평은 눈을 감고 여러 가지를 생각하다가 밖에서 들려온 목소리에 눈을 번쩍 떴다.

"오랜만입니다."

"그렇구나. 네가 이렇게 다칠 거라고는 생각지 못했구나. 하지만 별로 좋지 못한 소식을 전해야만 할 것 같구나. 시간이 별로 없으니……"

문을 열고 들어온 이는 다름 아닌 대각 대사. 단운평은 황군명에게 들었던 말을 기억해 내며 대각 대사의 말을 기다렸다.

"…그래서 이제 한 달이라는 시간밖에는 없네."

긴 설명을 들은 단운평은 한숨을 쉬고는 눈을 감았다.

"초류염을 꺾어야 한다는 겁니까?"

단운평의 물음에 대각 대사는 고개를 저었다.

"글쎄. 내가 들었던 말은 풍운회가 강호의 질서를 바로잡으라는 말이었네. 그렇지 않으면 황군이 출전하겠다는 것이었지."

단운평은 머리 속으로 고민하다가 대각 대사에게 물었다.

"소림금강동인은 어떻게 되었습니까?"

대각 대사는 가만히 단운평을 응시하다가 말했다.

"한 가지만 약조해 준다면 금강동인은 자네의 명을 따를 거네."

"제 명을 따를 필요는 없습니다."

단호한 단운평의 말에 대각 대사는 가만히 단운평을 바라보았다.

"그럼 부탁이라고 하겠네. 소림을… 소림의 명예를 지켜줄 수 있겠는가?"

단운평은 대각 대사가 이 말을 하기까지 얼마나 많은 고민을 했을지 짐작할 수 있었다.

"더 이상 철혈무제를 돕지 않는다면 지금까지의 일은 덮어두도록 하겠습니다."

"음. 알겠네."

후에 두 사람의 약속이 소림사를 곤욕에 빠지게 할 것이란 사실을 대각 대사도 단운평도 알지 못했다.

"헉… 헉… 대단하군. 이런 실력을 숨기고 있었다니."

초류염은 거친 숨을 몰아쉬며 쓰러진 여섯 사내를 보았다. 다행히 승리했지만 초류염도 만만치 않은 상처를 입었다. 왼쪽 어깨 살 한 움큼이 뜯겨져 나갔고 오른쪽 갈비뼈 하나도 부러졌다. 그 상처를 낸 사람은 바로 취걸개. 취걸개의 움직임은 그야말로 비호같아서 천하의 초류염도 견뎌낼 수가 없었던 것이다.

"잡았느냐?"

초류염의 물음에 혁련비를 쫓아갔던 황객은 고개를 저었다.

"하지만 선물은 줘서 보냈습니다."

초류염은 황객의 말이 무엇을 의미하는지 알고 있었다. 혁련비에게 결코 가볍지 않은 상처를 주었단 소리였다.

"죽지 않고 도망치다니. 생각 이상으로 강했던가 보구나."

초류염의 말에 황객은 고개를 저었다.

"두 놈이었습니다."

혁련비와 혁련고흥, 두 사람이 함께였으리라. 초류염은 고개를 끄덕이고는 무림맹주의 방으로 향했다.

'아까운 놈을 잃었군.'

초류염이 그를 중용했던 것은 그가 자질구레한 일들을 잘 처리했기 때문이다. 더럽고 야비한 일들은 모두 혁련비가 처리했다. 그런 일들을 하기엔 초류염의 자존심이 너무 강했다. 그렇다고 아무에게나 맡길 수 있는 일도 아니었다. 그런 일들이 강호에 퍼져 나갔다간 얼굴에 먹칠하게 되기 때문이다. 초류염은 한숨을 쉬고는 세 사람의 황객 중 가장 젊은 사람에게 명했다.

"제갈명운, 그 녀석을 찾아와라."

"헉… 헉… 헉……."

"더 이상은 쫓아오지 않을 거니 멈춰라."

혁련비는 자신을 업고 뛰는 혁련고흥에게 멈추도록 했다. 혁련비의 옆구리에서는 피가 계속 흘러나오고 있었다.

"후… 이거 아무래도 끝인 것 같구나."

"무슨 말씀이세요. 곧 의원을 찾을 겁니다. 그러니……."

"내가 그리 멍청한 사람인 줄 아느냐? 이 정도 상세를 치료할 수 있는 의원은 세상에 없다. 헛고생하지 말고 내 얘기를 잘 들어라."

혁련비의 창백했던 얼굴에 갑자기 화색이 돌았다. 회광반조(廻光返照). 혁련비의 생명은 곧 꺼질 듯했지만 그의 눈빛은 평소 이상으로 밝았다.

"형님."

"잘 들어라. 초류염은 네가 생각하는 것 이상으로 강하다. 아마도 지금 상황에서는 그와 일 대 일로 겨루어 이길 수 있는 자는 아무도 없을지 모르겠다. 그에게 어떤 약점이 있는지는 알 수 없다. 때문에 그를 꺾기 위해서는 다른 방향을 찾아야 했다. 그래서 알아낸 천앙의 중추 세력은 바로 흑, 백객들이다. 적객과 청객은 수가 많지만 절정의 고수가 아니고 황객은 천앙의 무인들 중 가장 강한 무력을 지녔으나 그 수가 많지 않다. 하지만 흑, 백객들은 무공도 뛰어날 뿐만 아니라 그 수도 많다. 납치당한 어린아이들의 일부는 후에 문주가 될 정도로 뛰어난 자질을 가졌다. 때문에 그런 그들을 제대로 공격하지 못하고 멸문당한 이들도 많았다. 쿨럭."

혁련비의 안색이 다시금 나빠졌다. 그리고 그가 토해내는 피가 점점 검붉은색을 띠기 시작했다.

"형님……."

"끝까지 들어라. 천앙의 무인들은 초류염의 강한 무공에 대한 두려움과 세뇌(洗腦)를 통해 절대적인 충성을 바치고 있다. 긴 시간 동안 그의 밑에 있으면서 흑, 백객 상당수의 세뇌를 풀었고 황객 중 한 명도 우리 편이라 할 수 있다. 그러니 그를 이용하거라. 마지막으로… 쿨럭. 절대 내가 너의 형이라는 것을 풍룡에게 말해선 안 된다. 그는 날 증오하고 있으니 말이다. 으웩."

커다란 핏덩이를 토해내는 혁련비. 혁련고흥은 그저 고개를 끄덕일 수밖에 없었다.

단운평은 정신을 차린 지 일주일 만에 자리에서 일어났다.

"오랜만이구나."

단운평의 말에 여희는 움찔했다. 여희로선 단운평의 외눈과 거친 얼굴이 부담스러웠던 것이다.

"그렇게 많이 변했구나. 네가 날 두려워할 정도로."

씁쓸하게 웃던 단운평은 여희의 표정을 살폈다.

"아팠어요?"

여희는 손가락을 들어 단운평의 왼쪽 눈을 가리켰다. 아니, 눈이 있었던 곳을 가리켰다.

"조금."

여희는 조심스레 손을 뻗어 단운평의 얼굴을 만졌다. 처음에 움찔했던 단운평은 그녀의 그런 행동을 가만히 두었다.

"기억해요? 그때도 이렇게 얼굴을 만졌는데."

단운평은 피식 웃었다. 단운평이 간신히 섬에 도착했을 때는 피로와 뱃멀미로 완전히 녹초가 되었었다. 그때 어린아이였던 여희가 단운평의 얼굴을 쓰다듬었었다. 그때의 기억을 단운평은 절대로 잊지 못할 것이다. 곽소혜에 이은 두 번째 경험. 어쩌면 황룡보에서의 방심이 여희의 손길로부터 시작되었는지 모르지만 단운평은 그 손길을 잊지 않고 있었다.

'미안하구나.'

단운평은 천천히 여희의 손목을 잡아 그녀의 손을 멈추게 하고는 방문을 나섰다. 환한 햇살. 단운평이 건물 밖에 나서자 많은 무인들이 그에게 포권을 해 보였다. 풍운회의 서열은 분명 정해져 있지만 각 세력들이 협력하는 형태이기에 단운평에게 허리를 굽히는 행동까지는 하고 싶어하지 않음을 알았기에 가볍게 포권을 해 보이는 것으로 인사를 대신하기로 한 것이었다. 물론 단운평도 같이 포권을 해 보였다.

"괜찮은가?"

햇쑥한 얼굴로 단운평에게 말을 건넨 사내는 바로 관평위였다.

"나야 괜찮지만 자네는 별로 그렇지 않은 것 같군."

단운평의 지적에 관평위는 한숨을 내쉬었다. 단운평이 천천히 회복하는 동안 단조평과 방혜주는 단운평의 친구가 이렇게 약해서는 단운평의 발목을 잡을 뿐이라며 매일 상상을 초월한 수련을 시켰다. 며칠간 시달린 관평위가 더 이상은 못하겠다고 했으나 황군명에게 철혈무제에 대해서 자세히 물어본 화소민이 관평위에게 처음으로 소리를 지르면서까지 수련을 하라고 한 까닭에 관평위로서는 수련 아닌 수련을 계속할 수밖에 없었다.

"과부가 되고 싶진 않다더군."

"하하하."

단운평은 대소를 터뜨렸다. 잠시 대소를 터뜨렸던 단운평의 얼굴이 굳어졌다.

'이건……'

대소를 터뜨린 동안 온몸의 뭉쳐 있던 근육들이 하나둘씩 풀어지고 있었다. 원래 웃음이라는 것이 적지 않은 힘을 소모하는 것이라는 건 선친에게 들어서 알고 있었다.

단운평은 근육이 풀어지는 것에 놀란 것이 아니었다. 단조평이 건넨 말의 의미를 깨달은 것이다.

'자유로움, 허허로움, 준엄함, 은혜로움, 웅장함, 그리고 따사로움.'

단운평은 관평위의 어깨를 살짝 두드렸다.

"저녁엔 술이나 한잔하세."

단운평의 말에 관평위는 힘없이 미소를 지어 보였다.

'그때 술 먹을 정신이 있을지…….'

단조평과 방혜주의 수련은 그리 만만한 것이 아님을 단운평이 모를리도 없건만… 관평위는 여유롭게 당가 안을 걷는 단운평의 모습이 왠지 얄미워 보였으나 자신의 귀를 울리는 목소리에 연무장으로 뛰어가야만 했다.

"이쯤이면 된 것 같은데……."

단운평이 당가의 문밖을 나서자 그를 급히 따라온 서문호와 요호는 단운평의 얼굴이 향한 쪽을 바라보았다.

"너는……."

금도를 든 사내, 전익상. 그의 등장에 요호는 창을 들어 그를 바라봄과 동시에 주변을 살폈다.

"혼자 왔으니 걱정하지 마라."

하지만 전익상의 의도와 상관없이 요호와 서문호는 주변을 경계할수밖에 없었다. 이유는 간단했다. 단운평이 전익상을 가만히 바라보다다른 쪽을 향해 소리쳤기 때문이다.

"내가 모를 거라고 생각하는가?"

덤불이 움직이며 모습을 드러낸 자는 서문호가 본 적이 있는 자였다. 약관의 나이로 보이는 사내.

"오랜만이군."

서문호에게 인사를 건네는 사내의 이름은 정량목. 과거 참마대원으로 서문호와 겨룬 적이 있었던 영환검 정량목의 등장에 서문호뿐만 아니라 단운평도 놀랐다.

"어째서 네가 여기 있는 거지?"

"당신과 다시 겨루기 위해 중원에 나왔는데 저자를 만났습니다. 아직 당신에게는 부족하지만 저자에게는 충분할 것 같더군요."

챙.

정량목이 검을 뽑자 서문호도 도를 뽑아 들었다.

"다시 만날 거라고는 생각했지만 왜 지금이지?"

"아무래도 더 늦었다간 선수를 빼앗길 테니까."

멈칫. 단운평을 비롯한 풍운회 삼 인은 정량목의 말에 긴장하지 않을 수 없었다.

"자네도 마찬가진가?"

요호의 물음에 전익상도 고개를 끄덕였다. 단운평은 몸을 돌렸다.

"병자 따윈 필요없겠지?"

단운평의 말에 요호와 서문호는 고개를 끄덕였다.

"도망가는 거냐?"

전익상의 말에 단운평의 걸음이 멈췄다.

"전습을 죽인 것은 나다."

요호의 말에 전익상은 인상을 찌푸렸다.

"내 동생은 네놈 따위에게 죽을 사람이 아니다."

전익상의 말에 요호의 얼굴이 붉어졌다.

"들어가서도 됩니다."

요호가 고개를 돌리며 말하자 단운평은 무거운 표정으로 고개를 끄덕이고는 당가를 향해 되돌아갔다. 전습과의 싸움에서 단운평이 개입하지 않았더라면 요호는 패했을지도 모를 일. 단운평은 불안했지만 그에게 맡길 수밖에 없었다. 무인에게 자존심은 생명보다 귀한 것이다. 특히나 요호와 같은 인물에게는.

"슬슬 시작해 보겠나?"

정량목의 말에 서문호는 손을 들어 제지했다.

"형님과 알고 있던 사이인 것 같은데 알려주지 않겠나?"

"그가 무공을 배운 곳이 해남도였다. 그걸로 충분한 설명이 되지 않을까?"

어린 시절 겨뤄본 적이 있거나 자신의 실력을 시험해 보기 위함이리라.

채쟁.

정량목과 서문호가 이야기를 나누는 중에 이미 요호와 전익상은 거친 싸움을 시작했다. 요호와 전익상의 싸움은 처음부터 격렬했다. 있는 힘을 다해 금도를 내려치는 전익상. 그리고 수십 개의 환영을 내는 요호의 창. 어느 쪽이 승리하건 패배자는 죽음을 맞이하리라는 건 충분히 예상되었다.

"어딜 갔다 오는 것이냐!"

사후락의 거친 음성에 단운평은 미소를 지어 보였다.

"저를 부르는 사람이 있었습니다."

"이놈아, 그리 웃어 보이면 내가 네놈에게 할 말이 없지 않느냐."

단운평의 표정에 별일이 없다고 생각한 사후락이 굳은 인상을 폈다. 단운평은 그런 사후락을 가만히 응시했다.

"아무래도 어르신께서는 사천에서 떠나 계시는 것이 좋을 성싶습니다."

단운평의 말에 사후락의 얼굴이 다시 굳어졌다.

"언제냐?"

"며칠 남지 않았겠지요."

단운평의 말에 사후락은 고개를 절레절레 흔들었다.

"난 떠나지 않겠다."

사후락의 말에 단운평은 한숨을 내쉬었다. 예상했던 말이다. 하지만 그를 여기에 둘 수는 없었다.

"위험합니다. 아니, 계시면 방해가 됩니다."

단운평의 말에 사후락은 고개를 저었다.

"그럴 일은 없을걸. 날 보낼 생각은 말아라."

사후락은 알고 있었다. 이번 싸움으로 단운평이 정말로 죽을지 모른다. 그리고 이곳에 있으면 자신도 함께 죽을지 모른다. 그러나 그렇다고 해서 죽을지 모를 곳에 단운평을 두고 혼자만 살겠다고 생각하기엔 자신은 너무 늙었다. 자신만을 위해 그를 버려두고 떠났다는 죄책감을 가지고 살고 싶지 않았다.

"어르신이 안전한 곳에 계시지 않으시면 제가 편하게 싸울 수가 없습니다."

단운평의 말에 사후락의 마음이 흔들리기 시작했다. 그러나 그때 나타난 한 여인의 말에 사후락의 결심은 굳어졌다.

"저도 이번에는 안 떠날 거예요."

화소민의 등장에 단운평은 곤경에 빠진 것 같았다. 하지만 그녀의 눈물 가득한 두 눈을 바라보는 순간 고개를 끄덕일 수밖에 없었다.

"저도 힘듭니다. 무척이나… 제발……."

단운평의 입에서 나온 말에 화소민의 눈에서 눈물이 주르륵 흘러내렸다.

단운평은 더 이상 상처를 받고 싶지 않았다. 하지만 화소민은 단운평의 그런 마음을 헤아려 줄 수가 없었다. 자신에게 있어 그보다 소중한 사람이 있기 때문이다.

"전 떠나지 않을 거예요."

다시금 말한 화소민은 입을 꽉 다물고 자신의 결심이 단호함을 알렸다.

"알겠습니다."

단운평의 표정이 전과 같이 차가워졌다. 그리고 두 사람을 지나쳐 현재는 풍운회의 회의를 여는 곳이 된 당가주의 집무실로 향했다.

"슬슬 출발하자."

늦은 밤 초류염의 말에 천앙의 무리들이 움직이기 시작했다. 그런 천앙의 뒤를 따라 중소 문파의 무인들도 이동하기 시작했다.

"모레 아침이면 사천에 도달하게 될 것이다. 그리고 나는 무림의 정복자가 되겠지."

초류염은 별로 기쁜 표정이 아니었다. 그것도 그럴 것이, 단운평이 아니었다면 화엽상을 쓰러뜨린 순간 이미 달성했을 목표가 삼 일이나 늦어졌기 때문이다.

第四十章

때로는 불가능에 도전해 볼 필요도 있다

괴운화는 거친 숨을 몰아쉬고 있었다. 서른 명이 넘는 자들과 겨루는 일은 결코 쉽지 않은 일이다. 그것도 상대가 약하지 않으며 또 죽여서는 안 된다는 제약이 따를 경우는 더 더욱 그렇다. 마침내 괴운화가 건물 밖으로 나왔을 때는 이미 건물 주변을 둘러싼 무인들로 가득했다.

"감히 도둑질을 하러 이곳에 들어오다니. 미친놈이구나."

젊은 사내의 말에 괴운화는 쓴웃음을 지었다. 한때 천하를 꿈꿨건만 지금은 도둑 취급이나 받고 있다.

'하는 수 없지.'

괴운화는 길게 숨을 들이키고는 몸을 최대한 가볍게 했다. 그렇지만 자신의 손에 들린 물건 때문인지 몸이 가볍게 느껴지지 않았다.

붕.

괴운화는 자신의 손에 들린 검은 도, 묵뢰를 한번 휘둘러 봤다. 자신
역시 한때는 무척이나 탐냈던 도였다. 하나 지금 들어보니 그저 단단
하고 무거운 쇠뭉치에 불과했다.

"보내주거라."

어쩔 수 없이 몇 명의 생명은 앗아야겠다고 생각하던 괴운화는 들려
온 목소리에 도를 내렸다.

"자넨 누군가?"

괴운화의 물음에 무림맹 무인들의 표정이 험상궂어졌다.

"정체를 밝혀야 하는 건 그쪽이다."

강호팔걸의 일인인 단천창 추지혼의 말에 괴운화는 웃었다. 과거 단
첨익에게도 들었던 말이다. 괴운화가 자신의 이름을 말하려는 순간 괴
운화를 보내주라고 말한 이의 목소리가 다시금 들렸다.

"추지혼! 보내주라고 했다."

목소리의 주인공은 천검 천군보였다. 그는 괴운화의 정체를 알고 있
었다.

"본 적이 있는가?"

괴운화의 물음에 천군보는 고개를 끄덕였다.

"어린 시절 당신을 본 적이 있소. 당신도 이제는 늙었구려."

천군보의 말에 괴운화는 고개를 끄덕였다.

"본 적이 있는 것도 같군. 이걸 누구에게 가져가려는 건지 알고 있
는 건가?"

"철혈무제가 아니라면 그의 적이겠지. 어느 쪽이든 막을 생각이 없
소."

천군보의 말에 괴운화는 가볍게 목례를 하고는 무림맹을 나섰다.

"저걸 들고 가도록 해도 되는 겁니까?"

딱.

추지혼의 거친 음성에 천군보가 그의 머리통을 후려갈겼다.

"시끄럽다. 잔소리 말고 검이나 제대로 닦고 있거라. 곧 폭풍이 몰려올 테니."

추지혼은 천군보의 말에 하늘을 바라보았다.

"폭풍이 올 것 같진 않습니다만……"

쾅.

추지혼은 머리에서 불이 나는 것 같았다.

"멍청한 놈."

천군보는 추지혼처럼 하늘을 힐긋 바라보고는 안으로 들어갔다. 하지만 추지혼은 여전히 그의 말이 무엇을 의미하는지 모른 채 투덜거리고 있었다.

"일단 도망가야 한다고? 어디로? 갈 수가 없지 않은가?"

"정면으로 부딪쳤다간 우리도 천앙도 얼마만큼의 희생이 발생할지 모를 일입니다. 일단 물러서는 게 좋습니다."

당공의는 황군명의 말에 고개를 저었다.

"무공을 모르는 이들도 많고 무공을 알더라도 천앙의 무인들과 싸울 정도의 실력이 되지 않는 자들이 많다는 건 나도 알고 있네. 하지만 이제 물러날 곳은 없네."

당공의의 단호한 말에 당가 집무실에 있던 모두의 머리가 끄덕여졌다. 하지만 황군명의 생각은 달랐다.

"사천에서 떠나자는 말이 아닙니다."

"무슨 말이냐?"

서문항비의 물음에 황군명은 손가락을 들어 아래를 가리켰다.

"이곳 사천에서 가장 안전한 곳을 알고 계시지 않습니까?"

그의 말을 가장 빨리 알아차린 사람은 역시나 단운평이었다. 그리고 그 다음으로 알아차린 사람은 주화령이었다.

"독곡 말이군요."

주화령은 생각만 해도 소름이 돋는 듯 얼굴을 찌푸렸다.

"불가능하네."

곽마효는 고개를 저었다.

"그곳이라면 어느 정도 그들의 공격을 버텨낼 수 있을 겁니다."

"내공이 강하지 못한 자들은 그곳을 지나갈 수가 없네."

곽마효의 반박에 황군명은 고개를 끄덕였다.

"하지만 두 분이 어떻게든 해주실 수 있을 거라 생각합니다."

황군명이 바라본 두 사람은 당공진과 방혜주였다. 방혜주는 아무런 감정을 나타내지 않고 있었으나 당공진은 곤혹스럽다는 듯 황군명을 바라보았다.

"그만큼의 해독약을 만들려면 당가 내의 모든 약초를 다 써도 모자랄 것일세."

"돈이라면 황룡보에서 대겠네."

"돈이 문제가 아닙니다. 돈이 있다고 약초가 저절로 생기는 것도 아니고, 시간도 촉박합니다."

당공진의 말에도 황군명의 주장은 변하지 않았다.

"그래도 독곡밖에 없습니다."

그런 황군명을 바라보는 모두의 눈은 어이없다는 감정을 포함하고 있었다.

"천앙에게 당하기 전에 독에 당할지도 모르건만 그 무슨 말이냐!"

형의후의 날카로운 외침. 사실 형의후는 귀면철후란 별호에 어울리지 않게 독물을 무척이나 싫어했다.

"어째서냐?"

단운평의 물음에 황군명은 침중한 어조로 말했다.

"그렇지 않고선 이길 수 없습니다."

황군명의 말에 단운평을 제외한 모두가 놀랐다. 말은 하지 않고 있었지만 모두는 살아남는 것을 목표로 하고 있었지 승리를 목표로 하지 않고 있었다.

"가능성이 있느냐?"

당거영의 물음에 대답한 이는 황군명이 아니라 단운평이었다.

"소림금강동인이란 말을 들어본 적이 있습니까?"

단운평의 말에 당거영과 형의후, 그리고 단조평의 표정이 변했다.

"설마⋯⋯."

"대각 대사님께서 협력해 줄 거라고 하셨습니다."

그의 말에 당거영이 소리쳤다.

"어떻게든 독곡을 통과할 수 있도록 해 보이지."

당거영은 독왕. 그 누구보다 독을 잘 다루는 자가 바로 당거영. 그가 그렇게 말하자 당공진은 따르겠다고 말할 수밖에 없었다. 그리고 단조평도 독곡에 들어가야 한다고 말해 모두는 그저 단운평의 결정을 기다릴 수밖에 없었다. 이 자리에서 단조평의 말을 반박할 수 있는 사람은 단운평 한 사람뿐이었기 때문이다.

"이길 수 있다면 가야지."

이들은 모르고 있지만 황제가 준 시간이 이제 얼마 남지 않았다.

"대충 결과가 나왔군. 두 분께서 수고를 해주셔야겠습니다."

단운평은 당공진과 방혜주에게 고개를 숙였다. 방혜주는 여전히 아무런 표정 없이 자리에서 일어나 방을 나섰고, 그런 그녀를 따라 당공진이 급히 움직였다. 한 명, 두 명 방에서 나가자 단운평은 당이록에게 말했다.

"광우령과 여성우를 데려와라."

"제길. 아무래도 여기 있다간 개죽음당할지도 몰라."

사천에 온 후 단운평이 단 한 번도 자신들을 부르지 않음에 화가 나 있던 여성우는 풍운회 무인들의 움직임이 부산해지자 광우령을 보고 툴툴거렸다.

"그러게 처음부터 단운평과 만나선 안 된다고 하지 않았습니까!"

광우령이 소리를 버럭 지르자 여성우는 찔끔하지 않을 수 없었다.

"회주께서 두 사람을 찾으시오."

급히 달려온 당이록의 말에 여성우는 자리에서 벌떡 일어났다.

"어디로 가면 되는 거냐?"

여전히 여성우의 말버릇은 좋지 않았다. 당이록이 인상을 구기자 광우령이 나서 여성우의 옷자락을 잡아당기며 말렸다.

"날 따라오시오."

당이록이 앞장서자 광우령과 여성우는 급히 그를 따랐다. 잠시 후 집무실 앞에 도착한 당이록이 문을 열자 단운평은 창가에서 몸을 돌렸다.

"너도 어서 혈선의 어르신을 도와라."

단운평의 명에 당이록은 고개를 끄덕이고는 당공진과 방혜주, 그리고 여희가 해독약을 만들고 있는 곳으로 달려갔다.

"오랜만이군."

단운평의 말에 여성우의 한쪽 눈썹이 올라갔다.

"그러게 말이우. 왜 우리를 이곳에 데려온 건지 모르겠더라구."

여성우의 말투에 광우령은 당황했지만 단운평은 태연했다.

"어느 정도 독(毒)을 견딜 수 있는가?"

단운평의 물음에 여성우는 인상을 구겼다. 그가 가장 싫어하는 이들이 독을 사용하는 자들이었다. 남자답지 못하다고 생각하기 때문이다.

"그따위 것은 나를 어쩌지 못하오. 독을 사용하는 놈들 따위야 약한 놈들이니까."

천하의 당가 안에서 저런 말을 태연하게 내뱉을 수 있는 자는 여성우가 유일할 것이다.

"무슨 소리를 하는 겁니까!"

광우령은 혹시나 당거영이 여성우의 말을 들었을 경우 어떤 일이 발생할지 머리 속에 그려지는 듯 얼굴빛이 하얗게 변했다.

"그렇다면 주변에 많은 독물들이 있어도 상관없겠군."

"당연하오."

여성우의 대답에 단운평은 광우령을 바라보았다.

"글쎄요. 어느 정도는 견딜 정도의 내공은 쌓았습니다만."

여성우와 광우령은 단운평의 의도를 알 수가 없었다.

"무림인이 무공을 익히지 못한 자를 괴롭히는 것은 어떻게 생각하는가?"

단운평의 물음에 광우령은 단운평이 무슨 일을 자신에게 맡기려 하는지 짐작했다. 그러나 여성우는 전혀 몰랐다.

"그런 놈들은 다리를 부러뜨려 놓아야 되지. 그런 건 무인이라고 할 수도 없소."

단운평은 독곡 안에서 무공을 익히지 않은 자들을 지킬 이가 필요했다. 무공을 익히지 않은 자들을 무공을 익힌 이들로부터 지키기 위해선 상처 하나둘쯤은 각오해야 하는데, 문제는 독곡에서의 상처는 곧 죽음이라는 것이다. 그에 가장 적합한 자가 바로 여성우. 금강불괴에 가까운 신체를 지닌 자가 필요했다.

"네가 없으면 이길 수 없다."

"무공을 익히지 못한 이들을 공격하는 놈들 따위는 내게 맡기시오."

단운평의 설명에 여성우는 가슴을 탕탕 치며 말했다. 그러나 광우령은 고개를 저었다.

"우리가 그들을 인질로 잡는다면 어떻게 할 생각입니까?"

"무슨 소리냐, 우령. 난 그런 비겁한 짓은……."

"가만히 계십시오."

광우령의 차가운 말투에 여성우는 입을 다물었다. 광우령이 자신보다 강해서가 아니다. 언제나 광우령은 여성우를 비롯한 일행의 안전을 최우선으로 생각했다. 그런 그의 의견을 무시할 수 없었다.

"믿는다."

단운평의 짧은 말에 광우령은 단운평의 외눈을 응시했다. 조금의 흔들림도 없는 단운평의 눈동자. 광우령은 속으로 탄식하지 않을 수 없었다.

'조금만 빨리 만났더라면…….'

언제나 광우령은 자신이 선택한 이에게 필요한 가장 좋은 방안을 찾았다. 그러나 결정적인 순간 광우령의 의견은 언제나 무시되었다. 때문에 그를 지낭으로 삼는 이는 죽음을 맞이한다는 소리까지 들었다.

처음으로 자신을 순수하게 믿어준 이가 바로 여성우. 그런데 여기 또 한 사내가 자신을 믿는다 말하고 있었다.

"얼마나 버티면 되는 겁니까?"

"한 시진."

단운평의 말에 광우령은 한숨을 쉬었다. 한 시진 동안 천앙의 무리들을 막는다는 건 불가능했다. 그들의 실력을 광우령은 알고 있었다.

"퇴로는 있겠지요?"

"물론."

단운평의 말에 광우령은 여성우를 돌아보고는 대답했다.

"알겠습니다."

단운평은 광우령과 여성우가 자신들의 부하들에게 돌아가자 집무실 한구석을 바라보았다.

"그만 나오지?"

단운평의 말에 스르륵 모습을 드러낸 사내는 바로 귀면살 고홍, 아니, 혁련고홍이었다.

"오랜만이군."

혁련고홍의 얼굴은 무척이나 초췌해져 있었다. 그도 그럴 것이, 자신의 형을 품 안에서 잃었으니 핼쑥해지는 건 당연한 일이었다.

"무림맹의 마지막 군사가 누군지 궁금하지 않나?"

혁련고홍의 갑작스런 말에 단운평의 눈에 불이 켜졌다.

"알고 있나?"

"알면 어떻게 할 생각인가?"

"그는 살려둘 수 없네."

단운평의 분노는 당연한 것이었다. 과거 사후락이 고문을 당했던 것도 그의 탓이고 단운평이 쫓겼던 것도 그의 탓이다. 얼마 전 당가에서 죽은 임선곽과 배명환의 죽음에 대한 책임도 그에게 있었다. 단운평의 분노에 혁련고홍은 차분히 말했다.

"그는 이미 죽었네."

단운평은 이해할 수가 없었다. 어째서 그가 죽었단 말인가. 아니, 왜 그가 죽은 것을 고홍이 알려준단 말인가.

"그래서?"

"그에 대한 악감정은 그만 그쳐달라는 것일세."

이미 죽은 형을 누군가가 증오하고 있다는 사실은 슬픈 일이었다. 하지만 단운평으로선 고홍의 말은 지나친 간섭이었다.

"날 찾아온 이유는?"

단운평의 얼굴이 굳어졌다. 단운평의 기분이 나빠진 것을 눈치챈 혁련고홍은 헛기침을 하고는 단도직입(單刀直入)적으로 용건을 꺼냈다.

"초류염을 치는 데 도움이 되고 싶네."

"어떻게?"

혁련고홍은 천앙의 세력 중 백객과 흑객에 관한 이야기를 천천히 설명했다. 물론 그 일을 한 사람이 형이 아니라 자신인 것으로 바꿔서.

"어느 정도 막을 수 있나?"

단운평은 혁련고홍이 진심으로 자신의 편을 들고 있는 것인지 아닌지는 신경 쓰지 않았다. 지금은 어떤 목적이든 천앙의 세력을 막아야만 했다. 단운평은 낮은 목소리로 혁련고홍이 맡아야 할 인원을 설명했고, 혁련고홍은 그의 말에 듣고선 모습을 감추었다.

"얼마나 온 거냐?"

당거영의 물음에 남궁력은 바싹 얼어서 대답했다.

"반나절이면 도착할 듯합니다."

그런 남궁력의 모습에 남궁모수는 한숨이 다 나왔다. 같은 강호팔걸인 서문호의 모습에 비해 남궁력은 너무나 어리숙하게 보였다.

'풍룡과 함께 여행을 했다더니, 저렇게 변하다니……'

그때였다. 당가의 정문이 소란스러웠다.

"무슨 일이냐?"

당공의의 물음에 과거 관평위에 의해 크게 곤혹을 치렀던 사내, 당청이 달려와 보고했다.

"파황 어르신이 많이 다치신 채……."

쾅.

거친 소리와 함께 당공의는 당가의 정문을 향해 달려갔다. 부친에게 파황이란 사내가 어떤 존재이며 얼마나 높은 전력인지 알고 있었기에 걱정하지 않을 수 없었던 것이다.

"이런……."

정문에 도착한 당공의는 괴운화의 모습에 탄식을 토해낼 수밖에 없었다. 퍼렇게 변한 얼굴과 거친 숨소리, 흘러내리는 땀방울들. 괴운화의 얼굴은 금방이라도 숨이 넘어갈 듯했다.

"어서 단 어르신과 공진이를 불러오거라!"

당공의는 당청에게 소리치고는 방으로 옮기기 위해 다른 사람들을 불러 괴운화를 들어 올리게 했다.

"윽."

당공의는 괴운화의 오른팔 쪽에 서 있던 사내의 소리에 그제야 괴운화의 손에 들린 것이 무엇인지 알 수 있었다. 그것은 단운평의 분신과 같은 존재, 묵뢰였다.

"이런 멍청한……."

사후락은 괴운화의 모습에 연신 같은 말을 내뱉었다. 그런 사후락의 옆에서 괴운화를 내려다보던 단조평은 괴운화의 손을 꼭 잡고 있는 괴연화의 모습에 가슴이 아렸다.

"회복할 수 있을지……."

당공진은 말을 하다 말고 괴연화의 눈치를 살폈다. 괴연화의 두 눈에는 눈물이 그렁그렁했다. 그때 방혜주가 당공진을 대신해 입을 열었다.

"가만히 두면 일주일. 무인으로 죽겠다면 하루. 어느 쪽인지 선택해요."

방혜주의 말에 괴연화는 보이지 않는 눈으로 방혜주를 원망하며 울었고 괴운화는 간신히 눈을 뜨고 말했다.

"단운평을 불러주시오."

"여기 있소."

문밖에 조용히 있다가 들어온 단운평은 괴운화 가까이 다가갔다.

"바보 같은 짓을 하셨소. 그 몸으로 있는 힘을 다해 신법을 전개하다니……."

"약속을 지키지 못했지만 연화를 부탁해도 되겠… 쿨럭, 쿨럭."

괴운화를 고통스럽게 기침을 했다. 괴운화가 말하는 약속이란 단첨익의 무덤에 가서 용서를 비는 것을 말했다. 단운평은 가만히 입을 다물고 괴운화를 보았다.

"평아."

단조평의 부름. 하나 방혜주의 눈빛에 단조평은 더 이상 말을 이을 수가 없었다.

"내가 연화를 돌보겠다고 말한 건 당신과의 약속과는 무관한 일이오."

단운평은 몸을 돌려 복도를 걸어갔다. 그의 말에 괴운화는 다시 눈을 감았다.

"이제 연화 네 걱정은 더 이상 안 해도 되겠구나. 이젠 내가 문제인데… 짐이 될 수는 없지."

괴운화의 말에 방혜주는 고개를 끄덕였다. 잠시 후 방 안에는 괴운화와 괴연화, 그리고 방혜주만이 남았다. 괴연화는 자리를 지켜 방혜주의 치료가 끝날 때까지 괴운화의 손을 놓지 않았다.

"양은 충분하겠느냐?"

당거영의 물음에 당공진은 고개를 저었다. 약초도 약초지만 시간이 너무나 부족했다.

"이걸 사용하면 어떻겠느냐?"

당공진은 어느새 자신의 앞에 나타난 인영 때문에 깜짝 놀랐다.

'해독약을 만드는 데 집중하고 있었다고는 하나 이렇게 가까운 거리에 누군가 나타나는 것도 눈치채지 못하다니.'

당공진은 눈앞의 사내가 내미는 세 개의 단약을 보고는 눈이 휘둥그레졌다.

"대환단!"

소림의 비전 단약. 대환단.

각종 영약을 소림의 비전으로 조합해 만든 약으로 한 알이면 무림인은 반 갑자의 내력을 얻을 수 있고 평범한 사람이라면 잔병치레 없이 평생을 보낼 수 있다는 단약이 바로 소림 대환단이었다. 물론 단약 한 알로 내공을 반 갑자나 얻을 수 있을 리 없지만 그 정도로 뛰어난 약임은 틀림없었다.

"이걸 갈아서 몇 가지 약초와 섞으면 훌륭한 해독약이 될 걸세."

소림의 비보, 대환단을 가져온 사람은 당연히 대각 대사였다. 대각 대사의 말에 대환단을 두 손으로 받은 당공진은 약을 만들고 있던 사발을 치우고 새로운 사발을 꺼냈다. 대각 대사의 말처럼 대환단을 섞게 되면 몇 가지 약초를 섞지 않아도 되기 때문에 약을 만드는 시간을 절약할 수 있었다. 또한 대환단의 효능이 워낙에 뛰어나 소량만 복용하더라도 독곡에서 몇 시진은 버틸 수 있는 해독약을 만들 수 있었다.

"풍운회주는 어디 있느냐?"

대각 대사의 물음에 당공진은 자신을 돕고 있던 당이록의 목덜미를 낚아채 대각 대사 앞으로 보냈다.

"네가 안내해 드려라."

대환단을 가져온 덕분에 당이록 한 명이 빠져도 충분할 거라고 생각한 것이다. 당이록은 당공진이 자신을 다루는 모습에 조금 화가 났지만 그런 내색은 하지 않고 대각 대사를 단운평이 있는 연무장으로 안내했다.

"음."

연무장 안에서 부드럽게 움직이고 있는 단운평의 모습에 대각 대사는 감탄하지 않을 수 없었다.

"아직 상처가 덜 아문 건가?"

당이록의 혼잣말에 대각 대사는 고개를 저었다.

"더욱 강해진 것이네."

"예?"

당이록은 대각 대사의 말을 이해할 수가 없었다. 단운평의 지금 모습은 과거의 힘있는 모습과 달랐다. 왠지 힘없는 노인들의 움직임 같기도 하고 기녀들의 춤추는 모습 같기도 한 것이 지금이면 자신도 단운평을 이길 수 있을 것 같았다.

"저렇게 자유롭고 또 허허로울 수 있으니 누가 그를 벨 수 있겠는가?"

대각 대사의 말을 당이록은 알아들을 수 없었다. 단운평은 과거의 그 빠른 움직임을 하고 있는 것이 아니었다.

"회주와 둘이서 이야기를 나누고 싶네."

"알겠습니다."

당이록이 당공진이 있는 곳으로 돌아간 후 대각 대사는 천천히 단운평에게 다가갔다. 그 순간 단운평의 몸이 허공으로 솟구쳤다.

'비의 은혜로움……'

단운평의 몸이 빙그르 돌아 머리가 아래쪽을 향한 순간 단운평의 손이 부드럽게 움직였다.

슈욱.

초식 우(雨)는 과거의 묵빛 비가 아니라 하나의 선을 그리며 바닥을 어지럽혔다.

"이건가?"

풍운뇌력도법의 초식을 하나하나 구분하는 것이 아니라 여섯 초식을 하나로 보고 초식 우(雨)일 때는 부드럽게, 초식 섬(閃)을 펼칠 때는 순간적으로 손목에만 힘을 주는 등의 힘의 배분만으로 펼쳤다. 하지만 단운평으로선 이것으로 풍운뇌력도법이 더 강해진 것 같지가 않았다.

"강해졌구먼."

대각 대사의 말에 단운평이 고개를 돌렸다.

"무슨 소립니까?"

"방금 그 움직임은 물처럼 자연스러웠네. 과거보다 빈틈이 없었지."

쿵.

단운평은 자신이 잘못 생각하고 있었음을 깨달았다. 초식의 완벽함이 아니라 초식 간의 움직임이 중요하다. 그렇다면 자신이 생각해야하는 것은 풍운뇌력도법이 아니었다. 하나의 완벽한 움직임. 그것이 바로 질풍섬각이었다.

틱.

가볍게 바닥을 차고 허공으로 오른 단운평은 부드럽게 손을 뻗어 허공을 격하고는 빙그르 한 바퀴 돌면서 아래로 내려왔다.

쿵.

진각과 함께 단운평의 움직임이 달라졌다. 단운평이 허리를 뒤트는 것에 따라 진각의 힘이 팔로 전달되었다. 이어지는 하나의 선. 대각 대사는 그 자세로 단운평이 조용히 있자 입을 다물고 가만히 그를 바라보았다.

툭.

단운평이 묵뢰를 떨어뜨리자 대각 대사가 놀라 단운평에게 다가갔다.

'설마 또!'

다시 주화입마에 걸리진 않았는지 걱정이 되는 대각 대사였으나 단운평은 움직이지 않는 것이 아니었다. 조금씩 조금씩 움직이고 있었다.

'이거구나.'

근육 하나하나의 움직임에 신경 썼던 단운평의 눈빛이 변했다.

"한번 겨뤄보고 싶군요."

단운평의 말에 대각 대사는 고개를 저었다.

"그가 도착할 시간이 다 되어가네."

"상관없습니다."

다치지 않을 자신이 있단 말이다. 대각 대사는 단운평의 눈을 응시 하다가 손을 치켜들었다. 그 순간 단운평은 앞으로 쏘아져 나갔다. 그 움직임은 과거의 그것보다 늦었지만 위압감은 더욱 컸다. 대각 대사가 단운평의 가슴을 향해 손을 뻗자 단운평은 살짝 옆으로 움직여 이동 궤도를 변화시켰다. 이어지는 대각 대사의 발 공격은 빙그르 돌며 손 으로 막았다.

'뭐… 뭐지.'

대각 대사는 자신의 발이 닿는 순간 단운평의 몸이 솜처럼 부드럽게 느껴지자 힘을 줄 수가 없었다. 마치 버드나무 가지처럼 공격을 흡수 한 단운평은 대각 대사의 공격과 반대 방향으로 움직였던 상체를 대각 대사 쪽으로 움직였다. 그리고 힘껏 진각을 밟았다.

쿵.

가볍게 단운평의 손이 자신의 팔에 닿는 순간의 섬칫한 느낌에 대각 대사는 이를 악물었다. 하나 충격은 없었다.

"질풍뇌력이라… 그렇군. 그랬어."

단운평은 가볍게 포권을 해 보이며 대각 대사에게 미소를 보였다. 미소는 나타난 순간만큼이나 빠르게 사라졌지만 대각 대사는 알 수 있 었다.

'어쩌면 승산이 있을지도 모르겠구나.'

"둘은 하나였습니다."

단조평은 단운평의 뜬금없는 말에 순간 미간을 좁혔으나 이내 얼굴이 밝아졌다. 단운평이 질풍뇌력을 펼칠 수 있게 되었음을 안 것이다.

"수고했다. 이제 승산은 반반이구나. 아, 황룡보에서 사람을 보내왔다."

단운평의 어깨를 두드려 준 단조평은 흐뭇한 미소를 짓다가 당가의 한쪽으로 데려갔다. 중원의 제일 끝에 있는 황룡보 지부에 있던 곽소혜가 보낸 사람은 바로 보서대와 동방호였다.

"오랜만이군."

그의 말에 보서대는 어지럽게 떠들어댔다. 하나 곧 단운평이 단조평을 자신의 조부라 설명하자 보서대는 더 이상 떠들 수가 없었다.

"오랜만이군."

동방호는 단조평은 쳐다보지도 않았다. 그의 눈이 향하는 곳은 오로지 단운평뿐이었다.

"이런 상황에서 다시 만나게 되다니… 다시 겨뤄보는 일은 상상도 못하겠소."

"강해졌는가?"

"그때보다는 강해졌소."

"나도 더 강해졌다. 그러나… 더 약해졌을지도 모른다."

동방호는 갸웃했으나 단운평의 말은 조금도 틀린 것이 없었다. 짧은 순간의 깨달음으로 단운평은 더 강해졌다. 그러나 과거처럼 사람을 베는 것에 망설임이 없지 않게 되어버렸다. 무인에게 있어 그보다 더 약한 모습은 없다.

"모르겠소. 다만 내 상대는 약한 이로 정하지 말아주시오."

동방호는 단운평의 모습이 과거의 그 압도적인 모습과는 달라 조금은 이상했다. 하지만 단운평은 단운평. 더 이상 생각하지 않으려 했다.

"먼저 그들을 급습하는 것이 좋다고 생각합니다."

당이연의 말에 단운평은 고개를 저었다.

"소수로 그들을 치는 건 불가능하다."

연무장에서의 모습과 달리 단운평은 과거 이상으로 차가워져 있었다. 그런 그의 모습에 방혜주는 조금 놀란 듯했으나 단운평이 질풍뇌력을 깨달았다는 단조평의 말에 잠자코 있었다. 질풍뇌력은 방혜주도 체득하지 못한 무공. 더 이상 어떤 조언이 필요하지 않음을 알았기 때문이다.

"적어도 황객 몇 명은 죽일 수 있습니다."

당이연이 말하고 있는 대상은 단운평이 아니라 당거영이었다.

"불가!"

이번에도 단운평은 불가하다고 말했다. 그러나 당이연은 여전히 당거영을 바라보았다.

"회주, 이 녀석에게 생각이 있는 것 같은데……."

"불가!"

단운평의 목소리가 높아졌다. 그런 그의 태도에 당이연의 목소리도 커졌다.

"독문의 당이연이 아니라 당가의 당이연으로 말씀드리는 겁니다."

단운평에게 상관치 말하는 말이다. 하나 단운평은 그럴 수 없었다.

"자귀자라 그랬나?"

단운평의 말에 당이연은 흠칫했다. 그리고 당거영과 당공의, 그리고 당이록은 놀란 눈으로 두 사람을 바라보았다. 자귀자라면 과거 단운평이 언하두와 겨룰 때 언하두가 사용한 것이다. 폭약과 비침으로 구성된 그것은 폭약의 폭발력으로 비침을 날리는 것으로 동귀어진의 수에 사용되는 것. 결국 당이연은 동귀어진하겠다는 말이었다.

"호신갑을 입고 갈 겁니다."

단운평은 고개를 저었다.

"분명 한 명이라도 더 죽이기 위해 그들 한가운데에서 자귀자를 쓸 생각이겠지. 목숨 이상으로 소중한 당가를 위해."

단운평의 말에 당거영과 당공의는 당이연의 눈을 바라보았다.

"나도 불가다."

당거영은 당이연을 사지로 보낼 수 없었다.

"당가를 위함이 아니라 회주를 위함이오."

당이연의 눈이 단운평을 향했다. 단운평은 가만히 그를 바라보았다.

"나와 열한 명의 동료는 원래 어둠 속에 있어야 할 존재. 당신으로 인해 밝은 곳으로 나올 수 있었소. 그 보답을 지금 하려는 것이오."

당가십이수. 독문. 그것의 존재는 당가를 위해 어둠 속에서 일하는 것에 있다. 그러나 단운평은 그들을 양지로 끌어내었다. 지금 강호에서는 당이연을 이렇게 부르고 있다.

일수참월 당이연.

단 한 번에 달도 베어버리는 귀신같은 사내. 냉혹하고 정확한 쾌검을 쓴다고 알려진 것은 단운평과 떨어져 황군명 등과 함께했을 때였지만 당이연이라는 존재가 널리 알려지게 된 것이 단운평 때문이라는 사실을 부정하는 이는 아무도 없었다. 훗날 다시는 양지로 나오지 못하게 되더라도 평생을 음지에게 살겠다고 결심했던 당이연에게 이것은 더없는 선물이었다.

"내게 할 보답 따위는 없다. 아니, 만에 하나 있더라도 생명을 요구하지는 않는다."

단운평의 고개를 돌려 방을 나섰다. 그가 방을 나선 이후 당이록이 그를 노려보았다.

"무슨 생각을 하는 건가!"

"네가 신경 쓸 일이 아니야."

당이연의 말에 당이록의 얼굴이 무섭게 변했다.

"싫든 좋든 우리는 사촌이고 네가 죽겠다는 걸 그냥 두고 볼 수 없어."

"헛소리. 너와 무관한 이야기다."

당이연은 차갑게 당이록에게서 고개를 돌렸다. 하지만 당이록은 당이연에게서 고개를 돌릴 수 없었다.

"누군가 자신의 생명을 포기하는 것을 형님께서 바라는 일이라고 생각하는가?"

당이록의 무거운 목소리에 당이연은 아무런 대답도 하지 못했다. 포기하는 것, 그것은 단운평이 절대로 원하지 않는 것이다. 그렇지 않았다면 처음부터 초류염과 화엽상에 대항하는 행동 따위는 시작조차 하지 않았을 것이다.

"승리할 가능성이 없다고 생각하는 것 같군."

황군명의 갑작스런 말에 당이연은 몸을 돌렸다.

"무슨 소리냐?"

"질 것이 뻔한 싸움이니 먼저 죽겠다는 것 아닌가? 승산이 있는 싸움이라면 생명을 거는 행동 따위는 하지 않을 테니."

황군명의 말에 당이연은 고개를 저었다.

"이미 질 것 같다면 회주를 데리고 이곳을 떠나겠지. 황객들을 처리하면 승산이 있을 거라고 생각하는 것뿐이다."

당이연의 반박에 이번에는 관평위가 나섰다.

"멍청하군."

관평위는 그 한마디만 남기고 방을 나섰다. 그런 관평위의 모습에 당이연은 급히 그의 뒤를 따랐다.

"뭐라고 그랬소?"

관평위의 앞을 막아서고 묻는 당이연. 하나 관평위는 그의 옆을 지나쳐 갔다.

"무시하는 거냐?"

당이연은 살기를 뿜어냈다. 하나 관평위는 여전히 당이연을 돌아보지 않았다.

"죽기로 결정한 자가 나 따위는 신경 쓰지 않아도 되지 않은가?"

"뭐가 불만이오?"

당이연은 날카롭게 소리쳤다.

"동귀어진이라… 과연 좋은 방법이군. 아마 운평이는 죄책감을 가지고 살아가겠지. 자신이 죽인 사람 한 명, 한 명을 기억하는 녀석이니 당신의 얼굴도 끝까지 기억해 줄 거요."

당이연으로선 처음 듣는 말이었다.

'죽인 사람 모두를 기억하고 있다고?'

물론 단운평이 모두의 얼굴을 다 기억할 리가 없다. 관평위의 말은 죽은 사람의 수나 어떻게 죽였다는 것을 나름대로 기억하고 있다는 말이다. 일반적으로 무인은 자신이 죽인 사람을 최대한 잊으려고 노력한다. 그렇지 않고선 다른 사람을 벨 수가 없다. 그런데 단운평은 그들을 기억하려 최대한의 노력을 하고 있었다.

"자신의 생명을 버리는 것도 좋겠지만 운평을 위해서 그런다는 소리는 하지 마시오."

그리고 관평위는 사라졌다. 당이연은 가만히 관평위의 말을 되새기고 있었다.

"대충 다 만든 것 같군. 어서 풍운회 식솔들을 독곡으로 보내야겠어."

당공진의 말에 당가의 무인들은 만들어놓은 해독약을 들고 무공을 익히지 않은 자들에게 나눠 주었다.

"난 독곡이란 곳으로 가지 않으련다."

사후락의 말에 단운평은 약을 내밀었다.

"부탁드립니다."

손을 내민 채 고개를 숙이는 단운평. 그런 그의 모습에 주변은 조용해졌다.

'형님이 고개를 숙이는 날이 올 거라고는 생각하지 못했는데…….'

당이록의 생각은 사후락과 같았다. 한숨을 쉰 사후락은 어쩔 수 없다는 듯 약을 삼켰다.

"회주! 멀리서 먼지가 피어오르는 것이 보인다는 보고가 들어왔소."

당공의의 말에 단운평은 급히 당가의 정문으로 달려갔다.

"선발대인 것 같군. 대각 대사님, 금강동인은 어디에 있습니까?"

단운평의 물음에 대각 대사는 당가 밖으로 나갔다. 그리고 손을 들어 올리며 사자후를 토해내자 천지가 요동쳤다.

"소림의 혼을 보여라."

대각 대사의 말에 당가와 적들 사이에 열여덟 명의 무인이 어느새 서 있었다. 각기 검과 봉을 비롯한 각종 무기들을 들고 있는 그들의 모습은 금세 말발굽에 짓밟힐 듯 위태로워 보였다.

"선발대는 금강동인들에게 맡겨두겠습니다."

단운평은 천천히 준비를 하고 풍운회 무인들과 함께 독곡 쪽으로 이동하기 시작했다.

"멍청한 녀석들."

선발대 서른 명이 단 열여덟 명에 의해 쓰러졌다는 소식에 초류염은 화가 치밀었다. 전력에 큰 손실은 없지만 그들이 쓰러졌다는 소리에 천앙의 무인들을 뒤따르던 정파인들이 웅성대기 시작한 것이다. 게다가 그 소식을 전한 사람이 막아선 것이 금강동인이라는 쓸데없는 이야기까지 하는 바람에 동요는 더욱 커지고 있었다.

"기어코 쓸데없는 일을 벌이고 말았군."

천앙의 뒤를 따르던 송철 대사의 눈이 차갑게 빛났다. 장문인인 자신이 허락하지 않았건만 소림금강동인을 불러들였다는 건 장문인의 권한에 도전하는 행위다.

"팔대호원! 십계십승!"

소림 장문인을 언제나 호위하는 팔대호원과 승려들이 지켜야 할 열 가지 계율을 관리하는 십계십승은 송철 대사의 명에 불호를 읊조렸다.

"금강동인을 막아라."

누가 뭐래도 강호제일고수는 철혈무제. 그에게 잘 보이기 위해 노력했던 수많은 일들이 대각 대사로 인해 순식간에 무너지자 송철 대사는 무모한 명을 내리고 말았다. 아무리 팔대호원과 십계십승의 무공이 뛰어나다고는 하나 전설의 금강동인에는 미치지 못한다. 하지만 녹옥불장을 가진 장문인의 지위가 있는 이상 팔대호원과 십계십승은 송철 대사의 명을 따를 수밖에 없었다.

"일단 소림의 발을 묶은 것 같군. 준비된 건가?"

단운평의 물음에 서문가, 남궁가, 당가 등의 세가들과 마랑대, 금마대와 같은 풍운회주 직속의 무인들은 호흡을 가다듬고 전투를 준비했다.

"우리가 먼저 가겠습니다, 회주."

말을 탄 요호는 왼손으로 고삐를 쥐고 오른손엔 창을 들었다. 그가 나서자 마랑대의 무인들이 일순간에 일어나 어깨를 흔들며 앞으로 나가기 시작했다.

"함께 가는 겁니까?"

단운평의 물음에 온몸에 붕대를 감은 권중을 말에 태우던 형의후가 고개를 끄덕였다.

"말년에 생긴 제자 녀석이 죽는 꼴을 앉아서 볼 수는 없지."

형의후는 어느새 권중과 사제의 연을 맺었던 것이다.

"조심하십시오."

단운평의 말에 고개를 끄덕여 보인 형의후는 요호에게 손을 들어 신호를 보냈다.

"가자!"

요호의 외침과 함께 마랑대가 움직였다.

적객을 맡고 있는 마랑대를 중심으로 좌측에는 남궁가와 서문세가 등이 청객들과 맞서고 있었고, 우측은 단운평을 비롯한 절정의 고수들이 포함된 금마대가 싸우고 있었다.

"빌어먹을."

황군명은 자신이 의도했던 진법과는 상관없이 일렬로 늘어선 채 싸우고 있는 이들을 보고 발을 굴렀다. 그러나 그것은 어쩔 수 없는 일이었다. 천앙의 무리들이 정문을 노리고 달려들 거라는 예상과는 다르게 일렬로 늘어서 공격한 것은 천앙 무인들 개개인의 힘이 풍운회의 무인들보다 강하다는 자신감에서 비롯된 것. 자신보다 많은 수의 병력이 일렬로 늘어설 경우 한쪽이라도 뚫리게 되면 무공을 모르는 이들이 희생될지도 모를 일이었다. 그것을 단운평이 허락할 리가 없었다. 황군명은 보서대와 함께 당가를 둘러싼 벽에 올라 궁수들이 활을 쏘아야 할 시기만을 노리고 있었다.

"죽어라!"

단운평을 향해 도끼를 내려치는 사내. 단운평은 뒤도 돌아보지 않고 묵뢰를 휘둘렀다.

서걱.

도끼와 함께 일도양단된 사내가 피를 쏟아냄에도 불구하고 천앙의 무인들은 조금의 주저함 없이 달려들었다. 연신 묵뢰를 휘두르던 단운평은 쏟아져 오는 적들 틈에 초류염이 보이지 않는다는 것을 깨닫고 허공으로 솟구쳤다.

'저기군.'

싸움터에서 멀찌감치 떨어진 곳에 서 있는 초류염을 순간적으로 본 단운평은 아래로 묵뢰를 힘껏 휘둘렀다.

'구름은 비를 부르고 비는 천하를 적시니……'

초식 우(雨)가 펼쳐지자 빽빽이 모여 있던 무인들은 급히 뒤로 물러섰다. 단운평이 허공에 솟구친 동안은 기회가 아니라 죽음의 시간이라는 건 이미 천앙에도 알려져 있었던 것이다. 단운평은 바닥에 발이 닿는 순간 힘껏 도를 휘둘러 공간을 마련한 뒤 빙그르 돌며 묵뢰를 휘둘렀다. 연무장에서 보였던 죽음의 춤. 그러나 적의 인원이 많아 묵뢰의 움직임은 자꾸만 막혔다.

"독이다. 독을 쓸 수밖에 없다."

당이연은 연신 검을 휘두르면서 품속에 있던 하얀 병을 꺼냈다. 단운평 때문에 자귀자를 사용할 수는 없지만 암기가 아닌 독을 사용하기로 한 것이다.

펑.

당이연이 하얀 병을 터뜨리자 비명이 곳곳에서 터져 나왔다. 그리고 당이연의 명에 따라 다른 당가십이수들도 독을 사용하기 시작했다.

'아……'

순식간에 쓰러지는 천앙의 무리들. 단운평은 자신의 생각이 맞았음을 알 수 있었다.

"후퇴하라!"

단운평의 외침에 창을 휘두르던 요호와 서문호, 그리고 각 세가의 장문인들이 함께 외치자 풍운회 무인들은 조금씩 뒤로 물러나기 시작했다.

'승부는 독곡에서다.'

과거 단운평이 독에 노출되었을 때 중독 현상이 다른 이들보다 훨씬 빨랐다. 그것은 바로 역류만자침법이 혈액의 흐름을 빠르게 하기 때문이었는데, 천앙의 무인들 역시 같은 현상을 보였다. 당이연이 사용한 독은 반응이 느리게 나타나는 것이었는데도 단운평의 짐작대로 엄청나게 빠른 반응을 보였던 것이다. 황군명과 단운평이 일행을 독곡에 데려가서 싸우면 승산이 있으리라 본 것도 바로 그것 때문이었다. 문제는 천앙의 무인 외에도 초류염의 전력이 많다는 것인데, 그들은 힘으로 누를 수밖에 없었다.

"무슨 생각으로 이러시는 겁니까?"

송철 대사의 말에 대각 대사는 한숨을 쉬었다.

"소림사는 정의(正義)를 위해 목숨을 바친 이들로 인해 지금의 위치에 이르렀다. 그런데 넌……."

"이미 소림은 죽어가고 있습니다. 천하에 누가 소림을 두려워합니까? 소림은 존경의 대상일 뿐 두려움의 대상은 되지 못하고 있습니다. 소림의 힘을 보여야 할 때입니다."

송철 대사의 말에 대각 대사는 한숨이 나왔다.

"아미타불. 소림의 방장이라는 자가 명예욕에 사로잡혀 있었다니…처음부터 소림의 아이들이 잡혀간 것이 아니었던 것이냐?"

대각 대사의 물음에 송철 대사는 녹옥불장을 치켜들었다.

"장문인으로 명하니 금강동인은 대각을 잡아들여라."

하나 금강동인들은 송철 대사의 명에 아무런 반응을 보이지 않았다.

"어리석구나. 금강동인이 천하에 나온 적이 드문 것은 그들을 통솔

하는 권한을 가진 자가 소림주지승이 아니라 장경각주이기 때문이다."

대각 대사가 손을 치켜들자 금강동인들이 빠르게 송철 대사를 향해 움직였다.

'스승님께서는 이미 송철이란 아이의 됨됨이를 알고 계셨군요.'

대각 대사의 스승은 바로 지현 대사. 대각 대사가 송철을 차기 장문 인으로 지정하겠다고 했을 때 지현 대사는 고개를 저었었다. 그때는 지현 대사의 생명이 얼마 남지 않았던 때라 정신이 흐릿해서 그런 줄 로만 알았다. 누가 보기에도 송철의 자질이 가장 우수했기 때문이다. 하나 지현 대사는 송철의 욕심을 알아보고 있었던 것이다.

"소림의 제자에게 묻노니, 녹옥불장이 가지는 힘이 천년소림의 정의 보다 강한 것인가?"

대각 대사의 외침에 어지럽게 주먹을 휘두르던 소림의 제자들은 동 작을 멈추고 말았다. 전대 소림 장문인이 녹옥불장의 권위를 부정하고 나선 것은 긴 소림의 역사에서 단 한 번도 없었던 일이다.

녹옥불장은 소림 장문인의 권한을 표현하는 상징이었다. 녹옥불장 의 권위로 내려진 명을 위해서 소림의 제자는 물이든 불이든 뛰어들어 야 했다. 소림제자의 생사여탈권을 가진 것이 바로 녹옥불장이라 해도 과언이 아니었다. 그런 녹옥불장의 권한에 대해 대각 대사가 질문을 던져 왔다.

소림은 정의를 추구하는 것인가 녹옥불장을 따르는 것인가.

단 한 번도 제기된 적 없는 물음. 처음인 것은 당연한 일이었다. 녹옥 불장은 언제나 정의로운 일만을 해왔음으로. 하지만 지금은 아니었다.

"어째서 제갈세가가 저들을 따르는 건가?"

자신의 목을 노리고 날아드는 검을 쳐낸 서문항비의 물음에 제갈세가의 가주 제갈천휘는 벽력도를 막아내며 소리쳤다.

"우리 제갈세가의 무공이 다른 세가보다 한 수 밀린다는 건 알고 있는 일. 철혈무제의 그늘이 없었다면 이미 천앙에 멸문당했을 것일세."

"이미 승산은 반반, 이왕이면 옳은 편에 서는 게 좋지 않겠는가?"

서문항비의 말에 제갈천휘는 고개를 저었다.

"철혈무제가 있는데 어째서 승산이 반반이란 말인가. 이미 철혈무제의 승산이 구 할 이상일세."

철혈무제라는 절대고수가 있는 한 순식간에 승부가 결정될지 모른다. 단운평을 비롯한 풍운회의 수뇌부가 초류염에 의해 죽게 된다면 이 싸움이 순식간에 끝난다는 걸 제갈천휘는 알고 있었던 것이다. 하지만 제갈천휘도 알지 못하는 것이 있었다.

"풍룡이라는 아이의 실력이라면 초류염도 쉽게 생각할 수 없을 걸세. 거기에 풍운객과 파황이 아직 우리 편이라네."

척.

제갈천휘의 검이 멈추었다.

"파황이라고 했는가?"

제갈천휘는 괴운화를 알고 있었다. 만난 적은 없지만 그의 힘과 두뇌, 그리고 초류염과의 관계에 대해서 너무나 잘 알고 있었다. 그가 단운평의 편이라면 서문항비의 말처럼 확률은 반반이다. 다만 제갈천휘는 괴운화의 몸 상태를 알지 못하고 있었다.

"평위! 길을 만들어주게."

단운평의 외침에 관평위는 세류편을 휘두르며 앞으로 달려나갔다.

지금껏 앞으로 나가지 않은 건 천앙의 무인들이 당가 쪽으로 가는 것을 막기 위함이었는데, 그가 앞으로 나감으로써 몇 명의 천앙의 무인들이 당가 쪽으로 향했다.

팅. 팅.

보서대가 가볍게 쏜 화살은 무서운 속도로 날아가 당가에 접근하던 천앙의 무인의 눈을 꿰뚫었다. 아무리 신체를 단련한다 하더라도 강해지지 않는 곳 중에 한 곳인 눈. 역류만자침법도 마찬가지였다.

차르륵. 차륵.

양손에 들린 세류편을 연신 휘두르는 관평위는 상대를 죽이기보단 세류편을 휘둘러 상대가 물러나도록 하고 있었다.

"잠깐."

단운평은 급히 움직여 관평위의 머리 위를 뛰어넘었다.

챙.

관평위는 잠시 어리둥절했으나 뒤에서 달려드는 무인을 향해 세류편을 휘둘렀다.

"하앗!"

단운평은 묵뢰를 후려친 것이 초류염의 검기라는 사실에 놀라며 앞으로 달려나갔다.

'저 거리에서 검기가 도달하다니.'

십여 장이 넘는 거리에 있는 초류염의 검기가 묵뢰를 울릴 정도라니, 단운평은 등에 식은땀이 흐를 지경이었다. 하지만 질 수는 없었다. 자신이 지게 되면 죽게 될 사람이 너무 많았다.

"따라오너라."

단운평의 대답은 듣지도 않고 어디론가로 향하는 초류염. 단운평은 그런 그의 뒤를 따라 움직였다.

"어째서 그때 죽이지 않은 겁니까? 당신도 도왕도 왜 날 죽이지 않았는지 알 수가 없습니다."

지금 생각해 보면 자신을 이용하기 위함이라는 말은 거짓이 분명했다. 누군가를 이용하지 않아도 초류염이나 화엽상은 충분히 강했다.

"나나 죽은 도왕이나 자네 조부인 풍운객에게 긴 세월 동안 패배감을 가졌다네."

"조부님께 승리했으니 그런 감정은 되갚아준 것 아닙니까?"

"우리는 훨씬 긴 시간을 힘들어했지."

단운평이 긴 시간 패배감에 젖어 살기를 바랐다는 것이다.

"하지만 이렇게 돌아왔습니다."

초류염은 고개를 끄덕였다. 그들이 미처 생각하지 못한 것은 단운평은 압도적인 힘에 패하더라도 패배감에 휩싸일 수 없었다는 것이다. 그에게는 파황이라는 불공대천의 원수가 있었기에 패배감에 휩싸일 여유가 없었다. 그리고 그것을 알고 죽이려 했을 땐 단운평은 너무나 거물이 되어 있었다.

"더 궁금한 건 없는가?"

초류염은 곧 죽을 사람 소원을 들어준다는 듯 말했다.

"황궁에 있던 초위목이라는 사내는 당신과 어떤 사이입니까?"

단운평의 물음에 초류염의 표정이 굳어졌다.

"네가 어째서 그 이름을 알고 있느냐?"

무거운 음성. 단운평은 대각 대사에게 들은 말을 전했다.

"음… 멍청한 녀석. 그리 쉽게 들통나다니… 그래서 내가 무공을 익히라고 했건만."

초위목은 초류염의 단 한 명의 피붙이. 바로 그의 조카였다. 사실 초
류염은 학자 가문의 자손으로, 전쟁으로 인해 가문의 사람들이 모두 죽
고 초류염과 초류염의 동생만이 살아남았었다. 우연히 은둔 생활을 하
던 검치 만옹과 만나 그의 제자였던 괴운화와 함께 수련을 했었다. 수
련을 마치고 동생을 찾았을 때는 동생은 이미 죽고 어린 조카만이 남
아 있었다. 초류염은 자신의 조카를 절정고수가 되도록 가르치려 했지
만 초위목은 언제 죽을지 모를 무림보다 학문을 통해 성공하고 싶다고
했다. 시간이 흘러 초류염이 철혈무제라는 칭호를 얻자 초위목도 높은
위치가 되고 싶어했고 초류염은 그런 그의 소원을 들어주고 싶었다.

"더 이상 물어볼 게 없으면 시작하자."

초류염은 마음을 가다듬고 단운평을 노려봤다. 초위목이 잡혔다면
자신 역시 위험할지 모른다. 황군으로부터 안전하기 위해서는 단 한
가지 방법밖엔 없었다. 무림의 절대자가 되어 관의 힘이 미치지 못하
도록 하는 것. 초류염은 천천히 백아를 들어 올렸다.

"이런."

단조평은 주변을 둘러보다 단운평과 초류염의 모습이 보이지 않음
을 깨닫고 급히 손을 휘둘렀다.

퍼벙.

폭음과 함께 뒤로 물러났던 백객은 다시금 앞으로 달려들었다. 그런
단조평의 모습에 괴운화도 합세하여 그들을 공격했지만 그들을 뚫고
지나가는 일은 결코 간단하지 않았다.

피익.

날카로운 휘파람 소리. 동시에 날아드는 한 사내. 그의 이름은 혁련 고흥이었다.

픽. 피익.

두 번의 휘파람 소리에 백객과 흑객 일부의 입에서 같은 휘파람 소리가 들렸다.

"엇."

상당수의 흑, 백객이 옆으로 비켜서며 하나의 길을 만들었다. 단조평과 괴운화는 서로의 얼굴을 바라보다 앞으로 달려갔다. 두 사람에게 지금 일어난 일의 원인은 중요한 것이 아니었던 것이다.

"자… 이젠 저들이 문제인데……."

아직 혁련비에게 포섭되지 않은 이들도 많이 있었기에 혁련고흥은 부지런히 움직일 수밖에 없었다. 흑, 백객 중에 포섭되지 않은 이들은 대부분 사파의 무인이거나 세뇌를 풀 수 없는 이들. 그들에게 쓰는 손속에는 조금의 자비도 필요없었다.

"윽."

요호는 자신의 창을 도끼로 후려갈긴 사내를 보며 집중력을 높였다.

'강하다.'

의복 색을 보아 상대는 바로 황객. 요호는 황군명에게 들었던 말을 떠올리며 천천히 뒤로 물러섰다. 혹시나 뒤에서 있을지 모를 기습에 대비해 힐끗 뒤를 돌아본 요호의 눈에 당가의 벽 너머로 펄럭이는 붉은 기(旗)가 들어왔다.

"산(散)!"

요호의 날카로운 외침에 앞에 있던 황객은 잠시 움찔했으나 그 의미를 알 수 없었기에 그저 도끼를 들어 올릴 뿐이었다.

"흩어져서 당가로 되돌아간다!"

당공의의 외침에 각 세가들의 무인들은 천천히 뒤로 물러나면서 옆으로 피했다. 일렬을 이뤘던 집단의 가운데가 뚫리자 적객들이 순식간에 앞으로 밀고 들어갔다.

붕.

무거운 소리와 함께 도끼는 요호의 머리를 노렸다. 요호는 단운평의 묵뢰를 떠올리며 도끼가 창대에 닿는 순간 비스듬히 비틀어 충격을 흘려보냈다.

파바박.

요호의 창이 화려하게 움직이자 황객은 도끼를 들어 올려 급히 창을 막았다.

티디팅.

연신 도끼를 두드려 대는 요호의 창 때문에 황객은 도끼를 제대로 휘두를 수가 없었다.

'속도는 힘을 제압한다.'

요호는 단운평의 힘을 제압할 방법을 계속 생각했었다. 그리고 자신이 내놓은 대답을 시험할 상대를 압박해 나갔다.

"하앗!"

서문호는 힘껏 도를 내려쳤다. 하나 상대인 황객은 가볍게 뒤로 물러났다가 앞으로 달려들며 도를 휘둘렀다.

팅.

도를 들어 막아낸 서문호는 단운평과의 비무를 떠올렸다. 황객의 움직임은 그때의 단운평과 비슷했다. 고속 전진과 고속 후퇴. 서문호는 단운평이 시켰던 수련법을 떠올렸다.

파박.

힘껏 상대를 밀어낸 서문호는 갈지자로 움직이며 도를 휘둘렀다. 자신있게 휘두른 도는 황객의 전신을 압박했다. 서문호는 어떤 자세에서도 원하는 곳을 공격할 자신이 있었다. 그런 수련을 했었다. 그리고 그것은 안정된 자세에서만 제대로 된 무공을 펼쳐 낼 수 있는 황객으로 하여금 적지 않은 압박감을 주었다.

파바박.

황객은 힘차게 도를 휘둘렀다. 하나 어떤 자세에서도 원하는 곳을 공격할 수 있다는 것은 반대로 어떤 자세에서도 제대로 된 수비를 할 수 있다는 말, 황객의 도는 서문호의 생명을 위협할 수 없었다. 서문호의 움직임이 빨라지며 황객은 점점 더 공격하기가 힘들어졌고 동시에 수비하기도 어려워졌다.

'이것이었다!'

서문호는 황객의 빈틈이 점점 더 늘어남을 알 수 있었다.

순식간에 당가 안으로 밀고 들어간 청객과 적객들은 당가 안쪽에 보이는 인영 때문에 힘껏 앞으로 달려갔다.

"저기다!"

멀리 보이는 인영. 적객과 청객들은 그 인영의 주인이 황군명이라는 것을 알지 못했다.

"윽."

독곡까지 황군명을 따라온 적객과 청객들은 순식간에 가슴이나 목을 부여잡고 쓰러졌다.

"독이다!"

"기관이다!"

비명과 고성. 적객과 청객들은 되돌아 나가고 싶었지만 기관이 동작하면서 이미 돌아갈 길은 없었다. 아니, 돌아간다 할지라도 당거영을 비롯한 당가인들이 입구를 막고 있었으니 탈출은 쉽지 않은 일이었다.

"빌어먹을."

철동 여성우는 코를 찌르는 냄새에 코를 부여잡고 있다가 황군명이 뛰어 들어오자 철퇴를 부여잡았다.

"얼마나 됩니까?"

광우령의 물음에 황군명은 거친 숨을 이를 악물어 가다듬고선 대답했다.

"이곳에 들어온 자들은 백여 명입니다. 나머지 사람들은 아직 당가 안에 있습니다."

약을 복용했다 하더라도 독곡 안에서는 크게 호흡해서는 안 된다. 독초들의 미세한 꽃가루가 가득했기 때문이다. 더구나 열심히 조제했지만 약의 양이 많지 않아 무공을 익힌 이들에게는 극소량을 주었다.

"이곳이……."

퍽.

모습을 드러낸 사내는 여성우의 철퇴에 머리통이 부서져 버렸다. 여성우와 그의 부하들이 서 있는 곳은 복잡한 독곡에서도 핵심적인 곳이었다. 이곳이 무너지면 안에 있는 무공을 모르는 이들의 생명이 위험해진다. 여성우가 몇 명을 놓칠 수도 있다는 가정 하에 동방호가 지키고 있지만 여성우와 광우령의 책임감은 매우 컸다.

"죽어라!"

검과 도를 든 청객과 적객의 실력은 절대로 만만하지 않았다. 과거 단운평에게도 결코 만만치 않은 적이지 않았는가. 다행히 독 기운 때문에 어느 정도 실력이 줄어들어 있고 괴물 같은 회복력이 보이지 않지만 그 실력은 충분히 위협적이었다.

"수가 너무 많습니다."

당공의는 당가 안을 가득 메운 적객과 청객을 향해 연신 비도를 날리며 당거영에게 소리쳤다.

"어쩔 수 없다. 금마대와 세가의 힘만으로 이들을 칠 수밖에."

금마대는 당가의 벽과 건물에 올라 연신 화살을 쏘고 있었는데 적의 수가 너무 많아 세가인들도 하나둘씩 쓰러질 수밖에 없었다.

"독왕, 우리에게도 기회를 주시겠소?"

목소리의 주인은 바로 대각 대사였다. 그의 손에는 녹옥불장이 들려 있었다. 대각 대사는 송철 대사의 장문인 직을 박탈하고 전대 방장으로서 그 권한을 대행하고 있었다.

"도와주겠다면 감사하오."

당거영의 말에 대각 대사는 크게 소리쳤다.

"나한진을 펼쳐라!"

나한진은 소림을 대표하는 진으로 크게 대나한진과 소나한진으로 나뉜다. 소나한진은 열여덟 명의 나한, 즉 십팔나한이 하나의 진을 이루며 대나한진은 이 소나한진 여섯 개를 합쳐 만든 진으로 백팔나한진이라 불리기도 한다. 단 한 번도 깨어진 적이 없다는 전설의 나한진. 비록 단운평에 의해 불파(不破)의 전설에 흠집이 생겼지만 여전히 대나한진이 가지는 힘은 컸다.

"예!"

백팔나한들의 우렁찬 외침에 당가가 울렸다.

"이것이 소림이다."

당거영이 백팔나한들을 바라보는 당공의에게 말하자 당공의는 고개를 끄덕였다. 대각 대사는 대나한진이 펼쳐지며 청객과 적객들이 제압되어져 가자 급히 고개를 돌렸다. 한쪽에서는 금강동인들이 여섯 명의 황객을 제압하고 있었다. 대각 대사는 금강동인들의 뒤로 흑객 몇 명이 다가가자 급히 그쪽으로 이동했다. 그런 대각 대사의 움직임에 앞서 당거영과 당공의도 그곳으로 움직이고 있었다.

"대단하구나."

초류염은 물 흐르듯 부드러운 단운평의 움직임에 순수하게 감탄했다. 과거 초류염은 단 한 수에 단운평을 제압한 적이 있었다. 그렇기 때문에 단운평의 움직임을 제대로 본 적이 없었다.

"역시 최강이라는 칭호를 가질 만합니다."

천하의 화엽상도 자신의 도를 이처럼 완벽하게는 피해내지 못했었다. 빠른 공격에 화엽상은 신경을 집중했었다. 그러나 초류염은 의식하지 않고 자연스럽게 피해내고 있었다. 마치 묵뢰가 초류염을 피해가는 것처럼 보일 지경이었다.

"사부는 나를 천재라 그랬지. 하지만 넌 그 나이의 나 이상으로 강하구나."

"당신은 강해지기 위해 수련을 했고 나는 살기 위해 수련을 했으니까."

"글쎄. 나 역시 살아가기 위해 수련을 했었다."

초류염은 백아를 바라보고는 다시 묵뢰를 바라보았다.

"이제는 이것밖에 남지 않았구나. 그래도 이거 하나면 난 다시 정상에 설 수 있다."

초류염의 눈에 혈광이 폭사되었다.

펑.

무의식적으로 들어 올린 묵뢰가 백아를 막아냈다. 단운평은 기척이 느껴지는 곳을 향해 힘껏 묵뢰를 던졌다.

팅.

초류염이 백아로 묵뢰를 쳐내고 단운평이 있던 쪽을 바라보는 순간 이미 단운평의 발바닥이 묵뢰의 끝을 밀어내고 있었다.

슝.

무서운 속도로 되돌아가는 묵뢰를 초류염이 옆으로 움직여 피한 순간 단운평의 어깨가 초류염의 가슴을 향해 들어가고 있었다. 초류염은 백아를 휘두르긴 너무 늦은 시간이라 왼발을 바닥에 찍고 빙그르 돌아 단운평의 어깨를 피하고는 백아를 내려쳐 단운평의 등을 베려 했다.

휘리릭.

몸을 뒤집어 백아를 간신히 피한 단운평은 그대로 바닥에 몸을 굴려 묵뢰를 들고 일어섰다. 가볍게 옷을 털던 단운평은 허공을 가득 메운 백아의 환영에 급히 뒤로 물러섰다. 하나 그것은 잘못된 선택이었다. 한 걸음 뒤로 물러선 순간 수백 개의 백아가 사라진 대신 하늘을 덮을 정도로 거대한 백아가 단운평에게 다가오는 것이 아닌가. 단운평은 이를 악물고 묵뢰를 앞으로 세우고 앞으로 달려갔다.

쾅.

폭음과 함께 단운평의 몸이 뒤로 날아갔다. 바닥에 나뒹군 단운평은 등 쪽에서 느껴지는 고통을 참으며 천천히 몸을 일으켰다.

"어떻게 막았느냐?"

초류염은 단운평이 자신의 공격을 보지 못했음을 확신했다.

"퉤."

단운평은 부러진 이와 입 안이 찢어진 바람에 입 안 가득 고인 피를 뱉어내고는 목을 부드럽게 돌렸다.

"당신이라면 분명 목을 공격할 거라 생각했습니다."

단운평의 말에 초류염은 고개를 끄덕였다. 초류염이 단운평과 칼을 대는 순간 목을 베고 싶다는 생각을 했던 것이 사실이었다.

"다음에도 막을 수 있겠는가?"

초류염의 말에 단운평은 차가운 미소를 지으며 되물었다.

"다음에도 막을 수 있을지 시험해 보십시오."

쇄액.

"윽."

단운평은 이번에도 간신히 백아의 모습을 볼 수 있었다. 이어지는 백아의 공격에 단운평은 묵뢰를 부지런히 움직였다. 한순간 백아의 공격이 멈춰지며 백아가 허공을 가득 메웠다. 단운평은 절대 뒤로 물러나지 않겠다는 결심을 하며 눈을 감았다 뜨면서 힘껏 도를 움직였다.

티디팅. 콰쾅.

도와 검이 부딪치는 소리에 이어지는 폭음. 여섯 글자의 초식에 숨겨진 수비식 폭운을 순간적으로 펼친 단운평이었다. 단운평은 손목이 얼얼함을 느끼며 초류염을 바라보았다. 초류염 역시 손목을 부드럽게 돌리고 있는 것이, 적지 않은 충격을 받은 것 같았다.

"도왕이 자네에게 재밌는 것을 많이 보여줬던 것 같더군. 내 것도 보겠느냐?"

"방금 그걸로도 충분합니다만."

단운평은 손가락에만 힘을 주고 팔 전체에서는 힘을 뺐다. 초류염은 그런 단운평의 모습을 보다 힘껏 백아를 던졌다. 초류염처럼 단운평도 백아를 튕겨냈다. 그리고 초류염의 모습을 찾던 단운평은 초류염의 양손이 자신의 복부에 닿으려 하자 있는 힘을 다해 무릎을 차올렸다. 단운평이 복부에 충격을 입고 뒤로 튕겨짐과 거의 동시에 초류염은 왼손목을 움켜쥐고 뒤로 물러났다.

"크웩. 쿨럭… 쿨럭… 역시나 대단하군."

주르륵.

단운평은 입에서 흘러내리는 피를 닦아냈지만 기침과 함께 다시금 피가 흘렀다. 가볍지 않은 내상을 입은 것이 틀림없었다.

"큰일 날 뻔했구나."

초류염은 자신의 손목에 통증은 있지만 부러진 것은 아니라는 사실에 안도하며 단운평을 바라보았다.

"이번에는 피하지 못하겠구먼."

초류염의 말에 단운평은 반박할 수 없었다. 분명 이번 공격은 단운평이 막아낼 수 없을지도 몰랐다.

"멈춰라!"

일갈과 함께 나타난 삼 인. 그들은 단조평, 괴운화, 그리고 관평위였다.

"평아, 괜찮은 거냐?"

"괜찮습니다."

연신 피를 토해내는 단운평의 모습은 결코 괜찮아 보이지 않았다. 단조평은 단운평의 묵뢰를 빼앗아 들고 초류염을 향해 걸어갔다. 하지만 단조평은 초류염과 싸울 수 없었다. 그런 그의 앞을 막아선 사람이 있었기 때문이다.

"사형의 몸으로는 제 한 수도 견디지 못합니다."

초류염 앞에 선 사람은 괴운화였다. 괴운화는 초류염의 말에 고개를 끄덕였다.

"네 말처럼 난 네 한 수를 견디지 못할 것이다. 하지만 내가 아니면 누가 널 막을 수 있겠느냐?"

초류염은 한숨을 쉬었다. 아무것도 두려워하지 않으며 천하를 종횡하던 파황이 반송장의 모습이라니 왠지 서글퍼졌다.

"좋은 기회일지도 모르겠군요. 도왕, 풍룡, 풍운객, 그리고 파황을 꺾는다면 그 누가 날 막을 수 있단 말입니까."

최강이라는 칭호를 얻었어도 마음 한구석에는 개운하지 못한 감정이 있었다. 그것은 바로 화엽상의 몸이 좋지 않았다는 것. 하지만 단운평과 단조평, 그리고 좋은 상태는 아니었지만 괴운화마저 꺾는다면 더 이상 껄끄러울 것도 없었다.

"덤벼라."

괴운화의 말에 초류염은 바닥에 떨어진 백아를 주워 들었다.

"아이야, 너 나와 함께 가지 않겠느냐?"

괴연화는 방혜주의 말에 흠칫 놀랐다. 분명 자신의 조부에게 유감이 많은 여인 같았는데 자신에게 함께 가자니……

"그래, 같이 가자!"

여희는 괴연화와 며칠간 지내는 동안 눈은 보이지 않았지만 따뜻하며 남을 배려할 줄 아는 그녀가 무척이나 맘에 들었다. 여희의 말에 괴연화는 고개를 저었다.

"누군가의 짐이 되며 살아갈 생각은 없어요."

그녀의 말에 방혜주는 차갑게 말했다.

"누가 짐덩이를 거둬주겠다고 했느냐? 난 그런 취미는 없다. 눈이 보이지 않는 만큼 다른 감각이 발달했겠지. 진맥이나 시침 같은 건 다른 사람보다 더 잘할 수 있을 거라 생각하는데, 넌 어떠냐? 의술을 배워볼 생각이 없느냐?"

방혜주의 말에 괴연화는 가슴이 두근두근했다. 눈이 보이지 않는 순간부터 자신은 누군가의 짐이 될 수밖에 없다는 생각에 홀로 눈물을 흘린 적이 수도 없이 많았다. 무언가를 배워보겠냐는 말도 처음이다. 괴연화는 고개를 끄덕였다. 그런 그녀를 여희가 꼭 껴안았다.

"사형은 훌륭했습니다."

마지막 순간 동귀어진의 수법으로 달려드는 괴운화를 베었지만 왼팔을 다칠 수밖에 없었다. 초류염은 자신의 왼팔을 바라본 후 쓰러진 괴운화를 향해 가볍게 머리를 숙여 보였다.

"훌륭했네."

조용히 만족의 미소를 띠고 눈을 감은 괴연화를 향해 단조평은 경의를 표하고는 앞으로 나섰다.

"조부님, 전 아직 싸울 수 있습니다."

단조평은 단운평의 말을 무시한 채 초류염에게 말했다.

"이번엔 내 차례일세."

초류염은 자신의 왼팔에 점혈을 하고는 백아를 들어 올렸다.

"어르신, 협공하는 게 어떻습니까?"

갑작스런 관평위의 말에 단조평의 얼굴은 굳어졌고 초류염의 얼굴은 구겨졌다.

"무슨 소리를 하는 거냐. 무인으로서의 긍지를 버리라는 말이냐?"

단조평은 그 누구보다 자부심이 강한 무인이다. 협공이라니… 평생 단 한 번도 생각해 본 적 없는 이야기다.

"만에 하나 철혈무제를 죽이지 못한다면 관이 무림에 관여하게 됩니다."

관평위의 말에 단조평의 마음은 순간 흔들렸다. 하나 단조평은 자신이 지금껏 쌓아온 것을 잃고 싶지 않았다.

"그래도 긍지를 버릴 수는 없다."

단조평의 말에 초류염은 내심 안도의 한숨을 쉬었다. 왼팔이 제대로 움직이지 않는 상태에서 단조평과 단운평, 그리고 관평위까지 덤벼든다면 승산이 별로 없었기 때문이다.

"갑니다."

초류염의 움직임이 시작되는 순간 단운평은 관평위의 도움을 받아 천천히 일어섰다. 관평위를 옆으로 밀어낸 단운평은 힘껏 발을 구름과 동시에 앞으로 쏟아져 나갔다.

쾅.

단운평의 진각에 의해 폭음이 들려 단조평이 움직임을 멈춘 순간 단운평은 단조평의 옆을 스쳐 지나가며 묵뢰를 뺏어 들었다. 백아가 단운평을 베려는 순간 단운평의 몸은 허공으로 솟구쳤다. 그리고 단운평의 각영(脚影)이 초류염의 시선을 어지럽히며 무섭게 내려왔다. 초류염은 그 속에 담긴 힘을 느끼며 힘껏 뒤로 물러섰다.

콰쾅.

폭음. 단운평은 바닥에 발이 닿는 순간 다시금 힘껏 진각을 밟아 그 힘을 이용해 앞으로 쏘아져 나갔다. 묵뢰를 앞으로 내민 채 달려오는 단운평의 모습에 초류염은 백아를 가슴에 세워 대비했다. 하나 단운평은 초류염에게 다가가는 도중 힘껏 묵뢰를 내려쳐 아래에 박아 넣었다. 그리고 손잡이를 잡은 손에 힘을 주고 몸을 던졌다.

팍.

단운평의 두 발이 백아에 닿으려는 순간 초류염은 손을 움직였다.

쾅.

백아와 단운평의 발이 부딪치는 순간 터지는 폭음. 초류염은 단운평이 모든 기를 발바닥에 실었음을 알아차리고 앞으로 움직여 단운평의 다리를 베려 했다. 하지만 충격을 이용한 단운평은 어느새 다시 묵뢰를 들고 있었다.

울컥.

단운평은 한 움큼 피를 토하고는 자신에게 달려드는 초류염을 향해 순수한 근육의 힘만을 이용해 묵뢰를 내려쳤다. 초류염은 그 힘을 흘려내기 위해 살짝 무릎을 굽혔다. 그 순간 단운평의 왼쪽 주먹이 초류염의 옆구리를 가격했다.

"컥."

숨이 턱 막힌 초류염의 온몸이 경직된 순간 단운평은 묵뢰를 허리춤으로 가져갔다. 힘껏 앞으로 내밀었다.

"바람이 불어 구름이 걷히니… 떠도는 구름의 변화에… 구름은 비를 부르고 비는 천하를 적시니… 천하는 비에 젖어 흘러내린다… 비에 젖은 천하를 밝히는 한줄기 빛이 있으니… 빛은 천하를 나누고 거칠 것이 없어라……."

묵뢰는 허공을 어지럽게 움직이며 초류염을 공격했다. 초류염은 이를 악물고 백아를 들어 올렸지만 백아는 비명을 지르고 쓰러졌다.

쨍.

날카로운 소리와 함께 검면에 금이 가자 단운평은 묵뢰를 힘껏 휘둘렀다.

콰직.

백아의 검면이 부서지자 초류염은 경악했다. 단운평은 묵뢰를 놓고 오른손으로 힘껏 초류염의 복부를 쳐올렸다.

"쿠악!"

초류염은 마치 종이가 접히듯 상체를 접었으나 단운평의 이어지는 무릎 공격에 다시금 상체를 폈다.

"당신 때문에 죽어간 사람이 많습니다. 이 정도의 고통에 쓰러지지 마십시오."

단운평의 상세도 좋지 않은 듯 안색이 창백했다. 초류염은 단운평의 말에 부러진 백아를 들고 단운평에게 달려들었다.

퍽.

단운평의 일격에 초류염은 마침내 무릎을 꿇고 말았다.

"이젠 돌아가야겠습니다."

단운평은 마지막으로 그 말을 남기고 정신을 잃었다. 단조평은 그런 단운평을 안아 들었고, 일세의 영웅의 처참한 말로를 보고 충격을 받은 관평위는 단조평이 몇 번 더 부른 후에서야 괴운화를 안고 단조평을 따라 당가로 돌아갔다. 단운평이 당가에 들어섰을 때는 무당을 비롯한

다른 정파의 무인들도 풍운회를 돕기 위해 와 있었는데, 단운평이 초류염을 꺾었다는 관평위의 말에 모두는 환성을 질렀다.

"이런……"

방혜주는 단운평의 상세가 심상치 않음에 급히 치료를 시작했고 무려 나흘이 지나서야 단운평은 정신을 차릴 수 있었다.

산기슭으로 피한 초류염은 암벽을 잡으며 간신히 걸어 올라갔다. 그곳은 검치 만웅이 기거하던 곳으로 만약을 대비해 훔쳐 놓은 대환단이 있는 곳이었다. 조그만 움막이 보이자 초류염은 숨을 힘껏 들이키고는 다시 발을 움직였다.

"누구냐?"

초류염은 눈앞이 흐릿해져 움막 앞에 있는 이가 누구인지 보이지 않았다.

"저예요."

움막 앞에 있던 이는 무림맹의 두 번째 숨은 군사, 제갈명운이었다.

"헉… 헉… 어서 안에 있는 대환단을 가지고 나오거라."

초류염은 비틀거리며 제갈명운에게 다가갔다. 그러자 제갈명운이 천천히 그에게 다가왔다.

푹.

초류염은 믿을 수 없다는 듯 제갈명운을 바라보았다.

"당신 때문에 난 계속 잘못된 길을 걸었어."

단운평과 겨룬 후 괴운화에게 끌려간 제갈명운은 처음으로 사람의 생명이 얼마나 무거운지 알 수 있었다. 단운평과 괴운화의 은원. 그리고 괴연화의 불행. 또 괴운화가 파황이라는 별호를 가질 때까지 흘린 피의 의미. 그 모든 것을 알게 된 제갈명운은 자신이 초류염을 등에 업고 무슨 짓을 한 것인지 제대로 알았다. 또 왜 그날 단운평이 그리 화를 냈는지도.

"윽… 네놈 따위에게 죽을 수는 없다."

초류염은 자신의 옆구리에 박힌 단검을 뽑아내고선 긴 호흡과 함께 앞으로 움직여 제갈명운의 목을 잡았다. 초류염은 자신의 몸이 마지막까지 배반하지 않았음을 다행으로 여겼다. 하지만 제갈명운은 초류염의 움직임이 빨라 잡힌 것이 아니었다.

"큭… 철혈무제를 죽… 죽일 수 있다는 것도 괜… 괜찮은 일이지."

입가로 주르륵 피를 흘리던 제갈명운은 자신의 목을 잡은 초류염의 손목을 두 손으로 잡고선 뒤쪽 절벽으로 뛰어내렸다. 그것이 제갈명운의 속죄였다.

第四十一章

단운평의 소원

황제 앞에서도 단운평은 태연한 모습이었다.

"드디어 만나게 되는군. 단운평이라고 그랬느냐?"

"그렇습니다."

무뚝뚝한 그의 대답에 철유환은 심장이 오그라드는 것 같았다. 하지만 황제는 그의 말투를 신경 쓰지 않았다.

"자네가 최강이라는 칭호를 받고 있다던데, 짐과 비교하면 어떠냐?"

"황제 폐하, 저자가 어떻게 감히 황제 폐하와 비교할 수 있단 말입니까."

철유환의 말에 황제는 손을 흔들었다.

"짐은 황제로 태어난 몸이고 저자는 빈손으로 저 위치에 올랐다. 저자의 생각을 듣고 싶구나."

황제의 말에 철유환은 입을 다물고 있어야 했다. 단운평은 가만히 고개를 들어 황제를 바라보았다. 단운평의 얼굴을 본 황제는 나지막하게 탄성을 터뜨렸다.

"전 칼을 잘 쓰는 한낱 무부에 불과한 몸입니다."

황제는 단운평의 눈빛이 말과는 다르게 자신감으로 가득 차 있자 손을 들어 올렸다.

사사삭.

순식간에 나타난 네 명의 무인이 단운평의 목을 향해 검을 들이밀었다. 그러나 이미 단운평은 그곳에 있지 않았다.

"약속한 것이 있어 죽어주지는 못합니다."

사 인의 무인 중 한 명의 목을 움켜쥔 단운평의 모습에 황제는 감탄했다. 보이지 않을 정도로 빨랐다.

"앞으로 어쩔 셈이냐? 원한다면 널 무림의 왕으로 인정해 주겠다."

무림 역사 이래 황제가 무림인을 인정해 준 적은 단 한 번도 없었다. 무인들의 힘이 강하면 강할수록 그들의 힘을 두려워하며 어떻게든 그들의 힘을 줄이려 노력해 온 것이 황실이었다. 그런 황제가 단운평을 무림의 최강자로 인정해 주겠다 말하고 있었다. 그것은 단운평이 결정한 일에 관이 도와주겠다는 말과 같았다. 황제가 도와주는 이상 그 누구도 단운평의 위치를 위협하지 못하게 될 것이다. 물론 거기에는 황제에 대한 절대적인 복종이라는 조건이 붙는 것이지만.

"저는 무림의 왕 따위가 되고 싶진 않습니다."

황제의 눈썹이 꿈틀댔다.

"짐에게 복종하지 않겠다는 말이냐!"

황제의 호통에도 단운평은 눈썹 하나 까딱하지 않았다.

"무림을 떠날 것입니다. 아니, 있더라도 힘을 가지지 않을 것입니다."

"무슨 말 같지도 않은 말을 하는 거냐. 그 정도의 힘을 가지고 있는 데 너에게 사람들이 모여들지 않을 거라고 생각하느냐?"

철유환의 말에 단운평은 피식 웃었다.

"강호에 제 얼굴을 아는 이는 생각보다 많지 않습니다. 그리고 다른 사람들에게 휩쓸려 사는 건 지금까지로 충분합니다."

단운평의 말에 황제는 한숨을 쉬었다.

"힘을 가졌던 사람은 결코 그 힘에서 자유로울 수 없다. 언젠가 다시 욕심이 생길 것이다."

"힘을 바랐던 사람이라면 그럴지도 모릅니다. 전 힘이 목표였던 적이 없습니다. 그건 수단이었을 따름입니다."

단운평의 말에 황제는 더 이상 할 말이 없었다.

"그래서 하고 싶은 것이 뭐냐?"

황제가 인정하는 무림의 왕이 된다면 말 그대로 일인지하 만인지상의 위치를 가지는 것이다. 그것을 버리고 단운평이 택하는 것이 무엇인지 궁금했던 것이다.

"농사를 지어보려 합니다. 여건이 안 되면 조그만 객점을 열지도 모릅니다만……."

"뭐? 왜 그런 것을 하려고 하는 거지?"

황제는 부아가 치밀었다. 자신을 놀리고 있다 생각되었기 때문이다. 하지만 단운평은 그런 의도가 전혀 없었다.

"무언가를 파괴하는 것은 충분히 했습니다."

노인의 회한 같은 것이 느껴지는 말투에 황제는 웃으려 했으나 단운평의 눈을 보고선 웃을 수가 없었다.

"그러니까 일인지하 만인지상의 지위를 걷어차고 네가 하려는 것이

고작 객점이라는 말이냐?"

단운평은 고개를 끄덕였다.

"좋다. 오 년 후에도 네 마음이 바뀌지 않는다면 짐이 직접 그곳을 찾아가겠다."

황제의 말에 단운평은 황궁으로 와서 처음으로 미소를 지었다.

"황제 폐하께서도 드셔보지 못한 음식을 준비하겠습니다."

단운평이 황궁을 나간 후 한참을 창밖만 바라보던 황제는 조용히 읊조렸다.

"부럽구나. 꿈이 있다는 건 어떤 기분인지. 네가 바라보는 하늘과 짐이 바라보는 하늘이 이렇게 다르구나."

第四十二章

그후⋯

"*해*검이라니. 이곳이 무당이라도 된단 말이냐!"

객점 안으로 들어서던 청의 사내는 해검(解劍)이라고 적힌 작은 입간판에 버럭 소리를 질렀다. 그러자 자리에 앉아 있던 녹색 무복을 입은 사내가 뛰어나와 사내의·입을 막았다.

"소문도 못 듣고 이곳에 왔단 말이오? 이곳 주인이 워낙에 특이해 객점에서 소란을 일으켰다간 당장 쫓겨난다오."

녹의 사내의 말에 청의 사내는 기가 찼다.

"주인이 누구기에 이리 건방지단 말인가. 내가 그놈을 손봐주지."

쾅.

청의 사내의 말이 끝나기 무섭게 식탁을 내려치는 백의를 입은 사내가 있었다.

"닥쳐라. 어디서 행패냐! 우리가 오리화벽곡전을 먹으려고 몇 달을 기다렸는지 알고 그리 떠드는 것이냐!"

중년인의 무서운 기세에 청의 사내는 주춤하며 포권을 해 보였다.

"저는 청성파의 만황우라 합니다만 선배님은 누구신지……."

만황우는 일단 상대가 누구인지 알고 싶었다. 하나 백의인은 아무런 대꾸 없이 자리로 돌아가 앉았다.

"이곳의 규칙을 따르기 싫으면 돌아가면 된다."

백의인의 말에 녹의 사내도 되돌아가서 자리에 앉았다.

"날 무시하는 거요?"

만황우는 성정이 급해 청성파에서도 골칫거리로 통하고 있었다. 하나 그 자질이 우수해 내치지 못하는 존재였다.

"비켜라, 꼬마야."

묵직한 음성. 만황우는 깜짝 놀라 뒤를 돌아보았다.

"멍청한 녀석. 저 글이 보이지 않느냐?"

만황우의 뒤에서 나타난 사내가 손가락으로 가리킨 것은 객점 한쪽 벽에 걸려 있는 거대한 편액이었다.

"황제께서도 이곳의 해검 규칙을 인정하셨다. 네놈같이 어린 녀석이 불만을 표할 곳이 아니란 말이다."

만황우는 사내의 말에 화가 치밀어 올라 사내를 향해 검을 뽑으려 했다.

"감히 나를 무시하다니……."

하나 만황우의 검은 채 반이 뽑히지 못했다.

"상대의 실력도 모르면서 검을 뽑다니… 네놈은 아직 이곳에 올 자격이 안 된다."

펵.

단숨에 만황우의 복부를 가격한 사내는 터벅터벅 백의인이 있는 곳으로 걸어가 앉았다.

"오랜만이군."

사내의 말에 백의인은 피식 웃었다.

"그러게 말입니다. 저 녀석 청성파의 아이인데 나중에 골치 아파지지나 않을까 걱정이군요."

"내가 안 그랬으면 자네가 가만두지 않았을 것 아닌가?"

그때 객점 안으로 들어서는 또 한 명의 사내가 있었다. 사내는 객점 문 앞에 쓰러진 만황우를 보고 객점 안을 훑어보았다.

"누가 이런 짓을 한 건가?"

사내의 얼굴에는 상처가 가득해 그의 눈썹이 꿈틀대자 무척 험상궂게 보였다.

"오랜만입니다, 형님."

만황우를 기절시킨 사내가 자리에서 일어서며 말하자 상처 가득한 얼굴의 사내, 단운평은 인상을 풀었다.

"그래, 오랜만이구나. 저건 뭐냐?"

그 흔한 반갑다는 말도 없이 만황우를 가리키며 묻는 단운평에게 서문호는 어깨를 으쓱해 보였다.

"별일 아닙니다. 해검 하라는 것이 마음에 들지 않았던 것 같습니다."

별일 아니라고 했지만 단운평이 또 어느 촌구석으로 객점을 옮기진 않을까 걱정이 되는 서문호였다.

"그렇군. 황제께서 쓸데없는 일을 하셔서……."

무림인들이 객점에서 소란을 벌이게 되면 피를 보지 않기 위해서 단운평은 어쩔 수 없이 나설 수밖에 없었다. 그 때문에 단운평의 본모습이 탄로가 나면 단운평은 객점을 옮길 수밖에 없었다. 단운평은 뛰어난 요리 솜씨가 있어 어떤 곳으로 옮겨도 장사는 언제나 잘되었고, 이제는 그의 요리를 따라다니는 이들도 제법 많아졌다. 이곳에 객점을 세운 지도 벌써 육 개월. 황제 역시 단운평의 요리에 빠져 신하들을 보내 요리를 가져갔는데, 단운평이 객점을 옮기게 되면 요리를 제대로 맛볼 수가 없기 때문에 단운평의 객점에 해검을 명하기에 이르렀던 것이다.

"그건 그렇고, 저만 온 것이 아닙니다."

서문호가 가리킨 곳에는 흰색 옷을 입은 중년인, 황군명이 있었다.

"한가한 모양이군."

단운평의 말에 황군명은 자리에서 일어나 허리를 굽혔다.

"풍운회로 돌아오시는 게 어떻습니까, 형님."

"멍청한 녀석."

단운평은 매년 찾아와 같은 소리를 하는 황군명을 바라보다 고개를 저었다. 갑자기 객점 안이 소란스러워졌다. 웅성이는 소리들. 그것은 객점 일층 한쪽에 있는 주방에서 나는 향기 때문이었다.

"이런, 벌써 시간이 이렇게 되었군."

단운평은 급히 주방으로 달려갔다.

"어서 와요. 재료가 더 필요하다더니 빈손으로 오셨네요."

커다란 솥을 반쯤 열어놓은 여인, 주화령의 말에 단운평은 아차 했다. 사 온 물건을 객점 구석에 놓아둔 것이다.

"그게 군명이랑 호가 찾아와서……."

"어서 가져오기나 하세요."

단운평이 재료를 사러 간 탓에 혼자서 여러 가지를 준비해야 했던 주화령이 입술을 삐쭉거리자 단운평은 급히 주방에서 나가 자신이 사온 재료들을 가지고 들어갔다.

"나머지는 내가 할 테니 군명이나 만나봐. 일 년 만인데……."

단운평의 말에 주화령은 단운평을 가만히 노려보았다.

"이미 다 했다구요. 나머지는 무슨."

주화령은 단운평이 시장에 갔다가 늦은 것이 아니라는 것을 알고 있었다. 객점을 중심으로 시장과 반대되는 위치에 있는 곳에 갔다 온 것이 분명했다.

"또 애들에게 서찰 보내고 온 거죠?"

주화령의 물음에 단운평은 찔끔하며 고개를 끄덕였다.

"그러게 해남도까지 보내지 말자고 그랬잖아요."

"하지만 애들이 워낙에 가보고 싶다고 그래서 말이지."

"아휴… 그러게 가령이만 보내자구 그랬잖아요."

단운평은 고개를 저었다.

"화령이와 가령이는 자매이니 함께 보내야 하는 건 당연한 일이오."

'그러면서 매일 서찰을 보내는 건 뭐예요?'

섬으로 들어가는 서찰은 당연히 배가 뜨는 날에만 들어간다. 단운평이 매일 서찰을 보내도 매일 갈 리가 없단 말이다. 그럼에도 불구하고 무슨 핑계를 대던 매일 밖으로 나가 서찰을 보내고 있음을 주화령이 모를 리가 없었다. 더구나 아이들의 나이는 이제 여섯, 그리고 넷. 답장은 기대할 수 없을진대 답장을 기다리고 있다는 것을 주화령은 알고 있었다.

"형님! 저 왔습니다."

맑은 목소리. 단운평은 주화령의 눈총을 뒤로한 채 급히 주방을 나왔다. 빙긋 웃는 한 사내의 얼굴엔 수염이 덥수룩하게 나 있었다. 그리고 그 사내의 옆에는 곱게 늙은 여인이 서 있었다.

"그동안 건강하셨습니까?"

단운평의 정중한 인사. 그 모습에 서문호와 황군명도 급히 달려와 그 여인에게 허리를 숙였다. 수염 난 사내의 이름은 당이록. 그리고 여인은 바로 당이록의 모친이었다.

"어머님께 한번 맛보여 드리려고 모시고 왔습니다."

단운평은 다시 주방으로 들어가 커다란 요리를 들고 나왔다. 그리고 당이록과 당이록의 모친이 앉은 자리에 그것을 내려놓았다.

"맛있게 드십시오."

단운평이 음식을 내려놓고 돌아서는 순간 객점은 순식간에 소란스러워졌다.

"이 무슨 짓이오! 우리는 이곳에 와서 벌써 반 시진이나 기다리고 있었소. 방금 온 사람에게 먼저 주다니!"

분노에 찬 목소리들이 곳곳에서 들려왔으나 단운평은 태연했다.

"알다시피 음식이 나오는 시간은 미시(未時), 지금은 오시(午時)요. 개인적인 손님일 뿐이니 신경 쓰지 마시오."

단운평의 말에 한 사내가 벌떡 일어났다.

"이놈! 사과는 못할망정 뭐가 그리 당당한 거냐. 남궁력 대협께서 이곳에 천하의 진미가 있다고 해서 왔건만 이리 건방지다니. 내 친히 네놈의 버릇을 고쳐 놓을 것이다."

일어난 사내의 덩치는 작지 않았다. 하나 사내의 호기도 거기에서 멈추고 말았다.

"누가 누구의 버릇을 고친다고?"

섬칫한 감각. 사내는 그것이 날카로운 병기의 예기라는 사실을 깨닫고 식은땀을 흘리기 시작했다.

"누구냐. 누군데 비겁하게 뒤에서… 사내라면 당당히 겨뤄보자."

사내의 말이 끝나기가 무섭게 예기가 사라졌다. 사내가 몸을 돌려 자신의 눈앞에 서 있는 사내를 본 순간, 그의 입에서 경악성이 터져 나왔다.

"마랑 요호!"

그의 외침에 객점은 순식간에 조용해졌다.

"보아하니 이 안에 가득한 놈들 모두 각 문파에서 참을성 부족한 놈들만 보낸 것 같은데… 이곳이 어떤 곳인 줄 알고 시끄럽게 구느냐!"

요호의 말에 단운평은 한숨을 내쉬었다. 시장에서 돌아온 순간 대충 예상은 하고 있었다. 그렇지 않고서야 이리 빠른 시간에 손님이 있을 수 없었다. 잠을 자고 가는 손님을 제외하고 식사를 위해 찾는 손님이라면 이곳이 미시 이후에야 음식을 판매한다는 것을 모르는 이가 없었다. 분명 누군가가 일찍 가서 기다리라고 명한 것이 틀림없었다.

"아무래도 한 번쯤 찾아가야겠군."

한두 번 있는 일이 아니다. 벌써 올해만 네 번째 있는 일. 저번에는 관평위가 있어 그들을 곤죽이 되도록 두들겨 주었다. 하여간 요호의 외침에 객점 안이 조용해지자 단운평은 다시금 주방으로 들어가 하나 둘씩 음식을 가져다주었다.

"어휴… 어째서 이곳 음식만 괜찮다는 건지."

객점에 들어선 인물은 관평위였다. 그는 이마에 흐르는 땀을 훔치며 단운평을 향해 손을 흔들었다.

"오랜만입니다."

황군명이 인사하자 관평위는 요호와 황군명, 그리고 당이록을 알아봤다.

"웬일인가? 이리 다 모이다니."

"전 형님을 모셔가려고 온 겁니다."

황군명의 말에 이어 요호가 말했다.

"무림맹에서도 풍룡을 찾고 있소."

"헉."

요호의 말에 요호 앞에 서 있던 사내의 입에서 경악성이 튀어나왔다.

풍룡 단운평.

그 이름은 강호제일인을 의미하는 말이다. 객점 안 다른 이들도 단운평의 모습을 보며 설마 하는 생각을 했으나 거친 얼굴과 외눈, 그리고 요호, 황군명 등과 아는 사내는 그 풍룡밖에 없었다.

후다닥 달려나가는 사내의 모습에 요호는 피식 웃었다. 그 뒤를 따라 객점 곳곳에 앉아 있던 사내들이 밖으로 달려나가자 황군명은 고개를 절레절레 저었다.

"한동안 아무에게나 시비 거는 일은 없겠군요."

원래는 실수를 하고 단운평에게 얻어맞기를 바라며 보낸 것인데 요호 때문에 틀어졌다. 사실 청성파 등에서 저들을 보낸 건 급한 성정을 고치기 위함만은 아니었다. 단운평은 객점을 어지럽히는 젊은 무인들을 두들겨 패기만 하는 사내가 아니었다. 친절하게 단점을 지적해 주기까지 하기 때문에 단운평의 불평에도 불구하고 그들을 보내는 것이었다.

"형님도 풍운회에 자주 좀 들르시고 그러십시오."

황군명의 말에 관평위는 고개를 저었다.

"지금은 아내 입덧 때문에 시간이 없다. 나중에 한번 들르지."

과거 황군명은 관평위에게 형님이라는 칭호를 쓰지 않았다. 하나 지금은 그런 칭호를 쓸 수밖에 없었다. 이유는 간단했다. 황군명이 화소영과 혼인하게 되면서 호칭이 형님이 될 수밖에 없었던 것이다.

"도대체 비결이 뭔가? 이곳 음식에는 입덧을 하지 않는다네."

관평위의 물음에 주방에서 주화령이 나오면서 대답했다.

"그걸 알려주면 우리 장사는 어떻게 하라구요."

과거의 차가운 눈은 어디로 간 것인지 주화령의 눈빛은 너무나 부드러웠다.

"다음 주쯤에 이곳에서 풍운회 회의를 하려고 하는데 괜찮겠습니까?"

황군명은 풍운회의 임시 회주가 된 이후로 더 이상 주화령에게 하대를 하지 않았다. 아니, 당이록을 제외한 그 누구에게도 하대하지 않았다. 그것은 그의 스승이 된 광우령의 영향이 컸다. 상대에게 존대를 하는 것은 상대의 마음을 얻기 위한 기본이 되는 일이라는 설명을 들은 이후 이제는 버릇이 되어버린 것이다.

"안 돼요. 다음 주에는 해남도에 갈 거예요."

주화령의 말에 단운평의 얼굴이 확 하고 돌아갔다.

"정말이오?"

"에휴… 당신 숨넘어갈까 봐 어쩔 수가 없네요."

사실 주화령은 해남도 가는 것을 좋아하지 않았다. 시어머니나 다름없는 방혜주 때문이 아니라 뱃멀미가 심해 장시간 배를 타는 것을 좋아하지 않았던 것이다. 단운평은 그녀의 말에 빙긋 미소를 지었다.

'어쩔 수 없구나.'

'맹주에게 포기하라고 해야겠군.'

황군명과 요호는 고개를 저었다. 단운평을 영입하려 매번 노력했지만 단운평의 미소를 보고 안 되는 일이라는 걸 알았다.

"아이구, 모르겠다. 오늘은 배가 터지게 먹고 가야지."

요호는 자리에 털썩 앉았고, 그런 요호를 보고 서문호와 황군명도 혁대를 풀며 소리쳤다.

"형님! 미시입니다. 어서 가져다주십시오."

황군명은 단운평과 처음으로 만났을 때를 기억했다.

'그 이후로 처음이군. 형님에게 큰소리치는 건.'

그런 황군명을 어이없다는 듯 바라보던 단운평은 주화령의 한마디에 급히 주방으로 뛰어갔다.

"어서 음식이나 내와요. 이번 주 동안 제대로 일하지 않으면 다음 주에 해남도 가는 건 취소예요!"

허둥지둥 주방으로 뛰어가는 단운평의 모습에 관평위와 요호, 그리고 황군명은 대소를 터뜨렸고 한쪽에서 모친과 음식을 먹던 당이록은 피식 미소를 지었다.

『풍룡강호』 終